—————— 阅读之前 没有真相

午夜文库

——— 米克·赫伦作品

米克·赫伦
Mick Herron（1963— ）

米克·赫伦，一九六三年生于英国纽卡斯尔，英国间谍小说巨匠、著名悬疑小说作家。他毕业于牛津大学最古老、最负盛名的贝利奥尔学院，获得英语学士学位。代表作为"流人"系列。该系列目前已出版八部，前五部已改编为APPLE TV大爆剧集《流人》，由奥斯卡影帝加里·奥德曼领衔主演，新生代人气演员杰克·劳登倾情加盟，携一众英伦戏骨精彩飙戏，演绎后冷战时代的失意间谍群像，写就当代打工人的辛酸苦难史。目前本剧已播放前四季，在国内外均获得绝佳口碑，在豆瓣更是取得9.1分的亮眼成绩。

赫伦凭借"流人"系列第二部《亡狮》获得二〇一三年英国犯罪作家协会金匕首奖。他被誉为约翰·勒·卡雷的继承者、新时代的间谍小说之王，《纽约时报》《星期日泰晤士报》等媒体盛赞他为英国在世悬疑作家中最杰出的一位。二〇二五年，赫伦获得英国犯罪小说作家协会终身成就奖——钻石匕首奖，以表彰他在此领域的杰出贡献和持续成功。

"流人"系列 04
幽灵街区
Spook Street
[英]米克·赫伦 著
郑雁 译

新 星 出 版 社　NEW STAR PRESS

主要人物表

斯劳小队

杰克逊·兰姆

瑞弗·卡特怀特

凯瑟琳·斯坦迪什

路易莎·盖伊

罗德里克·何／罗迪

马库斯·朗里奇

雪莉·丹德尔

杰森·凯文·科（J.K.科）

莫伊拉·特雷格里安

军情五处

克劳德·惠兰	局长
戴安娜·泰维纳	副局长
艾玛·弗莱特	"看门狗"头目
德文·威尔斯	艾玛的手下
吉蒂·拉赫曼	员工
英格丽德·蒂尔尼	前局长
茉莉·多兰	档案馆看守者
萨姆·查普曼	"看门狗"前头目

大卫·卡特怀特	瑞弗的外公
萝丝·卡特怀特	瑞弗的外婆
伊泽贝尔·邓斯特布尔	瑞弗的母亲
亚当·洛克希德	假扮瑞弗的人
伯特兰	亚当的别名
弗兰克·哈克尼斯	亚当的父亲
娜塔莎·雷弗尔德	帕特里斯的妈妈
帕特里斯	娜塔莎的儿子
保罗·韦恩	帕特里斯的化名
罗伯特·温特斯	韦斯特艾克斯购物中心爆炸案嫌疑犯
伊夫	温特斯的别名
萨米特·查特吉	韦斯特艾克斯购物中心警卫
叶夫根尼	俄国人
伊沃·费琴科	叶夫根尼的别名

致朱丽叶与保罗
(这是送给你们的结婚礼物)

5 | 第一部　降临的太阳
181 | 第二部　离别的雨水

1

伦敦的春天是这样的：女人们穿着蓝白花纹的及膝长裙；男人们穿着浅色毛衣，搭配深色外套。所有人都背着单肩包，上面缀着许多烦琐的口袋和拉链。女包是红色或黑色；男包是健康帅气的皮革原色。偶尔还会有人戴帽子，或者发箍——可不要小看这些发箍——女士们戴着五颜六色的发箍，像一道道彩虹，稍显刻意，仿佛想要留住年轻时的风采。真正的年轻人反而不以为意，只是随便戴着玩。他们穿着凉鞋或者人字拖，脸上露出天真无邪的表情，手舞足蹈地表达喜悦。他们享受当下，向周围传递快乐。轻浮的年轻人神采奕奕，欢庆春天的到来，一架钢琴奏出美妙而空洞的旋律为他们助兴，迷你喷泉敲着鼓点。萨米特·查特吉的目光冰冷而警觉，他绷紧瘦削的身体，疑神疑鬼地看着四周。

新年的第一个工作日拖着沉重的步伐，悲惨地迈向正午。伦敦西边纸醉金迷的韦斯特艾克斯购物中心已经提前充满春天的气息。但当真正的春天到来，橱窗里一定早已换上慵懒的夏装。再往前翻一页年历你就会发现，代表新年的物品是雪橇、围巾和可爱的知更鸟。但现实不会向幻想妥协，橱窗外的世界截然不同，真人无法享受塑料模特的待遇。疲惫的购物者从一家奥特莱斯逛到另一家，脚下地板湿滑，随时可能跌倒。筋疲力尽的人停下脚步，靠在喷泉的混凝土台面上。一只口吐白沫的塑料杯在水中漫无目的地漂着。这座喷泉是商场的中心，所有走廊都汇聚于此，每一个在韦斯特艾克斯购物的人迟早都会路过。所以萨米特才会站在这里——为了更好地观察人群。

但他不喜欢这些人。据说有人会把韦斯特艾克斯比作购物"圣殿"，但前来朝圣的人实在太过愚钝。真正虔诚的信徒不会把外卖垃圾扔在教堂门口，坚守信条的人也不会早上九点半就喝掉半打强弓啤酒，然后吐在教堂地板上。作为一个虔诚的穆斯林信徒，萨米特痛恨人们每天各种匪夷所思的行为。但作为韦斯特艾克斯购物中心治安小队的一员（或者用他们自己的话来说，就是安保人员），他努力克制自己不要对这些亵渎圣殿的人降下天罚。相对地，他会厉声警告那些乱扔垃圾的浑蛋，或者把醉汉带离商场。除此之外，他还会为游客指路，帮助走失儿童寻找父母，当然还有那次令他印象深刻的经历：追捕一名从店里偷东西的贼。

今天下午没有那么刺激的事发生。空气阴冷而潮湿，萨米特的喉咙隐约发痒，像是快感冒了。不知道哪里能弄杯茶喝？他正这么想着，东边的走廊上忽然出现了三个年轻人，其中一人提着巨大的黑色帆布袋。萨米特顿时忘记了喉咙的不适。这是购物商场面临的几大困境之一：要想多盈利，增加人气，就要吸引更多年轻人；但若要维护秩序和治安，就不能让年轻人待太久。最理想的情况下，年轻人会来到商场，交出钱，然后滚蛋。所以当他们成群出现，手里还拿着黑色帆布袋，就要做好应对骚乱的准备。就算他们没打算违法乱纪，也可能是某种恶作剧。

于是萨米特三百六十度环视一周，又发现两组人从北边走来。一个年轻女孩咯咯笑个不停，好像世界为她提供了无穷无尽的笑料。另一伙人员更加混杂，都穿着低腰牛仔裤，踩着没系好鞋带的球鞋。和很多本地青少年一样,他们大声说着掺了牙买加语的伦敦方言。西边也是一样,成群结队的青少年,数量随机。忽然间,他们不再是零散的人群,而是一伙逐渐聚集的团体。是的,现在还在放假,商场里会有很多学生,但是……有人告诉过萨米特,以防万一,最好还是通报一下。这个"万一"指的就是现在。不只是因为那些孩子,更是因为聚集人数。所有人都向喷泉走来。萨米特·查特吉似乎即将见证某件事的开端,也许他守护的这座圣殿马上就要被推翻了。

因为现场的骚动,更多同事赶了过来。萨米特赶紧招手,拿起对讲机。就在这时,最初的三人停在了中央广场,把帆布袋放在地上。萨米特按下通话键,他们拉开拉链,露出里面的东西。无数青少年聚集在喷泉边,挡住商店入口,爬上喷泉雕像。萨米特刚要开口,所有人却同时脱掉外套,露出颜色明亮而欢快的衬衫,印着各种花哨的三原色,就像一个色彩的旋涡。男孩们从帆布袋中拿出复古的手提大音响,按下播放键。一瞬间,整个购物中心都被巨大的音乐声淹没,人声伴着低沉的鼓点唱道:

我为阳光而活,喔哦。

所有人都开始跳舞,手臂高举过头顶,腿高高地抬起,扭着腰,跳着凌乱的舞步。能看出来,这里没人上过舞蹈课。但这帮孩子知道该怎么玩,也确实玩得很开心。

我为夏天而活。

确实很开心。萨米特意识到,这是一次"快闪"。八到十年前曾经很流行,现在的年轻人又玩起来了。萨米特以前在利物浦街见过一次,他当时站在路边,很想加入。但有什么(到底是什么呢?)阻止了他,也许是青春期的尴尬吧。他只能站在一旁,看着人群自发而欢快地舞动起来。当然了,这次快闪发生在他当值期间，他理应上前制止，却束手无策。事到如今，只有警犬和手执扩音器的警察能阻止他们。就连成年人都散开了头发，双脚跟着夏日旋律打起节拍。有一个人站在人群中间，正在解开风衣。空气依旧阴冷而潮湿，但有那么一瞬间，萨米特也被欢快的气氛感染。他发现自己也跟着节奏摆动着身体，嘴角抽动，仿佛想要微笑，或者跟着副歌唱出来。"我为阳光而活，喔哦。"萨米特也不确定，不得不用手捂住嘴，掩饰自己的反应。这个动作帮他护住了牙齿，他们后来就是靠牙齿确定了他的身份。

因为爆炸几乎摧毁了一切。爆炸粉碎了骨头，碾碎了肉体，将周围所有的生命都化作焦炭。碎裂的玻璃弹射出去，如同子弹。砾石、塑料和肉块飞进嘶嘶作响的喷泉。一团愤怒的火球吞噬了音乐和舞者，将热浪送向所有四条走廊。穿着崭新春装的塑料模特被炸毁，曾经的橱窗已成回忆。爆炸只持续了几秒，却从未停下。被留下的人：父母、家人、恋人、朋友……永远地记住了这一天，记住了那些未接通的电话，那些被弃置的轿车。他们记住了这一天：当太阳降临在错误的地点，将它不可磨灭的影像深深地刻进了他们的生命中。

第一部　降临的太阳

2

众所周知，温度是会升高的，但有时爬升得十分艰难。在斯劳部门，供暖伴随着一系列痛苦的呻吟，就像一本用声音写成的日记，记录水管挣扎的怒吼。如果你能施法，把管道从建筑中平移出来，直接观察骨架，就会发现到处都在漏水，滴滴答答的，像一只得了关节炎的恐龙，虚弱地吐着热气。曾经受伤的关节勉强愈合，形态扭曲。四肢颤颤巍巍，一瘸一拐，末端沾满了污渍和锈迹。这头野兽的心脏则是锅炉。它软弱无力，工作时称不上跳动，最多只是微微颤抖。但它偶尔也会兴奋过度，在意想不到的地方喷出热气。锅炉里的空气拼命想要逃脱，引起阵阵心悸。远在几扇门外都能听到供暖系统的悲鸣，就像扳手敲在铁栏上，仿佛某种加密信息，从一间上锁的牢房传向另一间。

简直一团混乱，根本就是浪费资源。但是这座楼里的设施和人员都不以效率著称。斯劳部门位于芬斯伯里区的艾德门大街，紧邻巴比肯地铁站。要让里面的员工运用沟通技巧解决问题，还不如直接让他们用扳手去敲水管。两天前，韦斯特艾克斯购物中心发生爆炸，夺走了四十多条人命。在这个寒冷的一月清晨，斯劳部门里也响起了其他声音。这次终于不是从杰克逊·兰姆的房间传来了。在斯劳部门，只有兰姆的肠胃系统和大楼的供暖系统一样，总在不停哀号，偶尔还会打个嗝。但目前他的办公室里没有人，只有暖气管在吱嘎作响。对面的房间里至少还有说话声，虽然比起谈话，更像是在自言自语。不久前这里还是凯瑟琳·斯坦迪什的办公室，现在则成了莫伊拉·特雷格里安的地盘。她的独白包括各种单音节声母，比如"啧"和"喊"，伴随着偶尔支离破碎的句子："我真是想不到"和"这到底是个什么东西？"路过的年轻人可能会以为她正在打电话，但其实她谈话的对象是桌面上的文件。凯瑟琳·斯坦迪什离开后，文件逐渐堆积起来，而且放得乱七八糟，毫无秩序可言，违背了一切组织原则、时间顺序、字母顺序，或者常识。因为文件是兰姆放下的，而他对秩序的热爱还远称不上"狂热"，甚至可以说是毫无兴趣。他没有凯瑟琳那种强迫症般的整理癖。现在桌面上堆着无数文件，每一份都有自己的位置，把它们分类整理好就是莫伊拉今天的工作。当然，这也是她昨天的工作，以及明天的工作。这里是被情报局遗忘的角落。如果兰姆是有意为之，想给她来个下马威，让她体验一下在他手下工作的感觉，他肯定想不出比这更好的办法了。但事实上，这并不是兰姆交给她的任务，而是因为他懒得处理。对于不想处理的文书工作，兰姆的态度就是"眼不见心不烦"。今天是莫伊拉来到斯劳部门的第二天，她还没见过杰克逊·兰姆本人，但已经下定决心：等他回来，得好好找他理论一番。她觉得这是个好主意，兀自点了点头。突然，暖气像发疯的猫一样低吼起来，吓了她一跳，手中的文件掉到地上。她赶忙俯身去捡，以免和其他文件混在一起。

与此同时，其他声音从楼下飘了上来。茶水间里传来了几句低语，有一壶水刚烧开，敞开的冰箱发出嗡嗡的电频声。瑞弗·卡特怀特和路易莎·盖伊就站在这里，两人各捧着一杯热饮，路易莎正滔滔不绝地讲述购买新公寓时经历的重重磨难和考验。她的新家离市区比较远。但是在伦敦,普通人能负担得起的房子都离得很远。路易莎的新家宽敞舒适,整洁利落。听她的描述,她似乎重新找回了平静与满足。如果瑞弗不是因为别的事正闷闷不乐,肯定会为她感到开心。就在这时,他身后办公室的门铰发出了吱呀声。并不是因为有谁推动,而是在抗议漏风的墙壁,更是在抱怨楼下传来的噪声。

虽然无人推门,但瑞弗的办公室并不是空的。他的新同事,一个新来的"下等马"正坐在里面。他两个月前来到斯劳部门,此时正戴着兜帽,伏在案头,虽然身体静止,手指却动个不停。为了不妨碍手指的动作,键盘也被推至一边。在旁观者眼中,他只是在躁动不安地敲手指;但实际上,J.K.科是在杂乱的桌面上无声地演奏iPod里播放的音乐:一九七六年十一月八日,凯斯·杰瑞在大阪的即兴钢琴独奏会,收录于专辑《太阳熊》[①]。多年前的某个夜晚,在一个遥远的国度,杰瑞发现了这段音乐,此时科的手指正在模仿他的动作。他无声地重复着另一个人的天才创作,对他来说,这算是一举两得。一方面,这能让他远离阴暗的思绪;另一方面,音乐能盖过他脑海里不停重复的声音:血淋淋的器官落在地上,不着寸缕的侵入者挥舞电动刻刀。但这些是独属于他的秘密。至少对于瑞弗,还有斯劳部门的其他人而言,J.K.科就是一个谜团包裹着另一个谜团,最后呈现出来的是一个沉默寡言的浑蛋。

但就算他突然开始唱瑞士山歌,也会被楼下的噪声掩盖。噪声不是从罗德里克·何的房间传来的。当然,他的房间一如既往吵闹,充斥着电脑的风扇声、iPod播放的音乐声(他的音乐品

[①] 凯斯·杰瑞(Keith Jarrett, 1945—),美国爵士乐钢琴家。专辑《太阳熊》(*Sun Bear Concerts*)收录了他在日本五个城市京都、大阪、名古屋、东京和札幌的即兴演奏。

位比科更激烈），还有他不自觉吹出来的口哨声。每当他挪屁股，椅子就会发出刺耳的尖叫。令人惊讶的是，今天何的房间竟给人一种轻松愉快的感觉。仿佛他的内心终于被某种自恋以外的情感温暖了。而且时机正好，因为他的暖气什么都温暖不了——无论是内心还是别的东西。暖气管不停地咳嗽，从气阀里吐出痰，把水喷在地毯上。何毫无察觉，也注意不到管道内部传来的阵阵低鸣。任何警觉的野兽听到这个声音都会竖起耳朵，无论是马、狮子，还是老虎。何无动于衷，并不是因为他生性冷静（无论他自己是怎么想的），而是因为他根本就听不到。暖气内部的低吼，水管叮叮当当的悲鸣，甚至整个供暖系统的骨架摇摇欲坠的颤动都被隔壁的噪声淹没了。因为在隔壁，马库斯·朗里奇正在对雪莉·丹德尔使用水刑。

"咕啊——噗呃——呜——呜呃——啊！"

"嗯，你刚才说的我一个字都没听清。"

"呃嘎！"

"抱歉，你是不是想说——"

"呃啊！"

"——叔叔？"

雪莉·丹德尔被皮带和围巾绑在椅子上。椅子斜靠在她的办公桌上，她向后仰头时差点跌倒。"嘎嘣"一声脆响似乎意味着哪里断了。与此同时，盖在她脸上的法兰绒毛巾"啪叽"一声掉在地上，就像一只死去的海洋生物跌落在礁石上。雪莉自己也发出了类似的声音。如果只听声音，你可能会以为她正在尝试徒手将自己开膛破肚。

马库斯轻轻吹着口哨，把水壶放到文件柜上。水洒到了他的浅蓝色V领美利奴羊毛衫上，他想用手掸走，但并不成功。然后他坐下，盯着自己的电脑屏幕。屏保上一个橙色的球正在黑色的背景上弹来弹去，却永远无法真正前进。马库斯对此感同身受。

几分钟后，雪莉终于不再咳嗽了。

又过了几分钟，她说："也没有你说的那么夸张嘛。"

"你只坚持了七秒。"

"胡说，我至少坚持了半小时，而且——"

"七秒，从一开始到你说的那几句话只过了七秒。你说的是什么来着？呃嘎？呃啊？"他用手敲了下键盘，屏保消失了，"顺便一提，这可不是我们约好的安全词。"

"但你还是停下了。"

"我还能说什么呢？我变得心慈手软了。"

眼前出现了一张电子表格，马库斯一时没能认出来这是什么。最近这间办公室里没什么人办公。

雪莉解开了绑住自己的围巾和皮带。"你计时出错了。"

"我的计时非常完美。"他着重强调了完美两个字，"我说过了，没人能受得了这个。所以那帮吸血鬼才喜欢用这招。"

吸血鬼指的就是那群能从顽石嘴里吸出血的家伙。

雪莉把浸湿的法兰绒毛巾扔给他。马库斯依然盯着屏幕，单手抓住毛巾，发现水溅得到处都是之后大叫了一声："我真是谢谢你了。"

"不客气。"她花了五秒钟把头发迅速擦干，"现在我们交换？"

"你、做、梦！"

她吐了吐舌头，然后说："所以，你们受过这方面训练？"

"我刚刚给你展示了，不是吗？"

"我是说，认真的那种，不停手的那种。"

马库斯抬眼看向她："如果能阻止像韦斯特艾克斯那样的事件再次发生，当然了。我当然会继续，直到那个浑蛋把所有情报都吐出来。就算他在过程中淹死也无所谓。"

"但那就算杀人了。"

"在购物中心炸死四十二个孩子才叫杀人。对一个疑似恐怖分子的犯人使用水刑，把他淹死，这叫清理垃圾。"

"《马库斯·朗里奇的人生哲学》，第一卷。"

"差不多吧。脏活儿累活儿总要有人干。还是说，你宁可让恐怖分子逃脱法律制裁，也不想侵犯他的'权利'？"

"他刚才还只是一个'疑似恐怖分子'。"

"我们都知道这意味着什么。"

"就算这样他也有权利啊。"

"就像那些被他杀死的孩子？去跟他们的父母说吧。"

他的声音越来越大，但最近兰姆不在，所以两人都不怎么在意音量。当然了，这并不意味着兰姆不会突然出现。他臃肿的身躯会悄无声息地爬上楼梯，只有当你闻到他身上的烟味，听到他嘲讽的语气才会知道他来了。"什么事这么开心？"他会问。但在兰姆回来之前，雪莉觉得他们还是应该趁机多摸一会儿鱼。

她说："也许吧，但我觉得没那么简单。"

"一旦涉及暴力，很多事都会变得简单明了，我以为你已经明白了。"他示意了一下她坐着的那张椅子，"应该把那个挪到何的办公室去。"

"为什么？"

"那把椅子坏了。"

"哦,对了,你觉得他会跟兰姆告密吗?"

"如果他还想要他那把绒毛一样的胡须,就不会。"马库斯说着,用手摸了摸自己脸上的胡茬,"如果他跟兰姆说了,我就把那玩意儿从他脸上撕下来。"

雪莉想,这可能是个比喻,也可能是个值得期待的惊喜。

毕竟是马库斯,一切皆有可能。

如果罗德里克·何得知同事说要对他使用暴力,他会说他们是嫉妒了。

因为他现在看起来帅极了。

信不信随你。

今天他的心情也格外愉快。早上,他穿着一件新外套(短款黑色皮夹克,就是这么炫酷!)悠闲地走进了办公室,打开一罐红牛,一边等着开机一边大口喝光。真的,说真的,他已经有点不耐烦了。就连他平板电脑的硬件设备都比情报局的这台破东西要好。但你还能怎么办?怎么跟杰克逊·兰姆解释,如果斯劳部门想脱离九十年代,就需要大把的资金投入?他停下来,在脑海中模拟那个场景。"杰克逊,杰克逊,相信我——那些局里的人,他们必须想想办法。让我用那个破烂工作?这么说吧,你会让保罗·博格巴[①]去踢铁罐子吗?"兰姆会笑起来,开玩笑一般做出投降的姿势,说:"你赢了,你赢了。我会让总部那群吝啬鬼掏点钱出来……"

---

① 保罗·博格巴(Paul Pogba, 1993—),几内亚裔法国足球运动员。

他觉得很有可行性。

等兰姆回来，他就这么说。

与此同时，他掰了掰指关节，点击亚马逊网站，随便找本书，写了个一星差评，然后对着万向灯和镜子检查了一下自己的络腮胡。嗯，超有型。黑色中有一缕红色，但用镊子修一下就好了。就算修完后不对称，去茶水间拿一把剪刀，五分钟就能搞定。要保持这么良好的形象可不容易。虽然难度不及造火箭，但还是有些傻子无法理解。比如某个叫瑞弗·卡特怀特的人。

呵呵呵。

卡特怀特在楼上的茶水间里，正在和路易莎聊天。不久前，罗迪还不得不在路易莎面前故作镇定。显然，她对他有点意思。虽然有些尴尬，但事实如此。她也不是什么绝世美女。如果光线合适，她确实很漂亮，但她已经三十多岁，年纪太大了。女人到了这个年纪，就会变得有些咄咄逼人。只要你稍微退让一步，她们就会开始挑选窗帘，提议要在家里过夜。罗德里克·何才不会陪她玩这种游戏，所以永别了，宝贝。作为一个处事圆滑的人，他甚至不必开口，就让路易莎明白了他们是没有未来的。罗迪和她不会有结果。值得称赞的是，她也没有过多纠缠，只是偶尔露出一丝怅然若失的目光，好像在惋惜两人可能的恋情。如果情况不同，这也没什么大不了的。偶尔对着单身女性发情算是在做慈善，但要当长期情人是不可能的。给她虚假的期待反而更残忍。

再说了，如果那个姑娘发现他在安慰另一个女人，他就惹上大麻烦了。

看，他用的是单数。

"那个"姑娘，而不是"姑娘们"。

罗迪·何交了一个女朋友。

他哼着歌，心情还是那么阳光灿烂，外表还是那么帅气逼人。何看向电脑屏幕，在心里撸起袖子，一头扎进暗网中，对暖气管发出的噪声充耳不闻。热水在水管中奔腾，从一个房间涌向另一个房间。

那到底是什么声音？

但是她并不需要有人来告诉她，非常感谢。因为显然又是暖气的动静，听起来就像一只病猫在呕吐。她把刚整理好的文件放下——其实也不能说是整理好，因为这些文件唯一的共同点就是都没有写日期。莫伊拉·特雷格里安停下手头的工作，观察起这个房间。

她的这间新办公室位于顶层，距离兰姆的房间最近。屋子的前任主人搬出去之后她才搬进来。凯瑟琳·斯坦迪什走得很突然，留下的东西都装在了一个纸箱里，用胶带封好。里面有她自己购入的钢笔、一个玻璃镇纸、一整瓶包裹在纸巾里的威士忌——她好像有酒瘾，但话说回来，这地方的人都差不多。所有人都有自己的问题，也可以说是"缺陷"。莫伊拉觉得这很可能就是自己被调到斯劳部门的原因，她要成为这群人缺失已久的主心骨。

到处都是灰尘，整栋大楼都给人一种废弃的感觉。它好像醉心于这种状态，稍微用抹布擦一下都会让它崩溃。露珠在窗上凝结，在窗沿留下积水，滋养了霉菌。再继续这样下去，这栋楼肯定会完蛋。必须有人采取行动，制止这一切。可怜的凯瑟琳·斯坦迪什显然做不到，但你只要开始和酒精做朋友，就是在把自己往泥潭里推，注定不会有什么作为。

那堆亟待处理的表格里埋着一份文件,她并没有漏看。那是斯坦迪什的离职文件,只差杰克逊·兰姆的一个签名。

莫伊拉·特雷格里安始终坚信,文书工作才是维持战舰正常运转的关键。就算让海军上将穿上华丽的制服站在甲板上,没有相应的文件,也永远无法驶出港口。她向来重视秩序,也不介意被别人知道。在摄政公园总部,她负责管理数据部的人员,确保他们准时到岗,定期维护设备。他们坚持要在办公室里饲养盆栽,她就负责定期更换枯萎的花草。这些人消耗文具的速度很快,每周都要补充。而莫伊拉·特雷格里安会准确地记下谁拿走了什么,因为她不瞎也不傻。虽然便利贴是纸做的,但也不是树上长出来的。不时地,为了证明自己能胜任任何工作,她也会去轮岗做值班员,接听一下紧急电话。虽然这些都不是什么复杂的工作,但她毕竟是个办公室经理,而且引以为豪。必须有人来管事,你只要看看斯劳部门就明白了。无人管理就会滋生混乱,而混乱则会孕育邪恶。

楼下又传来一声闷响。在这场争夺斯劳屋的比赛中,混乱赢得了胜利。考虑到不会有其他人去处理,莫伊拉不由得长长地叹了一口气,决定下楼去一探究竟。

"你觉得她多大年纪?"

"五十多岁吧,五十四或者五十五,"路易莎说,"所以……"

"和凯瑟琳差不多大。"瑞弗说。

"没错。"

"就像是替代了她的位置。"瑞弗说,"你看,一个走了,又来了一个。"

"……你和雪莉聊过了？"

"为什么？她说了什么吗？"

"无所谓了。"路易莎说着摇了摇头，不是为了否定自己之前说的话，而是为了甩开挡在自己眼前的头发。她的头发变长了，现在无论干什么都得梳起来，不然就会挡住眼睛。无论是读书、工作还是开车。漂过的头发留长，变回原本自然的棕色。现在是冬天，颜色看起来会更深。等到了春天，有了阳光之后，她的发色就会浅一点。但就算春天无法带来阳光，她总可以作弊，从瓶子里挤一点阳光出来。

但是现在，春天还遥遥无期。

瑞弗说："该回去工作了。"但他似乎在想别的事，正在小心翼翼地转换话题。

路易莎想：如果他要约她出去，她会怎么回答？

答案是否定的。过去半年来，她对瑞弗也有了一定了解。和部门里的其他人相比，他的优点显而易见。他不像马库斯是个已婚人士，也不像何那样讨厌，更不像他的新室友那么神经质。但是另一方面，他也不是明·哈珀。明已经死了，他去世的时间已经比两人交往的时间还要长。她不想找人替代他。但如果和同事约会，她肯定会忍不住两相比较，不会有什么好结果的。所以她能接受偶尔下班喝一杯，但绝不可能发展一段认真的感情。

她觉得瑞弗肯定是想约她出去。所以如果他打算开口，她就要提前阻止。

"你待会儿有事吗？"他问。

"是啊，不，什么？待会儿？"

"我想和你说一件事，但不太适合在这里聊。"

她想道：该死的，开始了。

"抱歉，我打扰你们说话了吗？"

是莫伊拉·特雷格里安。昨天路易莎花了好久才记住这个名字。特雷格里安这几个字在她脑海里不停地排列组合，但她就是记不住正确的顺序。这是康沃尔语吗？但她也不想问，害怕答案冗长又无聊。人们一聊起自己的出身就会没完没了。

"没有，我们只是随便聊聊。"瑞弗说。

"是吗。"莫伊拉·特雷格里安说道。两个年轻人交换了一个眼神，他们都没和莫伊拉说过话，但这个开头似乎不太理想。

确实，她今年五十多岁。但她和凯瑟琳·斯坦迪什的相似之处也就止步于此了。凯瑟琳有一种幽灵般莫测的气质，她性格坚韧，强大的内心帮她克服了酒精依赖症，让她能够继续抗争下去。瑞弗和路易莎从未听她抱怨过什么，考虑到她每天都要对付杰克逊·兰姆，她的耐心简直堪比纳尔逊·曼德拉。很多词都可以用来形容莫伊拉·特雷格里安，但她绝不是一个"幽灵般"的人，看起来也没有什么耐心。她总是抿紧唇，绷紧下巴，像是在压抑着什么情绪。除此之外，她身高约一米六，灰色的头发像拖把一样散开，穿着一件红色开衫。兰姆对此肯定颇有微词，他不喜欢鲜艳的颜色，说会让他头晕恶心，变得暴躁易怒。

"我只是觉得，"莫伊拉说，"两天前刚刚发生了恐怖袭击案件，就在英国领土上，你们不是应该做一些更有意义的事吗？无论如何，这里也算是情报局的一个分支，不是吗？"

是，也不是。

毋庸置疑，斯劳部门确实属于情报局。但说它是个"分支"实在有些夸张，它连一根手指都算不上。手指可以按按钮，可以把脉。但是指甲——这些是你会剪掉、抛弃，并且再也不想见到的东西。所以斯劳部门就是情报局的指甲。首先，从地理位置上它就距离总部十分遥远,二者是截然不同的两个世界。当所有通往光明前途的大道都被封死之后,你就会来到斯劳部门。他们把你送到这里是希望你能消失,又不想直接解雇你,以免你采取法律行动。

虽然发生了爆炸案,安全警戒已经升到了最高级别,但事态还没有紧迫到会有人对着电话喊"快给我把斯劳部门找来!"的地步。

路易莎说:"如果我们有事可做,肯定就去做了。但我们既没有资源也没有情报,在办公室里也帮不上忙。你没发现吗?局里不派我们出外勤。"

"我发现了,嗯,这个确实。"

"所以马库斯和雪莉才会在屋里发泄情绪。科我说不好,但我猜他正坐在桌边神游呢。何多半在修剪胡子,这应该就是所有人了吧?"

"兰姆先生呢?"莫伊拉问。

"兰姆?"

"是的,兰姆先生。"

瑞弗和路易莎又交换了一个眼神。"他最近不怎么来办公室。"路易莎说。

"所以我们才会在这里。"瑞弗说着挥手示意了一下周围。所以他们才会在茶水间里聊天,或者在办公室里折磨彼此。兰姆总说,猫不在家时,老鼠就会开始瞎折腾,搞些所谓民主自由。直到猫开着坦克回来。

("我又忘了,"瑞弗当时问兰姆,"冷战的时候,你到底是站在哪一边的?")

"不过他约我去吃午饭了。"莫伊拉说。

他们都陷入了沉默,暖气打了一个饱嗝,好像在模仿某人。

"我刚才肯定是突然中风了,"路易莎终于说道,"我一定是听错了你刚才说的那句话。"

瑞弗说:"你见到杰克逊了?"

"他给我发了邮件。"

"所以是没见到?"

"我没见到他本人。"

"你听说过他吗?"

莫伊拉·特雷格里安说:"我听说他很有个性。"

"没人告诉你是什么样的个性吗?"

"没有必要——"

路易莎说:"真的,你还没见过他,但他给你发了邮件,邀请你共进午餐?什么时候?"

"他只是说'最近'。"

"也就是说,有可能是今天。"

"嗯……确实,确实有可能。"

"回归战斗岗位。"瑞弗小声说道。

他们瞬间逃离现场,但回到各自的办公室之前,瑞弗对路易莎说:"所以,你之后有空吗?"

"是啊,不,什么?之后?"

"去酒吧随便喝一杯,很快。"瑞弗说,"主要是——"

要来了,路易莎想道。

"——我有点担心我的外公。"

雨已经停了。但当风吹过树梢时,雨水还是会抖落下来,溅

20

在窗上。门前,屋檐上落满树叶,排水槽依旧滴滴答答。车道上积起了一片潟湖,没过路边的草坪。在村里,一条主要管道破裂,路被封了一天半。管道中的水汹涌地从沥青地面喷薄而出。发生火灾你可以去救火,甚至把火扑灭。水却会肆意流淌,用一百年磨平一块石头,或者用一分钟卷起石头,把它送到两英里之外。水也会改变地貌,所以当他在黎明时分看向窗外,可能会以为自己在睡梦中被带到了别处。整座房子都被运到了一个陌生的国度,树木从湖底深处向上隆起,湖面上探出树篱的枝条。面对如此截然不同的风景,你会陷入困惑,迷失方向。但你绝不希望迷失方向,因为总有一天这会要了你的命。

清楚自己所处的位置,不迷失方向,这很重要。

同样的,记住时间也很重要。

"老家伙",也就是瑞弗的外公,大卫·卡特怀特心想:好消息是,他很擅长记住日期。

一月四日。至于年份——当然就是今年。

他家住肯特郡。这是一栋老房子,有座大花园。但自从萝丝去世,他就很少做园艺了。冬季的到来为他提供了借口。我也很想回去照料花园,孩子,在外面劳作总会让生活变得更好。他第一次见到瑞弗时就是在花园里忙碌。说来有趣,当时瑞弗已经七岁。他当时想,这都要怪瑞弗的妈妈,现在却说不上来到底是谁的错了。他一边想着,一边系领带,看着镜中的双手无意识地运动,打出复杂的结。有些事最好还是不要细想,抚养女儿就是其中一件。

打领带倒是简单易懂。人还是不能降低标准。他见过的那些糟老头儿,穿着尿渍斑斑的灯芯绒裤子,背心也穿反了,脸上还挂着口水。

"如果我哪天变成这样，"他不止一次对瑞弗强调过，"你就一枪崩了我，像射杀一匹马那样。"

"像一匹马。"瑞弗生硬地重复道。

糟糕，他们在斯劳部门就被叫作"下等马"。他这是戳到孩子的痛处了，这让瑞弗想起了自己那次惨绝人寰的失败。

当然，他自己的履历也并非没有污点。如果他们那个年代也有斯劳部门，谁能说得准呢？也许他会一蹶不振，荒废职业生涯，蹉跎一生。也许他会被迫坐在冷板凳上，看别人大展身手，在赛场上赢得胜利，被众人追捧，高举奖杯绕场一周。那孩子很可能就是这么想的。在他眼里，这份工作代表着勇气和荣耀，但实际上却只有血肉之躯的摸爬滚打。奖牌赢得不光彩，暗地里还会被人捅刀。这一行不好混，也许直接退出才是最佳选择，但他不可能这么对瑞弗说。毕竟瑞弗也姓卡特怀特，和他妈妈一样固执。大卫·卡特怀特也半斤八两，多年来他一直很想念女儿，但从未吐露心声，甚至连萝丝都不知道。

他站在走廊里，任思绪在脑海里打转。刚才要干什么来着？思路出现一瞬间的空白，又被他轻描淡写地忽略了，甚至没能留下一丝涟漪。是的，他要去村里走走。他得买些面包、培根什么的，外孙待会儿可能要来，他想先准备些食物。

他的外孙名叫瑞弗。

不过，在出门之前，他还要检查一下自己系没系领带。

就像人总是忍不住要用舌头去舔隐隐作痛的牙齿，马库斯和雪莉的谈话也总会回到罗德里克·何的身上。更具体一点来讲，就是那件世界末日降临都不可能发生的事——他脱单了。

"你觉得他真的找到女朋友了？"

"有可能，人们有时意外不挑食。"

"因为他谈的姑娘可能是个带把儿的，他很可能最后一个发现。"

"就算是何——"

雪莉说："不，真的，你信我。他会是最后一个知道的。"

"好吧，你说了算。"马库斯说，"但他好像坚信不疑。"他酸溜溜地瞥了一眼走廊，还有对面何的办公室，"说他现在独属于一个女人了。"

"可能是累计起来算的。"

自从撞坏了妻子的车之后，马库斯就没有过性生活了。他"哼"了一声。

三分钟之前，路易莎刚来过，告诉他们兰姆随时有可能出现。所以现在两人都坐在屏幕前，装出工作的样子。只不过雪莉身上还是湿的。马库斯的屏幕在他面前不停闪烁。即使在斯劳部门干了这么久，他还是难以适应这里的工作：关闭大脑和身体的开关，变成一个无情的信息处理机器。他的工作内容是调查烧毁的车辆：轿车或者小货车，在英国城市里并不罕见。上周他就见过一辆——在超市停车场里。黑色的残骸躺在焚烧后的焦炭中。这辆车可能是被几个年轻人偷走去兜风，然后就地点燃了。要想消灭证据，这是最简单粗暴的做法。那些小混混可能觉得执法机关要像《犯罪现场调查》[①]那样对他们展开调查，做好了万全准备，要抹除座椅上的DNA，擦掉方向盘上的指纹。或者，为了保险起见，还是应该直接把它烧掉，看着它在火焰中噼啪作响，

[①]《犯罪现场调查》(Crime Scene Investigation，简称CSI)，美国电视连续剧。

化为灰烬。

但万一事情没有这么简单呢?兰姆想知道的就是这个。(重要推论:兰姆其实根本就不想知道,他一点也不在乎,只是找了另一种方法来浪费下等马的时间。)万一那些喜欢纵火的孩子不只是烧了偷来的车呢?万一他们是在实验炸毁汽车的方法呢?计算爆炸半径,测试不同分量的炸药能造成多少伤害?所以马库斯才会坐在这里,从一个蹿门追人的外勤特工变成了数据分析师。盯着一块屏幕,把五年来被烧毁的汽车按照制造商、地点、加速器种类和其他十几种细节分门别类地标出来……也许兰姆自有他的道理,如果你觉得难以理解,只要打开电视,看看那些穿着连体衣,在韦斯特艾克斯购物中心的残骸中搜索遗体的法医就知道了。但无论如何,马库斯都不该做这种工作。他本应是接到紧急行动电话的人。嫌疑犯和人质被困在高楼里时,他就会全副武装,从烟囱里突入战场,说:圣诞快乐,浑蛋们。

但如今他只能敲敲键盘:Ctrl,Alt,删除。

暖气发出汩汩的水声,打断了他的思绪。但至少这意味着供暖系统正在工作,热水在大楼里流淌,说明有人付了账单。但马库斯没钱付账,他手头已经积压了一堆催款信:水电供应的最后通牒。凯西说要带孩子们回外婆家"住一段",这还是在她不知道家里欠债的情况下。她的车被撞坏就是压死骆驼的最后一根稻草。

"你说过能控制住自己的。"

她指的是赌博的问题。

"你说你已经和他们划清了界限,不再赌了。你说你不会再拿钱去打水漂了,马库斯,你答应过我的。"

他确实是认真的,但如果手里的钱想飞走,你怎么可能阻止它？它简直比凯西还不听劝。

他想：我成了那种死了比活着更有价值的人。世界上这种人比你想象中还要多，不只是那些睡在洞穴里，活在荒野中，靠骆驼肉为生，脑袋上挂着百万美元悬赏的"圣战"斗士，还有我们这些普通人。我们这些可怜的工薪阶层，自己欠了一屁股债，背着永远还不完的房贷，账单能贴满整整一墙，几乎没有闲钱来买杯咖啡，却有着足以改变人生的巨额人寿保险。我现在就可以在这里一命呜呼，抚恤金会解决我所有的问题。房贷能还清了，还能剩下钱，供孩子们上大学。除了会死，这对大家来说都是最好的选择。但如果早晚都要死，为什么不直接就这么死在办公桌前呢？……他应该把这个笑话讲给凯西听，但她很可能不会笑。无论多么完美的防护装备都无法挡住女人的失望。

键盘被狠狠地敲了一下，打断了他的沉思。雪莉的电脑出了硬件故障，此时她正在用"老办法"解决问题。

"……你待会儿要去上课吗？"他问。

"谁想知道？"她不耐烦地回道。

"没人想知道。"马库斯说着，随手敲了几下自己的键盘，仿佛只要改变屏幕上的数字排列，他就能改变自己面临的现状：不只是五年来被烧毁的汽车，还有他日渐缩水的资产，以及账单上越来越大的数字。那些账单对他穷追不舍，愈发凶残，而他逃脱这一切的能力却日渐衰弱。

如果要走到村里去，他就必须找到他的威灵顿长靴。昨天他刚走出去五十码就不得不返回家中。他步履轻快，沿路返回，把湿透的拖鞋扔进垃圾桶。只是有点心不在焉，不过没有人看到。

这就是处于"半与世隔绝"状态的好处,但你永远无法确定有没有白鼬在盯梢。

"你知道白鼬是什么意思吗?"

瑞弗很少忘记什么,大卫·卡特怀特把他教得很好。

"如果是不小心看到了一只,就要假装没看到。"瑞弗说。

"但他们绝对不会让你看到。"

"你绝对不会看到他们,"瑞弗赞同道,"但你知道他们就在那里。"

因为他们留下的痕迹随处可见。弯曲的草丛是他们蹲伏之处,被斩断的树枝遮挡了他们的视线。还有整齐堆放的烟头。"别让孩子捡旧烟头。"萝丝曾经责备道。但还是要教会孩子保持警惕,因为一旦被白鼬盯上,甩掉他们简直难如登天。

今天早上很适合训练。再说了,男孩们都喜欢踩水坑。他穿上一只威灵顿靴子,正准备穿上另一只。他大喊一声,叫瑞弗来陪他散步。但话刚出口,声音穿过空荡荡的房间,他就意识到不对。瑞弗年少时,自己的声音不是这样的。瑞弗早已长大成人,那些教他识别间谍街[①]上的白鼬、稻草人、神话和传奇的日子一去不复返,甚至比萝丝去世的时间还要久……

大卫·卡特怀特摇了摇头。这只是一个老人的幻想,记忆浮现,就像青蛙吐出的气泡。他呵呵笑了一声,穿上另一只靴子。如果那孩子知道他会这样走神,肯定不会轻易放过他。再说了,今天的白鼬早已不同于以往。现在他们会用无人机和卫星图像,还会在你家里安装迷你摄像头,监控你的一举一动。

他穿好靴子,站直身体。稍微锻炼一下,出去走走,这才是

[①] 间谍街(Spook Street)同书名中的幽灵街区,Spook 一词在英文中拥有间谍、幽灵、惊吓等多种含义。

他该干的。确实，有时他担心自己会走神。一天下午他迷迷糊糊地睡着了，老年人会犯这种错也无可厚非，醒来时他却把自己吓了一跳。壁炉里火光跃动，台灯映出柔和的暖光，一切如常。但他的胸口依然怦怦直跳：睡着的时候发生了什么？柏林墙倒下，有什么从桥底冒了出来。醒来时发现世界还是原来的样子，他不由得松了一口气。

但也不总是这样，不是吗？有时世界的天秤也会倾斜。两天前，英国的一家购物中心出现了人体炸弹——是这么说的吗？一群快闪族……这是最黑暗的黑色幽默：一群快闪族被点燃，火光闪烁，那些年轻的生命都陨落了。有那么一瞬间，大卫·卡特怀特站在前门，觉得这仿佛是他的错，是他本可以阻止的事。然后自责变成了萝丝的声音，她让他别再穿那件破破烂烂的雨衣了，让他换上 Barbour 风衣，还提醒他带上雨伞，以防万一。

钥匙放在口袋里，脚上穿着威灵顿靴子。他刚才在想什么来着？好像是一件很可怕的事。思绪如烟雾般飘散，他怎么都抓不住。他还是穿上了旧雨衣，Barbour 风衣让他感觉自己好像在假装乡绅。他把雨伞留在伞架上，像一只倒挂的蝙蝠，然后走出了门。

在马库斯和雪莉头顶上方的办公室里，另一双手正在不停敲动。手指的动作行云流水，在想象的键盘上飞舞。虽然模仿的音符是随机的，但其中蕴含着某种旋律。一个可以回荡、重复三十多分钟的旋律。最初，它的主题隐而不现，有时磕磕绊绊，但最终还是会显露无遗。在这种时刻，其他的一切都消失了。这就是音乐真正吸引杰森·凯文·科的地方。它能在他脑海中展开一张空白画布，暂时遮住刻进灵魂的噩梦。

我们认为……你在这里工作得并不开心。

他不记得自己是怎么回答这个问题的了。不过话说回来,这也不算是一个"问题"。他觉得自己当时可能只是坐在原地,手指在膝头敲动,想要抓住脑海中的那段旋律。

科不知道这是从什么时候开始的。他并不是故意要像个默剧演员一样,表演即兴钢琴演奏会上的曲目。他只是不经意间发现了自己正在这么做。或者,更准确地说,是别人发现了他在这么做。当时他坐在公交车上,公交车堵在繁忙的摄政街上,断断续续地向前开。旁边的年轻女性挪动身体远离他,害怕地看着他的手指。他这才发现,自己正在敲击不存在的琴键。直到那时,他才把脑海里的旋律和手指的动作联系起来。他当时甚至没有戴耳机,音乐就在他的心里。每逢焦虑的时刻,他就会依赖那段旋律,包括现在:坐在人满为患的公交车上,在摄政街上一点一点往前蹭。焦躁的情绪充满了他的内心。

我们在想,也许你需要一次调职。

总是用复数的"我们",强调站在他对立面的是一股庞大的势力。但情报局的人事部并不是他失眠的原因。

今天J.K.科穿着灰色帽衫,还有膝盖破洞的牛仔裤。他已经很久没穿过其他衣服了。他整整三天都没有刮胡子,但身上其实很干净。他每天洗两次澡——时间允许的话,他会洗更多次。他总能隐约闻到一股气味,有时他担心那是一股屎味,但他知道,那是恐惧的味道。是他最恐怖的噩梦的味道。他被赤身裸体地绑在一张椅子上,另一个同样赤裸的男人拿着电动刀威胁他。在梦中,在那些让他失眠的噩梦里,他一遍又一遍地重温可能发生的事:钢刀划过他的肉体,湿热的肠子掉在塑料防水布上。当他的手指没在演奏音乐时,他就会交叉双手,捂住自己的肚子,努力把可能会掉出来的器官留在身体里。

那是在他家里。他之前在银行工作，报酬颇丰，买下了这间位于五楼的公寓。很快他就对自己的工作感到厌烦，没过多久，普罗大众也有了同样的想法。人们开始找银行家复仇，好像他们活该被装在袋子里拖走。他当时心存侥幸，觉得自己逃过一劫。他靠学历找到了对口工作，在情报局做心理评估，希望能有所作为。这只能算是一种小小的期望，而不是职业野心。

我们觉得，斯劳部门也许会更适合你。那里不会遇到太多……危险。

那次事件之后的几周甚至几个月里，科对大部分东西都失去了兴趣。食物味同嚼蜡，酒精令人作呕，起不到任何麻醉的作用。如果他能弄到大麻或者更带劲的东西，或许也会尝试。但要入手违禁品，就必须和人打交道，和那些会让他觉得……"危险"的人打交道。看书会让他躁狂，音乐是他唯一的慰藉。科此前从未弹过钢琴，脑海中的音符攀升时，他也不知道手指的动作是否准确。无论如何，他已经被流放到了斯劳部门，和情报界的其他"灾星"共处一室，被迫做着毫无盼头的工作，永无止境。但他并没有在工作，而是在用空气钢琴演奏无声的音乐。这虽然无法使他内心平静，却至少让他获得了一片空白。

瑞弗·卡特怀特站在他对面，冷静地看着他。如果要问他成为"下等马"之后学到了什么，那就是你不可能帮到别人。有的时候，你必须放任他们随波逐流。J.K.科溺水了，他不是在挥舞双手，而是想要抓住这张桌子，寻找支撑。但这张桌子是不可能帮他浮上水面的。无论他想游向哪个岸边，他要么成功，要么失败。在那之前，瑞弗决定让他自生自灭。

而且，他还有自己的烦恼要处理。

* * *

在车道和小路交叉的路口有一个水坑。不，与其说是水坑，不如说是大湖。因为排水系统过于劣质，每年这个时候它都会出现。人行道的石砖被水淹没，只留一串狭长的搭石。大卫·卡特怀特踉踉跄跄地绕过水坑，小心翼翼地沿着剩下的石砖一步一步地向前。他撞到一丛树篱，叶片晃动，雨水直接灌进了他的靴子。真见鬼！但此时他已经成功渡河，到达坚实的对岸。他对邻居挥手打招呼，虽然窗后没有灯光。他蹚水通过公交车站，一张报纸黏在地上，爆炸案受害者的父母悲伤地哭喊，路灯不安地闪烁着，无法决定该亮起还是熄灭。

这条路绕过一栋栋房子，蜿蜒通往镇中心；但穿过树林的小路直达市中心。在树篱的遮盖下，有一扇半掩着的木质窄门，这就是小径入口。"要注意脚下。"萝丝告诫道。树林里的小径铺满了树叶，有些地方甚至成了厚厚的一层泥，但他总是很小心，不要踩到这些"陷阱"。这是他从历史进程中学到的教训。老家伙想道：日复一日，你过着自己的生活，但这些日子只是时间的碎片，无法帮我们看清全貌。那些突发事件吓了我们一跳，炽烈的光灼伤了我们的双眼，但它一直蛰伏在历史中，潜藏在缓慢的变化中。即便在今日，他还是能在新闻头条上看到过去的影子，就像泥潭中的捕食者。他已经退休二十年，还是能敏锐地发现是否有白鼬在跟踪自己。这个时间，邻居家不应该没有人。小时工应该正在做清洁，不可能在黑暗中使用吸尘器。还有那盏闪烁的路灯，显然它的内部已经被改造过，装了某种监控设备。

他等待着，仔细聆听树林里的声音。到处是潮湿的沙沙声和细微的摩擦声，没有停顿，让他无法判断是否还有其他声音。一切如常，但他并不意外。那些人是专业的。

"但如果你知道这是一个陷阱,"男孩说,"为什么不直接避开呢?"

"不能避开,你要让他们以为你没发现他们的存在。然后等他们眨眼的瞬间,'唰'一下,你就消失了。"

他眨了眨眼,瑞弗也"唰"一下消失了。

树叶簌簌地抱怨着,有人模仿鸟儿吹了一声口哨,又有人吹哨回应。老家伙等待着,但暂时没有更多声音了。他小心翼翼地警戒着林中的陷阱,走向镇中心。

"你觉得他是搞砸了还是有问题?"

"你说谁?"

"空气钢琴先生。"

马库斯装出思考的样子,有时最好顺着雪莉的思路去做。兰姆不在时她就会开始躁动,好像必须做点什么庆祝一番。考虑到雪莉对"庆祝"的定义过于宽泛,所以只要不涉及违禁药品,都是值得鼓励的。

"可以展开说说吗?"他问道。

"比如咱们俩,属于有问题的那类。你赌博成瘾——"

"我没有成瘾。"

"还有我,显然我有'易怒'的问题。"

"你把那个家伙的鼻子揍歪了,雪儿[①]。"

"他自找的。"

"他只是想要点钱。"

[①]雪儿,雪莉的昵称。

"一回事。"

"为了捐助贫困儿童。"

"他穿着该死的兔子玩偶服,我以为他是危险人士。"

"这也许就是警察没把你关进监狱的原因。"马库斯承认道。

"是啊,总之,要不是那群烦人的小孩,我也不会被抓到。"

那些孩子把整件事都录下来,发在YouTube上。当然,对方穿着兔子玩偶服,帮雪莉减轻了罪责,而且逮捕她的警官那天早上也被慈善募捐者纠缠了三次。最终他们达成了协议:只要雪莉报名参加课程,这次就既往不咎。

愤怒情绪管理课程,一周两次,在肖尔迪奇区。

马库斯发现之后曾警告她:你可别发起什么新潮流。我以前带一个白痴去过肖尔迪奇,他后来发明了嬉皮士。

"我猜,瑞弗和路易莎算'搞砸了'的类型?"马库斯接着说道。

"这还用问吗?"

"凯瑟琳是有问题,明是搞砸了。"

"何是个浑蛋,但凡事总有例外。所以杰斯帕·凯拉德[①]是哪种?我很想知道。还有他那个空气钢琴是怎么回事?"她模仿着他的动作,演奏着并不存在的乐器,"他以为自己是谁?艾尔顿·约翰[②]?"

"你要是想知道他脑子里听的是什么音乐,直接去问不就行了?但如果他脑海里那个声音说要把你切成碎片,你可别怪我。"

"得了吧,因为他看起来非常危险?就他那样,两个他都不

[①] J.K.科全名杰森·凯文·科,这里雪莉故意说错了。
[②] 艾尔顿·赫拉克勒斯·约翰(Sir Elton Hercules John, 1947—),英国歌手、曲作者、钢琴演奏者、演员、慈善家。曾为迪士尼动画电影《狮子王》献唱主题曲 Can You Feel The Love Tonight。

一定能炒一颗鸡蛋。"她停下模仿弹钢琴的动作。"不过，我还是觉得，"她说，"处境最危险的是瑞弗。"

"为什么？"

"年轻白男，搞砸了工作，满肚子闷气。我们已经有一个这种人设的同事了。瑞弗可能要被取代。"

马库斯说："你看问题的视角很奇特。"

"等着瞧吧，到时候再看我说得对不对。"

她又开始愤怒地砸键盘，这次不是虚构的，而是真实的键盘。马库斯不知道她是在发泄怒气，还是在写邮件。

他憋住一声叹息，回头继续工作。

当他走出森林小径时，一辆车正沿着窄巷驶来。司机看到他之后开始减速，似乎要停下来，又加速离去。他坚决不回头去看，他们想看到他的反应，所以他要保持冷静。而且，他并非手无寸铁之人，如果他们有所行动，必定会付出代价。

不，他会直接去商店。进去，出来，然后回到基地。撤离行动并不简单，柜台后的女人很爱聊天，就算拿着撬棍都不一定能脱身。但最近他发现，她说得少了，听得多了，哄骗他说出一些本应保守的秘密。他对她解释道，历史并不是一成不变的。看看俄罗斯就知道了，他们如今简直是一团乱麻。他们也不想这样，但这就是历史：你刚抚平一块，另一块就会凸出来，就像一张永远铺不平的油毡地毯。

他说："而且凡事都有代价。你做出决定，就会有人丧命。你必须接受这一点，必须背负着这些活下去。但就算重来一次，我也不会改变自己做出的决定。"

她说:"大卫,你在交通部工作。你的决定可能会对一些人造成不便,但肯定不会有多少人因此丧命。"

是的,当然了。在交通部工作是他的表面身份,用来掩盖他做了四十多年的真实职业。所以对于村民们而言,他就是个交通部的文职人员,负责处理火车、公路和机场事务。你不能指望他记住这些,现在他就连真正做过的事都记不清了,更别提那些只是装装样子的事。

所以他只能一笑置之:"我只是打个比方,亲爱的。"但他离开之后,她立刻就会拿起电话,通知他们他的伪装开始出现漏洞。他们就是这么不择手段,正在渐渐替换掉他身边的人,那些一起生活过许多年的人。他已经无法再继续信任他们。

"最优秀的间谍也不过是窃贼和无赖,"他对瑞弗说过不止一次,"而最差的……"

"斯劳部门,"瑞弗会说,"杰克逊·兰姆,还记得吗?"

瑞弗是他最宝贵的线人,是他最信任的人。万一他们把他也替换了该怎么办?也许有一天他打开门,去找自己唯一的外孙,却只能找到一条阴险的毒蛇。

如果发生了这样的事,就必须采取相应的防护措施。他不是什么手无寸铁之人,他们若要动手,就一定会付出代价。

他穿过车道,庆幸自己穿了一双威灵顿靴子,然后走进商店。门顶的铃铛响起,他要干什么来着?对,买一些必需品:面包、培根、牛奶和茶包。但刚踏入商店,他就觉得自己好像踏入了敌军领地,闯入了白鼬的地盘。因为店里的女人正惊恐地盯着他,眼中还夹杂着一丝同情。她一只手搓着另一只手,绕过收银台,走到他身边,尴尬地扬起嘴角。

"天哪,大卫,"她说,"大卫,你的裤子……"

老家伙低头看了看，过了一会儿才反应过来她在说什么。他确实穿着长裤，裤腿塞进了威灵顿靴子。女人拉住他的手，他才发现，自己看到的不是每天出门时穿的黑色粗花呢长裤，而是印着佩斯利纹样的深红色棉质睡裤。

和往常一样，早晨变作下午，下午又迎来了傍晚。在肯特郡，天光从田野间悄悄溜走。街灯眨着眼，在地面舞台上投下伞形的光晕。而在伦敦市中心，黑暗逗留在角落里，从窗帘后向外窥探。斯劳部门的供暖系统挣扎着睡去，正如它挣扎着醒来。水管的悲鸣为下午琐碎的工作敲响了丧钟。兰姆最后还是没有出现，无论是他的脸，还是其他身体部位。但等待一件不幸的事发生和遭遇不幸本身一样令人疲惫。虽然下等马们已经离开，但空气中依旧萦绕着一丝不安。最先离开的是罗德里克·何，紧接着是马库斯·朗里奇和雪莉·丹德尔。紧接着就是J.K.科，他就像老师对学生的偏爱，上一秒还在，下一秒就消失了。可以确定的是，路易莎·盖伊是和瑞弗·卡特怀特一起离开的，他们走向了最近的那家酒吧，应该不会遇到熟人。莫伊拉·特雷格里安是最后一个走的，但走之前她没能控制住自己的好奇心，进去看了一眼兰姆的办公室。虽然位于顶层，这间屋子却给人一种地窖般的氛围。空气中弥漫着潮湿的味道，夹杂着陈腐的屁味和发霉的面包味。多疑的人甚至会怀疑有人在这里抽过烟。窗帘像往常一样紧紧地拉起，头顶的灯坏了，为了能看清周围，莫伊拉不得不打开书桌旁放在一堆电话簿上的台灯。台灯照出病态的黄光，与其说是照亮四周，不如说是改变了阴影位置。兰姆的书桌上堆满未经翻阅的文件，边角已经开始卷曲。书架堆满了杂物，对热爱整洁的人的神经是一种挑战。莫伊拉·特雷格里安是一个热爱整洁的人,但她并不蠢。所以她抑制住了想要收拾屋子的冲动,只是在原地站了一会儿,思考着这个未来的上司。她被指派到他手下,还没有见过他,但他似乎喜欢收集空酒瓶。显然,她的前任员工相当自暴自弃,放任状态不断恶化,要想让兰姆先生乖乖就范需要花上一番功夫。莫伊拉·特雷格里安想及此,不由得叹了一口气。她关掉台灯,下楼,出门,来到艾德门大街,走进阴郁而潮湿的空气中。

身后,斯劳屋吱呀作响,呜咽着屈服于寒冷的侵蚀。

3

拍摄《莎翁情史》的教堂边有一家酒吧。瑞弗去买酒,路易莎在里面找了张桌子,旁边窗户上有个钻石图案。他们只是下班随便来喝一杯,但路易莎还是觉得很奇怪,好像背叛了和明的回忆。但世界不是静止的。就像从一个房间来到另一个房间,你以前在那边,现在来了这边,迟早会关上中间的那扇门。

三个月前,路易莎挪开公寓里的冰箱,用凿子敲下一块墙皮,里面藏着一颗未切割的钻石,有一枚指甲那么大,闪闪发光。这是明死后不久,针塔抢劫案失败时她拿到的。她去了哈顿公园旁边的一家酒吧,找到一个她观察了好几周的男人。对方是本地某个小珠宝店的估价师,她知道他会付现金购买未登记的原石。他开的价不高——不,摆明就是在抢钱——但她也无权要求更多,他显然也看出了这一点。卖钻石的钱,加上她辛苦存下的那些钱,也足够一间郊区公寓的首付了。"公寓"是房地产商的描述,让这间屋子听起来更大一些。但她终于不用睡在厨房了,客厅窗外映出公园的景色,她每个月付的钱不再是房租,而是房贷。有时当夜幕降临,她会拉开窗帘,坐在沙发上,端着一杯红酒,看着树枝在风中摇曳。不去想明的事,也不去想其他任何事,只是庆幸自己能在这里,离开那间破破烂烂的小出租屋。空气里没有油烟的味道,外面也没有汽车驶过的低沉噪声。她同样庆幸自己远离了酒吧的高脚凳,不再每隔一晚就去钓个陌生人上床。她喝得少了,睡眠质量也提高了。她醒得很早,但基本不做噩梦了。

她可以像现在这样,下班后出来和瑞弗小酌一杯。当你们一起上过战场后——就算是不为人知的战场——你们之间也会产生一种特殊的情谊。这在一夜情对象身上是不可能找到的。他们都对人开过枪,虽然不会在谈话时提起,但彼此都心知肚明。

他带着酒回来了。她怀旧地点了一杯青柠伏特加,瑞弗则点了一杯苦啤酒,一共四英镑八十便士。伦敦的物价越来越离谱。

她还没准备好开始认真谈话,所以坐下之前问了今天一直想问的问题:"你觉得兰姆为什么会邀请莫姐吃午饭?"

不知不觉中他们开始喊莫伊拉"莫姐",这种不经意间养成的习惯可以增进感情。

瑞弗说:"他可能是在耍她。"

"太残忍了——就算是兰姆。"

"我也说不好,真的带她去吃午饭可能更残忍。而且让兰姆带她去餐厅,自掏腰包请她吃?真的有可能吗?"

兰姆对待"吃饭"的态度就像个专横的封建地主。

路易莎喝了一口伏特加,紧绷的神经顿时缓和了不少。酒吧的棱角没有那么锋利了,其他人说话的噪声也变成了模糊的背景音,像海浪拍打在沙滩上。喝了晚上的第一口酒,瑞弗看起来也更顺眼了。他有一头金发,灰色的眼睛,皮肤白皙——虽然他向来如此,但之前这些只是微不足道的细节,很难被注意到。因为平时他要么一脸疲惫,要么宿醉头痛,要么怒火中烧,"下等马"的日常就是这样。他的鼻子确实有点尖,仔细看的话上唇那颗痣也会越来越明显。但总体而言,他是英俊的,所以这杯青柠伏特加她还是不要喝太快。她已经走出那个疯狂的阶段了,下一阶段她只要平静的居家生活,回避一切不明智的床伴人选。

好吧,回到正题:谈话。

"莫伊拉,"她说,"这像个老太太的名字,你姑妈就会叫这种名字。"

"我没有姑妈。"

"但是你懂我的意思。"

"但也可能有。"瑞弗继续道,"仔细想想,确实有可能。"

"是啊,谁有空去记自己到底有没有姑妈啊?"

他说:"因为我从来没见过我父亲。"

"啊。"

"也不知道他有没有姐妹,或者她们叫什么名字。"

"呃,你以前说过,对吗?我好像记得有这回事,抱歉。"

"我只是在描述事实,"瑞弗说,"没什么特别的。"

"你母亲从来没说过他是谁?没给过线索?提示?"

"我母亲很固执。我出生之前,她就下定决心要把他从自己的人生中割除,而且从来没有动摇过。"

这可不寻常,路易莎想道。

他们交换过彼此生活中的种种细节,但没人真的感兴趣,最终都会被丢进存放无用回忆的深渊。因为大部分时候,他们都沉浸在各自的痛苦中。被发配到斯劳部门和蹲监狱有某种异曲同工之妙,你们会在操场上插科打诨,但回到各自的牢房后还是孤身一人。互相分享只是在消磨时间,仅此而已。和明在一起后,她对其他人的兴趣减弱了——不过是出于相反的原因。她当时只专注于自己的幸福,没有闲心去管别人。所以路易莎可能听瑞弗说过自己的情况,却记不清了。总的来讲,在她的认知中,他们只是曾在枪林弹雨中共同作战的伙伴。也许大部分同事之间的关系都是如此——当然,枪林弹雨的部分除外。

所以瑞弗可能觉得她理应知情。再次开口的时候,她稍微注意了一下:"所以,她在你的生活中占比不大。"

"她不怎么出现,是外公外婆把我养大的。"

"大卫·卡特怀特。"

"独一无二的传奇人物。我的外婆叫萝丝,她已经去世很久了。"

"现在你开始担心你外公了。"

"是的,"瑞弗说,"我很担心他。"

"开始糊涂了?"

"嗯。"

"这么严重吗?我是说,这种确实算比较严重的,但是……他今年多少岁了?"

"八十多岁。"瑞弗说,"八十……四?对,八十四岁。"

路易莎说:"按现在的标准来看的话,还不算特别老。"

"但已经挺老了。"

她没有回答,因为他说得没错。八十四确实挺老。

她的酒杯已经快空了,但瑞弗那杯还没喝完,所以她还没起身去买新的。再说,现在也不是打断谈话的好时机。瑞弗沉浸在自己的思绪中,看起来很想说些什么,却迟迟无法下定决心。

她问:"他的健忘有多严重?只是会忘记日期,还是会忘记自己的名字?"

"在中间的某个阶段吧,我猜。"

"他在服药吗?"

"他汀类药物,据我所知没有其他的。如果有我会知道的,因为……"

"因为你翻过他浴室的柜子。你和他聊过这件事了吗?"

他瞪了她一眼。

"好吧,我知道这没那么容易。你找其他人聊过吗?邻居之类的?"

"邻居都觉得他是个退休公务员。"

"他确实算是。"

"但不是他们以为的那种,我可不想看到他跑去和邮差聊自己的人生故事。"

"这种可能性大吗?"

"我也不知道,路易莎。每次见到他,他的情况都会恶化一点,好像脑海里的灯光越来越暗了。他一直是我的精神支柱,但现在我偶尔会发现他眼中有一种茫然,好像不知道自己在哪里。我很害怕,不知道该怎么办。"

她把手放在他的手上作为安慰,他感激地点了点头,收回手,拿起自己的啤酒,一口喝光,然后问:"再来一轮吗?"

"好,但是这次我请。"

在吧台边,她和远处的一个男人对上了眼神。六个月前,这可能意味着晚上将会有一场干柴烈火的约会。再过六个月,谁知道呢,也许她会先从聊天开始。但是现在,她还有其他要紧事。她移开视线,付了钱,把酒拿回桌边。她边走边想着"老家伙"的事,她听瑞弗这么喊过自己的外公,算是一种爱称吧。情报局里流传着各种传奇人物的事迹,见鬼,她自己就在这么一号人物手下工作。但大卫·卡特怀特是那种经得起推敲的人物。他从来没当过局长,却是隐藏在幕后的推手。他参与的秘密行动,许多都还是高级机密。如果他开始泄密,无论是摄政公园还是别的地方,肯定会有人担心。

她坐下后说:"他们——我是说总部,这种情况下他们会介入吗?"

"我很怀疑,应该不会吧。不过,英格丽德·蒂尔尼确实有可能做出这种事,戴安娜·泰维纳为了保住自己的位置肯定也下令杀过人。但蒂尔尼已经下台了,而且据我所知,戴女士现在正应接不暇,应该不会因为怕有人乱说话就暗中下令谋杀老特工。"

路易莎说:"好吧,但我不是想说他们可能会派人去杀他。不过我看出来了,你确实思考过这方面的问题。我想的是有没有那种——专门为遇到困难的前特工设置的养老院?他们之前不是有类似的机构吗?"

"抱歉,我可能太疑神疑鬼了。"

"职业病,可以理解。"

他说:"以前是有过这么一个地方,但是几年前关闭了,因为财政紧缩。"

"天哪。"

"嗯,总之,他也不会轻易接受这种命运。要想把他从家里拉出来,至少要派一个突击队。"

"所以他知道自己的情况吗?"

"我也不知道。我是说,总的来讲……他还没忘记自己是谁。但他好像忘记自己已经退休了,有时我觉得他还生活在冷战时代。"

"很多老年人都活在过去。"

"但很少有人拥有那样的过去。他在家里放了一把枪,路易莎。他本来应该把枪放进保险柜的——我是说,理论上他甚至不应该持有枪支,但既然他已经有了,就应该锁好。但上周我去的时候,发现枪就放在厨房灶台上。他说是为了赶走白鼬。"

"白鼬?"

"以前他们会管侦查员叫白鼬——如果受到了监控的话。"瑞弗顿了顿,喝了一口酒,然后说,"哎,我也不知道。韦斯特艾克斯购物中心都出了那样的事,也许我不该把精力都放在一个老人身上。"

"他是你的外公,你会在意也是很正常的。"

"嗯。"他看了看手表,"我该走了。"

"你要去看他吗?"

"对。谢谢你,路易莎。谢谢你听我说话。"

"我们本来就该互相帮助。"为了防止他误解她指的是他们两人,她补充道,"我是说,整个斯劳部门。除了我们自己,没人会帮我们。"她停顿了一下,说:"我想凯瑟琳了。"

"我也是。"

"你觉得兰姆也是吗?"

"……当真?"

"自从她辞职之后,他就很少露面了。"

瑞弗说:"他只是想念身边有个酒鬼的感觉,他觉得少了很多乐子。"瑞弗喝完啤酒,站了起来,"我该走了,要赶下一趟列车。"

"希望你外公没事。"

"谢谢,但我觉得这种病是不会好转的。"

"也许吧,但好在他还没开始在村里的草坪上大声背诵自己的回忆录。"

"我最担心的不是这个。"

"那是什么?"

瑞弗说:"我怕他会开枪杀了来敲门的人。"

瑞弗看向列车窗外,夜色中,伦敦市的轮廓飞速掠过。他想起了母亲。

他很少想起母亲。他们偶尔会打电话——一般是她在国外的时候。这样她就可以毫无负担地说自己很想他,希望他可以"买张机票"飞来昂蒂布、费拉角、圣莫尼卡、格施塔德,这样他们就可以好好享受一下亲子时光。她知道这是不可能的,所以才会这么说。另一方面,每次她回国,瑞弗总是等她走了才得知,或者根本就不会知道。"我太忙了,亲爱的,一分钟都抽不出来。你知道的,我真的很想见你。"但他已经不会为此感到焦虑了。每次他们见面的时候,他都感觉像在作秀,好像他是个初出茅庐的记者,应邀去采访一位过气女明星。眼前的画面越来越小,他只是站在一旁,看着它发生。

现在的伊泽贝尔·邓斯特布尔早已不再是年轻时的样子。瑞弗七岁那年,她把他丢在父母家门口,然后和一个他连名字都记不起来的男人私奔,消失了整整两年。他觉得她可能也不记得了。二十多岁那段躁动不安的日子早已过去,现在她是个备受尊敬的寡妇。虽然她可能会承认自己年轻时犯过一些小错,但绝不会承认她有过一段自由放荡、无法无天的岁月。但这并不意味着她和父亲和好了。萝丝说,很久很久以前,瑞弗还没出生的时候,他们曾经"大吵过一架"。瑞弗的外婆向来为人低调,不会轻易透露他人隐私。她告诉瑞弗,具体情况不应该由她来说,但是两位当事人也没有提供任何线索。

上次他看到两人同时出现,还是在萝丝的葬礼上。据他观察，父女俩都没有对彼此说过话。少年间谍瑞弗·卡特怀特很善于观察。他错过了原版的冷战，只能用母亲和外公之间的冷战凑合一下，直到下一次来临。

他不禁想道：母亲知不知道"老家伙"的现状？如果他告诉了她，算是背叛了谁？

车厢里充满潮湿外套的气息。每当对面有车驶过，窗户都会猛地被风掀开。坐在瑞弗对面的男人正在打电话，声音很大，说自己多么快就参透了最近印花税的变动。大家忍到现在都没用他的背带裤把他勒死，说明英国的通勤者都十分宽容。

瑞弗知道，外公经常会想起母亲。外公会装作不经意地问他母亲"最近有没有消息"，但是从来不会喊伊泽贝尔的名字，仿佛这会显得两人之间的关系比实际上更亲密。瑞弗说，母亲一切都好。大卫会说："那就好。"或者，"这样很好，不是吗？"

但老家伙自己的状态并不好。瑞弗对路易莎说的只是一小部分，更糟糕的是，最近去看外公时，老人甚至没能认出他。但外公伪装得很好，瑞弗进门半个小时之后才意识到，他并不认识自己。老人非常专业地隐藏了记忆上的缺陷，他会重复瑞弗说过的话，用模棱两可的回答掩盖自己的无知。老家伙从来没做过外勤特工，但他一直生活在他们身边，知道该如何应对。

瑞弗一般都会在周中留宿，但那天晚上他还是回伦敦了。一想到外公会躺在床上夜不能寐，害怕他这个睡在客房里的陌生人，他就觉得无法忍受。

对面的经济学大师自吹自擂愈发露骨。他和瑞弗年纪相仿，但看他穿的衬衫和鞋子，身价可能是瑞弗的一千倍。然而，钱并不是万能的。瑞弗倾身向前，用手碰了下他的膝盖，说："可以麻烦你挂一下电话吗？"他的语气很礼貌，但眼神并不礼貌。

男人眨了眨眼,说:"你说什么?"

瑞弗又重复了一遍自己的请求,但这次并没有用请求的语气。

男人瞪着他看了四秒钟,似乎在衡量利弊,然后对着电话说:"我待会儿再打给你。"他收起了手机。

"谢谢。"瑞弗说。

侧边又吹来一阵强风,窗户再次被"啪"的一声掀开。

路易莎当时说:好吧,但我不是想说他们可能会派人去杀他。不过我看出来了,你确实思考过这方面的问题。

但他作为外公养大的孩子,怎么可能不去想?

瑞弗当时想对她说,他很担心,因为外公一直很爱讲故事。就算是现在,每次去看他,他们都会坐在老人的书房里,一边喝酒,一边聊过去的秘密。虽然外公讲得断断续续、杂乱无章,还经常跑题,但这并不意味着那些故事不再是秘密了。一想到老家伙每天会去村里转一圈,前往肉铺、面包房、邮局……对那里的人讲述同样的故事,他就一连两个晚上没睡好觉。当地人觉得外公是交通部高官,会对别人发号施令。那些秘闻和故事,他们只当是老人糊涂了,开始胡言乱语。但这并不意味着他不会引起注意。摄政公园没有忘记大卫·卡特怀特的名字,他曾带领情报局度过了动荡时期。他从未亲自掌舵,而是轻轻扶着掌舵人的手肘。是他为情报局保驾护航,确定方向。现在他老了,老间谍容易忘事,忘记哪些事能说,哪些事不能说。很多人暴露身份并不是因为受到了敌人的攻击,而是需要有人倾听。所以必须找人盯着他们,以防他们泄露机密。瑞弗怎么可能想不到这一点?有时情报局会伸出一只戴着手套的手,悄然帮一名老间谍走完人生的最后一程。

他们会觉得,与其让大卫·卡特怀特这样的传奇人物将秘密公之于众，说给亲朋好友和整个世界，登上《星期日泰晤士报》，不如由他们来提前阻止。

他们会先派白鼬去打探情况。

老家伙家里有一把枪，被他从保险柜里拿出来了。

列车轰隆隆地驶向目的地。瑞弗脑海中浮现出各种各样可能的场景，一个故事有太多种结尾。

可能会发生得非常迅速，不需要他人介入。帮老人放水泡个澡，拉住他的脚踝，很快就结束了。

天哪，听听你自己在想什么？

但他曾经不止一次对瑞弗说过：如果我哪天变成这样，你就一枪崩了我，像射杀一匹马那样。他指的是当他老得开始神志不清、精神恍惚的时候。而且他不是在开玩笑。对于一个靠头脑为生的人来说，没有什么比失去理智更可怕了。

这就是你面临的两难困境，瑞弗苦涩地想道。你能下得去手吗？如果知道这么做会让你崩溃，你还能按他说的去做吗？还是说，你的顾虑、你对他的爱，还有你的胆怯会阻止你，妨碍你践行他此生唯一一次请求，让他活在地狱中？

也许他应该寻求母亲的建议。

窗外，树木在狂风中乱舞。从车站走过去要十分钟，他肯定会被淋湿。但正好应了他此刻的心情。

对面的男人和他对上了目光，匆匆错开眼神。瑞弗盯着他看了一会儿，又看了看窗户上男人的影像。但他的思绪飘向了别处，飘向在寒冬中摇摆的树木，飘向肆虐的狂风，飘向黑暗。

门铃响起，刺耳的铃声拖得太长，仿佛在打探整栋房子，上下搜寻是否有人在家。大卫·卡特怀特在书房里，坐在他惯常的椅子上，手边放着几本书。最上面的一本是《荒凉山庄》，他最近正在翻看。只是粗略地浏览一下，因为他已经失去深入细节的耐心。他越想仔细看，角色就崩坏得越厉害，他们表面上的身份就越是显得虚假。

门铃再次响起。

瑞弗有钥匙，但很少用到。他用这样的方式来表达对外公的尊重，尊重老人的私人领地。老家伙很怕变成那种需要照顾的人，让邻居隔三岔五地来门口看看他，就为了"确认一下你过得怎么样"，实际上就是看看你是否还活着。他还活着，还没死。他站起身，来到走廊上。灯光照出了一个人影，映在前门的磨砂玻璃上。灯光不再闪烁，这似乎很重要，但他想不出原因。

他没有继续向前，而是喊道："是谁？"

"是我。"

他等待着。

"……外公？是我，瑞弗。"

听起来不像瑞弗的声音。但话说回来，今天发生了太多事，他现在很累，而且心情烦躁。毕竟，他穿着睡裤进了村。那个商店里的女人说她叫爱丽丝，开车把他送回了家，路上她随口聊着天，好像这是很正常的事。她等着他换好衣服，他下楼的时候，她已经烧好了水。"一杯热茶"就是解决所有问题的万能药。他们坐在厨房餐桌边，吃了一块蛋糕，他问了她几个刁钻的问题，但她都完美地答上来了。即便是现在他也不能确定：她到底是个冒牌货，还是他的记忆被人篡改了？他们想让他失去对现实世界的感知能力，说他老糊涂了，是个无害的老人。这样等时机到来，就更方便对他下手。为了达成目标，他们会利用那些爱他的人，因为这就是间谍街上的规矩。你不能相信朋友和邻居，但最该害怕的却是自己的家人。

"外公？你还好吗？"

人影动了动，离得近了些，能看出他戴着兜帽。无论他是谁，此时他抬起了一只手放到眉前，透过磨砂玻璃向内窥探。

"你外婆叫什么名字？"

"……什么？"

"很简单的问题。"

如果外面的人是瑞弗的话，他此时陷入了沉默。

"因为如果你不知道——"

"外婆的名字是萝丝，你妻子的名字是萝丝，外公。还有你的女儿，我妈妈，她叫伊泽贝尔。"

这并不能证明什么。随便一个白痴都知道要做好功课。

男人又敲了敲门。"外公？你还好吗？"

让敌人进屋。假装卸下了伪装。他并非手无寸铁之人，这个入侵者会付出代价的。

他转动门锁，打开门，让门前的陌生人进来。确实很像，他们干得很漂亮。如果他真的像他们以为得那么糊涂，可能真的会以为这个男人就是瑞弗·卡特怀特。

男人推开门，逼得大卫向后退了几步。他关上门，说："外面好冷。"

"你从哪儿过来的？"

"你明明知道我从哪儿来，"他垂下眼，"你得穿上拖鞋。"

老家伙低头看着自己的脚，他只穿了袜子，脚踩在冰冷的地砖上。

"你的拖鞋呢？"

他把拖鞋扔掉了，但并不想承认，因为这只会引来更多问题。他为什么要扔掉拖鞋？拖鞋为什么会浸水？外面下着雨，他为什么要穿着拖鞋出去？承认自己犯了这样的错，就着了他们的道。所以他只是瞪着那个年轻人，意思是他不会再讨论这个问题了。

年轻人困惑地回望着他，头歪到一边，就像瑞弗会做的那样。"今天出了什么事吗？"

"没有。"

"你确定吗？你看起来有些……茫然。"

"我没事。"他怒道。

他曾坐在首相办公室里，听情报局局长向首相汇报东德边境上异常的军队活动。那是威斯敏斯特自一九六二年十月以来最紧张的一周。后人解读时普遍认为，这次简报对首相起到了关键性的安抚作用，导致了她后来一系列的缓和政策。值得一提的是，这份简报正是由卡特怀特本人撰写。是他，大卫·卡特怀特，影响了历史的进程，抚平了一次矛盾的爆发，确保了成千上万的普通人不被卷入战争，能够继续平静地生活。而这也不过是他漫长人生中普通的一天，每一天都有新的事件发生。所以今天有什么特殊的？没有谁的生命受到威胁，没有战舰沉海。他只是穿着睡裤去了商店，仅此而已。任何人都有可能做出这样的事。

"屋里好冷啊。"

"我不觉得。"

"你应该把暖气打开。"

温暖会让你变得迟钝，不再警觉。

自称瑞弗的年轻人大摇大摆地走进厨房，好像在自己家里一样。他用专业的目光扫视各个平台的表面，检查有没有疏于打扫的痕迹——没洗的餐具、滋生的霉菌。他会找很久的。萝丝·卡特怀特一直把家里打理得井井有条,她死后,大卫也是一样。

"你吃东西了吗,外公?"

"吃了。"

他吃了蛋糕。一块蛋糕加上一杯茶,是那个叫爱丽丝的女人准备的。当然,这个男人肯定早就知道了,因为她会向他汇报情况。

"我来帮你准备一些泡澡的热水吧。"

"我什么时候说过要泡澡?"

"外公,你看起来冻坏了。壁炉也没生火,你这样不开暖气坐在屋里多久了?我帮你准备点热水,你去暖暖身子,然后我把壁炉的火点上。"

"瑞弗从来不会……"

他没能继续说下去。

"我就是瑞弗。"

"你最近和你母亲说过话吗?"

"她很好,她让我代她向你问好。"

她从来不会这么做,老家伙想道。

"你的声音为什么听起来这么奇怪?"

"有点感冒,不用担心,不会传染的。咱们上楼吧。"

这不是他的外孙,不是他那天在花园里见到的那个男孩——男孩一头乱糟糟的金发,穿着T恤,闷闷不乐。伊泽贝尔开着车和她的新情人走了,他们一点也不般配。那之后他整整两年都没再见到她。

他当时跪在地上,手里拿着花园铲。那天的谈话历历在目,仿如昨日。

我们都会犯错,瑞弗。我自己就犯过一些错,伤害了别人。这种错误是必须被铭记的,你必须从中学到教训。

他一直把瑞弗当成平等的人来对待,从来不会居高临下。

我以后就要住在这里了吗?

是的,不然我们也不知道该拿你怎么办。

事实证明,让另一个人进入你的生活就是这么简单。

从七岁起,瑞弗·卡特怀特就是他的骨肉,是他心里一道温暖的光芒。如果真正的瑞弗还能自由行动,甚至活着的话,他们敢把一个冒牌货送到他家来吗?

"外公?"

"……什么?"

"我帮您准备泡澡的热水吧?"

"好吧,"他说,"就这么办吧。"

"好,那就太好了。"

"你上楼去吧。"大卫·卡特怀特对陌生人说道,"我要去书房里拿个东西,很快就来。"

因为他并不是他们想象中那个手无寸铁的人。

4

手机在桌面上震动的声音就像放屁。这个声音在杰克逊·兰姆的卧室或身边并不罕见,也许正是因为太熟悉,所以他才没被立刻吵醒。从梦境之海浮上水面的过程漫长而痛苦,就像一头被拉上岸的鲸鱼。终于,他顶着乱糟糟的头发,睡眼惺忪地醒了过来,手机像块肥皂一样从他手里滑了出去,他不得不俯身到床边,在地上摸索。

任务完成。他捡起手机,接通电话,说了一句:"妈的?"

二十秒之后,他又说了一句:"妈的。"然后挂断了电话。

有那么一会儿,他只是躺在黑暗中。卧室里都是汗臭味,闻起来像是在摔跤场。他似乎在什么时候把暖气打开了,又忘记关上,温热的空气令人神经迟钝。他穿着宽松的平角内裤,脖子上挂着领带,脚上还有一只袜子。领带打了死结,没法从头上绕出来,也无法穿过身体的其他部位。但至少他努力了,还记得要脱衣服睡觉,生活正在一点点变好,直到那通电话打来。

他又说了一句"妈的",然后起身下床。

早饭是两大杯自来水加上四片布洛芬。刮胡子是不用想了,但他用厨房剪刀剪开了昨天挂在脖子上的领带,替自己松绑。他翻出了一套"新"西装，意思是这套西装虽然不一定挂在衣架上，但至少是从衣柜里拿出来的。他又花了十分钟找鞋，最后在门外找到了消失的那只鞋。但当他试图把脚塞进去时，鞋子却好像一夜之间缩水了。仔细查看之后才发现，原来里面还有一只袜子。他把袜子团成球，放进衣服口袋，然后终于把脚塞了进去。就这样，他踢着没系鞋带的鞋子走到车边，把驾驶座上的老鼠屎扫下去，驶向肯特郡。

街道不算空旷。现在刚过两点，路上还算冷清，所以他打开了自动驾驶模式。开到城市边缘，路灯越来越稀疏，最终变成一片漆黑，只剩下迎面驶过的车灯勾勒出起伏的地面。兰姆边开车边抽烟，每次抽到滤嘴，他就摇下车窗，把烟蒂弹向夜空，橙色的火星在寒冷潮湿的空气中四散飞舞。

夜色中有一双反光的眼睛看着他驶来，和一只兔子差不多高。汽车颠簸了一下，车轮把皮毛和骨头碾进沥青，又继续拖行了十码。兰姆脸上的表情没有丝毫变化，手中的香烟在腿上落了一条长长的烟灰。

他把车停在路边，车胎肯定会在草地上留下痕迹。他在车里坐了一会儿。暖风把空气吹得燥热，有一股橡胶的味道。但车里还有其他更刺鼻的气味，比如烟味，还有几百年前掉到副驾驶座下的那半份炒面。现在只有强力吸尘器，或者专业的除害专家才能把它清理干净。但是话说回来，兰姆身上的气味也不怎么清新。他又往嘴里塞了一根烟，但是没点燃，反而用拇指和无名指揉起了眼角。闭上眼后他还能看见马路上驶过的车灯，影像循环了几次，渐渐变回一片黑暗。

今夜不见星空，厚厚的黑云包裹天空，雾气笼罩路灯，树篱上坠着沉甸甸的雨水。街边的房子大而宽敞，彼此相隔甚远。房屋与房屋之间竖着墙或栅栏，与邻居隔开。每座房子都立在由草坪和花圃构成的孤岛上，被一个多世纪的沉重历史钉在地上。房屋的门柱开始斑驳、剥落，车道坑坑洼洼，像农场一样。每栋楼里都有拉布拉多犬和威灵顿雨靴，还有代代相传的风衣。这是伪装成传统的故步自封，也可能相反，因为住在这里的都是些"老钱"，即便昔日荣光不再，也要维持体面。当然也有一些穷困的居民，他们主要负责打理草坪、维修锅炉。就连狐狸都有一身蓬松的红色皮毛，松鼠又胖又活泼，跟它们在伦敦公园和小巷里吸食尼古丁成瘾的同类截然不同。住在这里的人扬扬自得、神气十足，继承的财富是他们自信的底气。兰姆下车，狠狠地甩上车门，走进寒风之中。没必要小心谨慎，他看到旁边房子二楼的窗帘被人拨动了一下。

一辆警车停在大卫·卡特怀特的门前。另有两辆无特殊标识的车停在旁边，一辆车里坐着人，另一辆打着双闪，车里是空的。兰姆走过去，感觉到了灯光照在身上的温度。卡特怀特的前门是敞开的，光从屋内洒向车道。一个身穿制服的警察站在门前，警惕又轻蔑地看着兰姆走来，就像在看一个马戏团小丑。"这位先生。"他说，短短四个字，既不是提问，也不是陈述。兰姆觉得自己好像在跟一个提线木偶说话。

他没有直接回答警察的问题，而是打了一个大大的嗝，这个嗝已经在他肚子里酝酿了整整五分钟。

"很有说服力，先生。但我还是需要看一下您的证件。"

兰姆叹了口气,伸手去拿自己的工作证。

一名技术人员站在走廊里,收集楼梯扶手上的指纹,看起来很像电视剧里不起眼的配角。主角则是一个正在打电话的女人。她穿着黑色西装,一头金发紧紧地束在脑后。如果这个发型是为了降低她的魅力,那么显然失败了。就算在她脸上画胡子,她还是能吸引全场的目光。看到兰姆后,她挂断了电话,把手机放回外套口袋里。她有一双蓝色的眼睛,黑色的西装外套下穿了一件白衬衫。她公事公办地看着兰姆,没有伸出手。

"你是兰姆。"她说。

"多谢了,"他说,"在这个时间点,我经常怀疑自己是谁。"

"我们没见过面,我是艾玛·弗莱特。"

"猜到了。"

艾玛·弗莱特是"看门狗"的新老大。"看门狗"是情报局的监察部,专门负责处理内部问题。他们会抓出各种行为不端、滥用职权的人,管辖范围从贩卖机密到可疑的性伴侣,不一而足。美人计比棋盘游戏的历史还要悠久,但愚蠢的历史更悠久。他们的狗绳很长,早已习惯随心所欲地漫步在各处,此时的活动范围却被局限在了犬舍里。前任局长英格丽德·蒂尔尼擅自动用这个部门为自己办事,虽然积极进取值得赞扬,但被人发现滥用私权就不一样了。艾玛·弗莱特曾在警察局任职,管理层想指派一个履历清白的人接手,就找上了她。但曾有不止一名评论家指出:如果摄政公园已经沦落到要去伦敦警察局寻找清廉,也未免太过讽刺。

她说:"你认识卡特怀特先生吗?"

"哪个?"

"两个都算。"

"年轻的那个在我手下工作,他的外公以前给我派过一次任务。你准备带我看一下伤亡情况吗?"

她递了一双纸鞋套给他:"这是个犯罪现场,要谨慎一点。"

兰姆身后留下过无数个犯罪现场,但在案件发生之后才到达现场倒是头一遭。

穿上纸鞋套也是。或者至少弗莱特是这么认为的。兰姆没有弯腰,想直接踩进鞋套里,她愣愣地看着他。

"如果你把鞋带系好,可能会容易点儿。"

"我不觉得……"

她甚至懒得微笑敷衍。

他叹了口气,蹲下身系好鞋带。纸鞋套也很轻易就穿了上去。他站起身时,已经气喘吁吁、满脸通红。

"我觉得你身材有点走形了。"她说,"但我也不知道你想要追求哪种形状。"

他咧嘴一笑:"你是想牵起我的手吗?"

"戴着这个都不想。"她戴着乳胶手套。"现场在浴室,要上楼。"她补充道,仿佛不相信他会拥有这方面常识。

兰姆走在前面。相对于宽敞的房子,楼梯显得有些狭窄。地毯上的花纹微微褪色,是一团模糊的蓝金色。墙上贴着一系列版画和铅笔素描,画的都是手和脸,仿佛艺术家正准备创作一幅大作,但还没完成。最上方的画框里是一双张开的手掌,上面沾了血渍。兰姆停顿了片刻,朝下面的技术人员喊:"你漏了一块。"

二楼的楼梯口摆满了书,书柜围在一张座椅边,座椅面向窗户,窗外是花园的景色。最近的一扇卧室门是打开的,兰姆猜这就是老家伙的房间。走廊上还有另外三扇门,一扇门关着,最尽头的门边又有一组楼梯,通往阁楼和储藏室,曾经是仆人们的住处。其中一扇敞开的门对面，墙上有一个血淋淋的手印——就算你不是个侦探也能看得出来。兰姆从嘴里拿出烟，夹在耳后，双手插进兜里。

身后，弗莱特问道："兰姆？"

他顿了顿。

"里面情况很糟糕。"

"我都见过。"他说道，然后走进浴室。

尸体倒在地上。根据兰姆的经验，尸体一般都会倒在地上。当然，他也见过吊在树上的尸体，被冲上岸的尸体，偶尔还有几个挂在铁丝网上的尸体，像坏掉的人偶一样。总的来讲，如果你手头有一具尸体，地板往往就是它最终的归宿。不过这具尸体还有一部分溅到了浴缸上，它的脸被打了个稀烂，提醒着人们血肉之躯短暂易逝，很容易被迫改变形态。空气里好像有一股火药味，但这应该只是错觉。比起这个，血液和粪便的味道会更明显。毕竟，现在距离开枪时间已经过去好几个小时。

"他拿着这个。"弗莱特给了兰姆一张证件，和他拿给警察看的那张很像，但更新。他拿起证件，对准光，上面的图案看起来有点像瑞弗·卡特怀特的脸。

"嗯。"

他蹲下，仔细检查尸体，刚才系鞋带时的那种力不从心消失了。尸体穿着牛仔裤，黑色靴子，白色运动衫上套了一件黑色V领毛衣。他曾经有过牙齿、鼻子、眼睛，所有那些可以用来确认身份的器官，但现在一个都没剩下。于是头发就成了最重要的身份标识。他有一头金发，略微偏棕，不过现在浸满了鲜血。他留着短发,但并不是特别短,这符合兰姆上次见到瑞弗·卡特怀特时对他的印象。手指上没有戒指,身上没有佩戴其他首饰,瑞弗也一样。

"他有什么明显特征吗?"弗莱特问。

"他以前有一张脸。"兰姆说,"这算吗?"

"文身?伤疤?穿刺?"

"我怎么可能知道?我都是让他们穿好衣服再来办公室的。"

"我们会检测血液,但确认身份还是越快越好。"

"一颗痣。"兰姆说,"他上唇有一颗痣。"他看向浴缸,"不过你们需要一把镊子和筛子才能找到了。"

"所以这就是他。"

"你觉得呢?"

"我是在问你的意见。"

兰姆用一只手搓了搓脸,拿开手之后他的表情没有丝毫变化。"是他。"他说。

"你确定?"

"是瑞弗·卡特怀特。"兰姆说完后轻而易举地站起身,离开了房间。

她在花园里找到了他。他正在吸烟,虽然之前那根烟还别在耳后。远处,云层裂开一道缝隙,月光从空中洒下,银光落在潮湿的草坪和树篱上。庭院里铺着歪歪扭扭的石头,一套铸铁家具摆在上面。其中一把椅子翻倒在地,四脚朝天,就像一只搁浅的乌龟。

"你还好吗?"她问。

"有点头晕，"兰姆说，"我平时不怎么喝酒，但晚餐前喝了一杯雪莉酒。"

"那我就不浪费时间安慰人了。他遭到了两次枪击，两次都对准了脸。"

"有点过分了，但他确实挺烦人的——这个我承认。"

"你好像不怎么难过。"

兰姆面无表情地看了她一眼："我手下以前也死过特工。"

"你以前在一线干过。"

"那时候你还穿着尿布呢。邻居听到什么了吗？"

"我们来之前都没有。"

"所以是谁报的警？"

"他有个紧急按钮。"

"警察？"

"不，我们。"

"所以响应时刻是？"

她说："我们这次办得不太好。他是二十一点零三分按下按钮的，第一个响应的人员是二十一点四十九分到达的。"

"四十六分钟。"兰姆说，"幸亏情况不算紧急。"

"这是他三周来第三次按下按钮。前两次是因为他忘记那个按钮是干什么用的，就试按了一下。"

兰姆用手指点了点太阳穴。

她翻了个白眼。"上次体检时结果都正常，他承认偶尔会忘事，但没什么大不了的。他能记住日期，他的电话号码，首相的名字。"

"真了不起。"兰姆赞同道，"他能记住自己长什么样吗？"

"我只是说，我们没有理由认为他的情况比普通的健忘症更糟糕。更不可能料到会发生这样的事。"

"我还以为紧急按钮就是为意外情况准备的呢。"兰姆把烟头按灭在桌子上,"如果我们是第一个响应的,警察怎么会来?"

"如果有尸体的话,通报警察是标准流程。"

他吹了个口哨。"我听说过局里已经企业化了,没想到还被阉割了。"

"你可能跟不上时代了,现在我们都尽量把工作内容局限在法律允许的范围内。也就是说,酒后驾驶是大忌。你没收到局里发的简报吗?"

"读不了,我的解码器坏了。所以他在哪儿?"

"谁?"

"大卫·卡特怀特啊,还能有谁?"

"问题就在这里。"艾玛·弗莱特停顿了片刻,"我们也不知道。"

"我以为你说他有个按钮。没人说过那个东西是可追踪的吗?"

"谢了,我会记下的。但我们已经在厨房台面上追踪到了这个按钮。"

"你检查过灶台下面吗?"

"他不在这栋房子里,也不在花园里,不在附近邻居家。我们可以来一次地毯式搜查,但在接到上级的明确指示之前,我们不能引起太多注意。"

"枪呢?"

她摇了摇头。

"所以,总结起来就是,"兰姆说,"一个退休老间谍——我是说,真的,这家伙知道的秘密比女王晚餐吃过的鸡肉都多——

开枪把自己外孙的脸打烂,然后趁夜逃跑了,还带着武器。哦,对,他还失去了理智。"他摇了摇头,"这事在推特上可不好看。"

"至少这周很方便我们转移话题,隐瞒坏消息。"

"什么,你是说韦斯特艾克斯购物中心?开玩笑吧。有炸弹在伦敦爆炸就说明情报局是废物,恰好小卡特怀特也是个废物。相信我,网上的键盘侠肯定很快就能把两者联系到一起了。"

"我们会在那之前解决事件。"

"你接下来将会听到我对此表达信心的声音。"他放了一个屁,伸手去拿夹在耳后的那根烟。

花园远处出现了窸窸窣窣的动静,但那只是大自然的声音,并不是某个退休间谍。兰姆点上烟,盯着那个方向。云层的伤口愈合了,仅剩的一点月光也消失了。

"所以你就是那个著名的斯劳部门的老大。"弗莱特说,"那不是个收留废物的地方吗?"

"他们不喜欢被人喊废物。"

"那你怎么叫他们?"

"废物。"兰姆说。他不再研究那片黑暗,转而面向她,"而你是新的狗老大,不知道为什么,我总觉得新来的人不会这么……女人。"

"你这是在性别歧视吗?"

"天哪,怎么你也来这套。性别歧视、性别歧视地说个没完,好像随时随地都在来月经似的。"他呼出一口蓝色的烟雾,"所以你来这儿多久了?"

"两个月。"

"之前呢?"

"在伦敦警察局干了十一年。"

"穿制服?"

"问这个做什么?"

"只是了解一下。"

"当然了,我是穿过几年制服。"

"衣服还留着吗?"

她翻了个白眼。

"别害羞,"他说,"你这个形象,加上一套制服,有些人会非常开心的。"

"万一我是同性恋呢?"

"那就会让更多人开心了。"

"这个话题很不合适,兰姆。毕竟,你手下刚死了一个人。"

"这是我消化悲伤的方式,你得给我一些空间。"

"我觉得你该走了。多谢你提供的信息,等血液检测结果出来之后,我们会通知你的。"

"不用着急。我可不想在'否认阶段'①的时候被打扰。"他把烟丢在地上,用脚踩灭,"上一任狗老大撞上了一根铁棍,你听说了吗?虽然现在他又能站起来了,但我听说他们在他衣服上贴了喂食指南。"

"有传闻说挥动铁棍的人就是小卡特怀特。"

"传闻各种各样,但大多是酒后的胡言乱语。他的前任比他强多了。"

"恶犬萨姆·查普曼。"

"那只是个外号,他人没那么坏。"

"但他弄丢了二点五亿英镑。"

---

①悲伤的五个阶段理论将其分为否认、愤怒、迷茫、抑郁、接纳五个阶段。

"我说了他人不坏,没说他是完美的。"兰姆把手插进兜里,"祝你好运,希望你能找到那个老家伙,瑞弗以前是这么喊他的。"

"希望是个爱称。"

"瑞弗是这么想的,但那老家伙是个货真价实的浑蛋,我可以保证。"

他走过她身边,她皱了皱鼻子,说:"你最近洗澡了吗?"

"很诱人的提议。"他说,"但恐怕有点不合时宜,毕竟,我手下刚死了一个人。"

他穿过双开门,走进屋内。

"不,真的。"艾玛·弗莱特对着他的背影小声道,"听到第一个脏字的时候我就已经沦陷了。"

伦敦市,黎明破晓,照亮熟悉的轮廓,灰色的光线从缝隙中渗出,勾勒出高耸的建筑物。天气预报又是阴雨天,雨水如约而至,淋湿了首都的街道。出租车已经开始四处游荡,第一拨通勤者涌出地铁站,四处寻找雨伞。街角曾经的报刊亭不见了,取而代之的是穿着雨衣的年轻亚裔,向路人免费发放传单。很多人把传单当成临时雨伞用来挡雨。人行横道的警示灯倒数至零,巴士缓缓驶出阴影,新的一天迈着沉重的步伐醒来,再次准备迎接冬日的摧残。

早上七点半内阁要召开紧急会议。开会时间定在早上是一种传统,为了表明参会人员对此事的重视。潜台词就是:虽然可能不会有什么进展,但至少我们没怎么睡觉。于是,从早上六点开始,各部门就开始组织前置会议,把事情逐一安排妥当。一些参会人员是新面孔。过去几个月来，危机的到来导致不少人事变动。有时人们会把白厅里的生活比作抢椅子游戏，这让人联想到戴帽子的淑女、穿硬领衬衫的绅士，精心排练过的四重奏乐队时不时停下演奏，人们开始温文尔雅地抢座位。没有推搡，没有争执，也没有睡前的眼泪。最终，礼貌而克制的掌声献给胜者。但现实更像是群魔乱舞，背景乐则是死亡重金属。大部分玩家被混响震聋了耳朵，根本意识不到音乐停了。败者的脸上印着胜者的鞋印。但即便如此，技巧最精湛的玩家偶尔也会发现自己被人反将一军。比如曾经的内阁大臣兼首相候选人彼得·贾德。此时他已经从政坛隐退，官方说法是他的商业利益和政治事业产生了冲突。前任情报局局长英格丽德·蒂尔尼女士同样放弃了宝座，转而投身一家维护英国传统价值观和文化遗产的慈善机构。这个机构的目标和她之前的工作相差无几，但至少我们可以期待这次不会再血流成河。此外，还有其他人离开了威斯敏斯特。必须再三强调，他们的离职与正在调查的儿童性侵案毫无干系。相反，他们的理由非常高尚：为了给政体注入新鲜血液，为年轻人让路，给女性腾出新的空间。正如一位离任的知名人士指出的一样：他的措辞充分展现出了他紧跟时代的脚步。所以音乐停下，复又响起，满身瘀伤和血痕的玩家们默默地舔舐伤口，开始重新选边站队。

不过，虽然发生了这么多的变动，但总的来说，英国政坛还是一如既往。

清晨的阳光照在高楼上，向下数几层，摄政公园的新任局长正在讲话。

"首先是总结现状。这是一次新型事件,我们之前都没有见过类似的情况。袭击的目标是人群,是的,我们一直害怕发生类似的情况。无论是在足球场,还是集市广场,但总体而言,这次的恐怖袭击是一种全新的形式:那些孩子是受邀前去的。"

克劳德·惠兰个头不高,宽额头,说话有些拿腔作调。句子就像从穿了孔的纸张中渗出,几乎可以听见句号的声音。但他的态度是和善的。他身上有一种轻松随意的氛围,这似乎构成了他性格的主要特征。虽然原则上,总部的高官都应该西装革履,但惠兰第一天上班时,西服外套下面只搭了一件网球衫。数据部的其中一个员工曾激动地将其评价为:"一缕清风吹过整栋大楼。"

"我们一直都知道,总部的安保措施无法应对个人发动的恐怖袭击。群体组织的袭击我们能够提前预防,因为他们必须互相沟通。但是在自家车库里组装好炸弹,在当地超市里引爆的孤狼——如果他们从来没上过警戒名单,我们就无从阻止。关于这一点,大家都心知肚明。但我们的优势在于,孤狼式的袭击者一般很容易辨识。他们往往行为古怪,容易引起怀疑。和好莱坞电影中出现的形象不同,他们往往智商较低,所以更多此类恐怖分子会止步于自家车库,无法成功抵达商店、执行计划。"

他五十多岁,已婚未育。妻子的照片就摆在他的办公桌上,他也会向来访的人介绍她。"克莱尔,"他会说,"没有她我都不知道该怎么办了。"说这句话时,他会微微皱起眉头,仿佛这不只是客套的比喻,而是他真的认为存在另一种可能性:世界变成了一片荒原,他漫无目的地徘徊其中,绕着空无一物的地方打转。

"这次的事件则不同。犯人精心策划了这次袭击,甚至黑进最早提起该事件的推特账号。账号的主人是理查德·怀亚特,今年二十一岁,是伦敦政治经济学院的学生。他是学联成员,负责组织娱乐活动,所以有很多人关注他。那条推文是他在事件前一天,也就是周一早上八点四十七分发布的。内容为'招募舞蹈快闪人员',后面跟了三个感叹号和一个标签'#购物中心快闪活动#'。我们已经确认,这条推特并不是怀亚特先生本人发布的。"

惠兰的办公室也是八卦的一大谈资。他的前任,一个喝鲜血当早餐的甜美老太太,英格丽德·蒂尔尼女士,曾在摄政公园最豪华的房间办公。窗外是公园的美景,夏日里,墙上会映出斑驳的树影。惠兰却决定要和他的员工们在一起。员工们大多在不见天日的地方伏案工作,头顶上只有能调成"春天模式"的灯泡。所以,他选了一间情报中心附近的小办公室,这一亲民举动立刻为他赢得了初级特工们的好感,却让其他人如坐针毡。

"到了下午,那条招募快闪人员的推特已经被转发四百多次,脸书上还出现了相应的页面。页面是克雷格·哈里森设置的,他今年二十二岁,待业,来自布里斯托尔。现在几乎可以确定,他只是热衷于扰乱公共秩序,喜欢恶作剧,并非恐怖分子。但他本人没有参加聚会这件事值得警惕。据他所说,他付不起来伦敦的车票,但还是很想参与这么炸裂的活动。当爆炸真的发生之后,哈里森先生迅速补充道这只是在形容派对规模,他并不知道会发生袭击。调查人员已经确认,他确实面临经济困难。但此时此刻,针对哈里森先生的问询还未结束。"

除了一些小小的波折,一切都进展顺利。伴随克劳德·惠兰吹进来的一阵清风可能掀起了几张纸,甚至把一两张从书架吹到了地上,但并没有撬动不该撬的锁,也没有打开不该打开的门。"那个叫惠兰的家伙,"走廊那头的大人物说,"说到底,他还是我们的人。"

很多时候，有这么一句话就够了。

"那么，事件本身呢？引爆炸弹的人知道会有一群人聚集在这里，因为他的目标群体会响应推特上的号召。原本，这对于他来讲就已经足够了。但是不，他希望让派对开始，因为他知道，这会让整个事件的骇人程度翻倍——不是几倍，而是成百上千倍。现在，虽然我们已经看过许多遍，但我还是要再播放一遍当天的录像。但这条录像的分辨率比之前更高、更清晰。请看。"他举起一只手，打了个响指，"这就是商场的监控录像。孩子们正在聚集，这里是拿着音响的三人组。"他做出挥舞指挥棒的手势，指着身后的空气，"然后，暂停。"

他停了下来，仿佛在等并不存在的听众研究暂停之后的空气屏幕。

"我们从无线对讲记录中得知，这三个男孩出现时，至少引起了一名韦斯特艾克斯购物中心警卫的注意。这个警卫名叫萨米特·查特吉，他看到那些年轻人，就猜到可能会出事。他猜对了，可惜他也成了受害者之一。三个男孩的名字分别是雅各布·李、卢卡斯·费尔维瑟和桑贾伊·辛格。他们都是十六岁，在本地同一所学校上学，据调查，三人是密不可分的好友。与极端组织并无联系，也没有逮捕记录……除了费尔维瑟。"

他挥了挥手中隐形的指挥棒，指向假想中费尔维瑟的图像。无疑，虽然没有人能看见，但他应该已经被黑色圆圈圈起来了。

"去年六月，费尔维瑟在一场失控的派对上被逮捕，并加以警告。派对是在另一个学校的朋友家举办的。当时父母外出，儿子在家里举办派对的消息被费尔维瑟传到了推特上。原本预计的一百来名客人骤然激增，变成两千多人。这件事登上了国家新闻。可怜的父母立刻结束度假返回，想要起诉负责人。而费尔维瑟，就像我刚才指出的那样，正是其中一人。虽然最后他并没有被起诉，却在网络上享有十五分钟的恶名。我们认为，这正是他吸引罪犯的原因。"

他又停顿了一下，也许监控画面又向前播放了几帧，也许还是停留在那三个年轻人身上。其中一人拿着巨大的黑色手提包，但所有这些——无论是男孩、手提包，还是他们的未来——都被炸成了一片虚无。

"第一条推特发布之后，卢卡斯·费尔维瑟就在同天早晨收到了一条短信，发自一台随付随用的手机。短信上写：'卢卡斯，想来找点乐子吗？'他回复：'你是谁？''一个朋友。'陌生人回复道。两人继续对话，完整记录就在各位手中的文件里。在聊到第三十八条时，卢卡斯·费尔维瑟和这个自称'德怀特过客'的人已成至交。德怀特说服卢卡斯为快闪活动提供音响，抱歉。"

克劳德·惠兰从面前的桌上拿起杯子，喝了一口水，然后继续道：

"卢卡斯·费尔维瑟又有机会出名了，也许他很享受被瞩目的感觉。但显然，他并不知道自己和朋友们将要面临怎样的命运。"

他又挥了下手，暗示身后的影片应该继续播放。

"于是，音乐响起，所有人都脱掉外套，开始跳舞。各位可以看到，监控画面的这个角落有一名警卫，他就是查特吉先生。在发现这只是一次快闪，并没有发生什么更严重的事之后，他就待在原地，没有进一步动作了。接下来又过了两分半钟，什么都没有发生。这只是一次简单的快闪活动。这种活动曾在零零年代中期红极一时，说实话，如果被突然卷入是有点烦人，但这只是年轻人在释放活力。如果这次也是这样就好了——不过,我们都知道事情并非如此。因为与此同时,在下午三点零四分,音乐播放了两分三十秒之后,这个男人出现了。他周围的人都在跳舞,他开始脱下外套,然后——"

电话响了。

"天哪,抱歉,克劳德。抱歉,抱歉,抱歉,我必须接一下。"

"没事的,戴安娜。"

"真的很抱歉,我马上回来。"

于是戴安娜·泰维纳拿着手机,溜出会议室,留下克劳德·惠兰独自在脑海中排练他一个小时后要给首相的内阁紧急会议做的汇报。

走廊里的谈话基本上是单方面的。戴女士(虽然没人会当着她的面这么称呼)安静地听着,偶尔点点头,问几个问题。这里没有窗户,但一组玻璃门反射着身影,她一边听着,一边对着玻璃调整自己的西装外套,顺手拍掉衣领上的线头。她栗棕色的头发自然卷曲,剪得比以往都要短。头上偶尔会冒出几根白发,她发现整齐的短发更方便消灭白发,而消灭白发也只是生活中的诸多战役之一。

她想,日渐增加的白发和去年的事件并非毫无关联。那件事甚至威胁到了他们的职业生涯。行动发生在情报局的档案库,设立在总部之外,位于伦敦市西侧。任何高风险行动都可能引发内部的权力斗争,斗争又不小心演变成流血事件,引发激烈的地下枪战。那个区域有不少从帕丁顿车站驶出的列车,很多人来这里卧轨自杀。但即便如此，一下子出现太多尸体还是会引起注意的。管治委员会的某些大人物等这个机会已经等了很久。不久前，他们的人被抓到贪污，身败名裂，这次可算被他们等到复仇的机会。如果你要问，难道贪污不是犯罪吗？确实是的，非要追究的话，甚至可以说是很严重的犯罪。但那可怜的家伙可是被剥夺了爵位啊！因为他读过哈罗公学，所以减了不少刑期。但是在监狱里蹲了三个月之后，他甚至没法在俱乐部里露脸。

于是，海斯附近的大屠杀同样在摄政公园引起了轩然大波。虽然戴安娜·泰维纳逃过了围剿，但也只是险些躲过。她兑现了不少人情，还威胁勒索了一些人。这条路充满了艰难险阻，她知道很多尸体被埋在了哪儿，但因为她自己也埋了不少，所以最好还是不要引起他人的注意。她一直想要坐上局长宝座，却不得不放弃这个梦想（或者至少是假装放弃），用来当作谈判筹码。所以现在她又回到原来的位置：总部的二把手。她必须毫无怨言、全心全意地支持那个抢走了她工作的新人，也就是克劳德·惠兰。他是从河对岸来的——那些情报黄鼠狼的老家。

她说："听着，艾玛。虽然我们也不想摊上这样的麻烦，但没必要进入警戒状态。如果这件事不被发到推特上，媒体就不会知道。你可以召集当地警方一起调查，去搜寻一番，直到那个老家伙自己出现。同时，让我们的人去和负责案件的警官沟通一下，让他们知道这件事涉及保密问题。如果他们抓到了卡特怀特，就要交给我们。必须强调，这次事件和韦斯特艾克斯的案件无关。这会让他们觉得两件事有关，更有可能配合调查。一个小时后向我汇报情况，注意不要惹到不该惹的人。"

她挂断了电话。

河对岸的黄鼠狼主要和情报数据而不是真人打交道。他们会将情报输入游戏系统，预测真实的结果；对远距离的外国知名人士进行精神评估；测试国内安全系统的漏洞。这说明他们大部分时间都握着鼠标，而不是在和真人交流，所以才个个都古怪得要命。不过惠兰看起来还算头脑清晰，善于社交，所以他要么是那群人之中的异类，要么就是个天生的政客。至少目前，他仰仗的对象是她。她是他在摄政公园臭名昭著的险恶泥潭中唯一的救生圈。

她走回屋，说："真抱歉。"

惠兰正在整理散落的文件，把它们都收回文件夹中。"严重吗？"

"不是韦斯特艾克斯爆炸案的事。是一个前特工——你听说过大卫·卡特怀特吗？"

"当然了。虽然我没见过他，但我知道你说的是谁。"

"对，嗯，他家里出了意外。那个老家伙开枪打死了一个入侵者，然后消失了。"

"天哪！"

"更糟糕的是，那个'入侵者'是他的外孙，现在也隶属于情报局。这事确实很麻烦，但艾玛·弗莱特在现场，她会搞定的。"

"那个外孙，他——死了吗？"

"是的。你要继续讲完之前的汇报内容吗？"

突然转换的话题让他措手不及："……时间可能不够了。你有什么建议吗？"

泰维纳说："你要加快速度，尤其是开头的时候。所有人都知道这是个该死的悲剧，首相的发言稿有专人负责撰写。他想从你那里获得的，只有新鲜信息，这样他就可以把信息掰开，一点一点喂给媒体。再加上一点额外情报，可以留着等喂光了之后当储备粮。但媒体早晚都会把情报吸干的。这是一场硬仗，要做好打持久战的准备。你要警告他们这一点，虽然没人会听。他们肯定想明天就得到确切答复。"

"好吧，还有其他的问题吗？"

"他们会想知道，韦斯特艾克斯购物中心为什么没对类似情况做好应对措施。因为这次快闪活动也不算什么世界机密。"

"确实不是，但韦斯特艾克斯的安保人员并不是通讯总部。他们提防的对象主要是小偷，不会在网络上搜寻潜在的恐怖袭击信息。至于我们的监控，就算那条推特上了我们或者切滕纳姆的警戒名单，最多也只会停留一分钟。有什么警戒的必要呢？毕竟那只是一场学生恶作剧，又不是恐怖袭击计划书。"

"你可以这么说，但必须要一开始就说明白。把它纳入整个叙事体系里，不要表现得像是我们事后才找出来的借口。也不用担心切滕纳姆，如果是通讯总部搞砸了，那就是他们的锅。"

"这就是我们的统一战线？"

"这是一场零和博弈。如果通讯总部的权力扩大，我们的权力就会缩小。就这么简单。你拿到罗伯特·温特斯的资料了？"

罗伯特·温特斯就是三点零四分出现的那个男人。他来到韦斯特艾克斯的快闪活动，把孩子们炸到了天国。

"是的，上面记录了所有我们目前收集到的关于他的信息。"

"记得看资料说话，不要离题太远，推测没有任何帮助。"

惠兰把文件夹在腋下，说道："谢谢你，戴安娜，很感谢你的建议。"

"你第一周上任就碰到这种事，说不上是什么温和的入门体验。"

"确实,不过我也没指望会有多轻松。"他犹豫道,"我知道你,嗯,有自己的野心。"

他还没说完,她就摇起了头。"不可能的,克劳德。我和英格丽德女爵关系太紧密了,一旦她下台……"

"忠诚的代价。"

"这算是一种委婉的说法。"

只要提前五分钟做一下功课,就能发现她和英格丽德·蒂尔尼是水火不容的劲敌。而无论你对黄鼠狼有什么样的偏见,都无法指责他们不做功课。

他尽可能自然地问道:"戴安娜,在我去见校长之前,还有什么其他建议吗?你还有什么没告诉我的吗?"

"但凡是我知道的,你都会在一分钟后知道。"

"一分钟在情报工作的领域可是很长时间了。"

"只是打个比喻,克劳德。我不会对你隐瞒任何信息的。"

"很好。因为就像你说的,这是一场零和博弈。任何不支持我的人都是在反对我。希望我们能明确这一点。"

"很明确,克劳德。"她说,"对了,还有一件事。我需要你的签名。"桌上放着一些用订书机订好的文件,她去拿了过来,"需要签三次,抱歉,所有文件都要一式三份。"

"有些事永远都不会变。我需要通读一遍吗?"

"我应该劝你通读的,但你读完只会发现很多办公用品的采购地点。"

"我喜欢这份工作的原因之一就是,它对传统和繁文缛节的恪守达到了令人耳目一新的程度。"他快速浏览了最上面一份文件,在三份文件底部签署了自己的名字,然后匆匆离开了房间。

戴女士看着他离开,将文件抱在胸前,然后拿起手机,重新拨通了艾玛·弗莱特的电话。

"计划有变,"她说,"我要见你。"

5

内阁召开紧急会议时,斯劳屋也在渐渐苏醒——如果后门尖锐的摩擦声也能算是某种生命的声音的话。罗德里克·何穿着崭新的羽绒服,袖口和口袋边上镶着银色反光条。耳机将电锯般的吉他声注入他的大脑,手机忽然振动了一下,显示有一条新短信。应该是姑娘担心了,他欣慰地想道。担心他会不会在早高峰搭乘中央线的时候被城市妞钓走:就是那种在银行业工作,看起来像是会去维多利亚的秘密买内衣的女孩。男朋友是罗迪·何这样的猛男,也难怪她会紧张。电钻般的节奏还在他的脑海里回荡,他点开短信,期待着能看到"金姆"的名字,但发信人是兰姆。他一边上楼一边看短信,上到一半时说了句"天哪"。然后又说了一句"天哪"。最后爬上剩余台阶,来到自己的办公室。

莫伊拉·特雷格里安来上班的时候,他正躺在瑞弗办公室的地板上,折腾桌底的电线。她想要忽略他走过去,但还是败给了那双从桌底探出来的腿。所以十五秒后她又回来了,连外套都没脱。

"出什么事了吗?"

他没有回答。

"是网断了吗?"

因为如果情报局的网络瘫痪了,可能意味着发生了很严重的问题。没准儿她也应该找个桌子躲一躲。

但他还是没有回答。这时她才反应过来,那是罗德里克·何,而不是瑞弗·卡特怀特的双腿。卡特怀特不太可能穿大腿部位缝了紫色图案的牛仔裤,所以桌底的人很可能正在听随身听——或者其他类似的东西。她时常觉得这种东西不应该被允许出现在办公室里,但这给了她借口做接下来的事:她踢了一下罗德里克·何的鞋底。

虽然不疼,但他吓了一跳,头撞到了桌子。

"哎哟!天哪!"

"没必要这么夸张吧。"

他从桌子底下爬出来,冲她怒喊:"你干吗啊?"

她指了指自己的耳朵。

何把耳机拿出来,然后说:"你干吗啊?"语气还是同样气愤,但音量小了一些。

"因为你没有回答我。"

"是啊,因为我没听到。"

"没错。"

何揉着自己的头,和女人说话经常会导致他受伤。也许她们天生就是疯狂又暴力的生物。

"所以,你在干什么?"

"换电脑。这个比我屋里的备用电脑好。"

"但这不是卡特怀特的电脑吗?"

"哦,对了,你还没听说。他死了。"

"什么?"

"兰姆给我发了短信,你知道,我相当于他的左右手。"何说,"至于其他人嘛,哎,他们实在算不上什么成功人士。面对现实吧，雪莉就是个疯子，而且——"

"他死了？"

何说："兰姆刚刚确认了他的尸体。"

"我的天哪。"莫伊拉小声惊呼道。

身后传来了一些动静，路易莎来了。"发生了什么事？"

"我只是在换——"

"卡特怀特先生死了。"莫伊拉说道。

"不。"

"兰姆先生刚刚发了短信——"

"不。"

"很抱歉，但是——"

"不。"

路易莎走出房间，进入自己的办公室，轻轻地关上了身后的门。

"天哪，我刚才的说法实在不太合适。"莫伊拉说。

"什么说法？"何问。

J.K.科来了，隐身在他的连帽衫里。即使他发现了办公室里有其他人，他也没有说什么，只是趴在办公桌前启动电脑，双手已经开始在隐形的键盘上不停敲击。

"你听说了吗？"莫伊拉·特雷格里安问道。

跟罗德里克·何一样，他也听不到。

"难道你们都变成聋子了？"

也许是她的肢体语言透出一股危险的气息，科终于注意到了她，摘下了耳机，透过兜帽的缝隙看向她。

"是瑞弗·卡特怀特，兰姆发了短信，说他……"

她忽然意识到，这么说未免有点过于直接。但这句话实在很难用其他方式收尾。

"……死了。"

科盯着她看了一会儿,然后看向了何,此时他暂时放弃了私吞瑞弗的办公设备。

"兰姆是给我发的短信。"他说,强调自己才是兰姆的左右手。

科又盯着看了一会儿,然后说:"哦。"

这是他们听到他说的最长的一句话。

楼下又传来了更多声音,是雪莉和马库斯,他们一同到达办公室。走廊里也传来了声音,路易莎从自己的办公室里走出来,来到瑞弗的房间,眼睛红得像点燃的火柴。"你他妈的到底在说什么?"

何说:"我只是在换——"

"没问你,浑蛋,我问的是她。"

"谁是浑蛋?哦,他。"雪莉在走廊里说道。

"所有人,都给我闭嘴。"这句话指的是所有站在路易莎附近的人,包括和雪莉一起站在走廊里的马库斯。"除了你。"她对莫伊拉说,"你刚才他妈的说了什么?"

"我真的不希望你——"

"给我听着,你给我听着,我现在真的很想把你的脑袋拧——"

"路易莎。"

马库斯拉住了路易莎的胳膊。

"路易莎,冷静一点儿,先坐下来,好吗?"

她想要大喊,等她发泄完了自然就会坐下,他又知道些什么?那个贱人说瑞弗死了的时候他不在,他根本就没听到。瑞弗怎么会死?但是她没有说出来,因为她浑身都在剧烈颤抖,好像从树上掉进了冰水里,再也无法温暖起来了。

椅子发出了摩擦地板的声音,是雪莉;有双手扶她坐下,是马库斯。

然后有人说:"现在我真的必须听听到底发生什么事了。"

按响门铃的方式只有那么几种:自信的人会按一下之后松手;不想打扰你的人会轻轻点一下;而法警、前夫,还有不想被热情欢迎的人会一直按下去,直到门被打开。

"杰克逊,"凯瑟琳·斯坦迪什说,"你怎么来了。"

她毫无感情地说道。

凯瑟琳住在圣约翰伍德的一栋装饰艺术风格的建筑里。大楼的四角圆润,镶着金属窗框,曾经看起来颇具未来感,现在则有种复古的魅力。大堂的瓷砖擦得锃亮,电梯上甚至有一个指示盘,显示电梯所在楼层。她有时会想象一场好莱坞音乐剧在这里上演:一个行李员,一位穿着皮草大衣、手持夹鼻眼镜的傲慢贵妇;弗雷德拉着金格尔①的手,在不断开合的电梯门口旋转、舞蹈。电梯门一开一合,仿佛在重复:好/不好,好/不好……凯瑟琳不常幻想,但偶尔会在自己家里放纵一下。曾几何时,她还觉得自己的未来会在繁华的商店间度过,而圣约翰伍德的一居室无疑是最佳的安全港湾。

但还是无法拦住杰克逊·兰姆。

"这么冷淡啊。"他说,"你可能得再投入一些情感。"

"我投入了,只不过不是你想要的那种。"

---

①好莱坞黄金时代著名的歌舞片搭档弗雷德·阿斯泰尔与金格尔·罗杰斯。

"你要请我进屋吗?"

"不。"

"那我要是强行闯进来呢?"

她退到一旁。

兰姆上次来的时候还是半夜,下等马即将被一网打尽。今天是早上,她也穿好了衣服……总的来讲,凯瑟琳并不惊讶兰姆会来找她。有些厄运可以回避,有一些却避无可避。

虽然大部分客人会在走廊里等主人邀请他们进屋,但兰姆直接忽略她,走进了客厅。"不来一杯吗?"

"现在?"

"我说的是茶。"他一脸无辜又震惊地说道。

"当然了。你为什么要来?"

"就不能来看看老朋友吗?"

"我没说不能,我只是问你为什么来。"

"我刚刚去确认了瑞弗·卡特怀特的尸体。"他说,"我想第一个告诉你。"

"瑞弗……"

"的尸体。"

"他怎么会……"

"两发子弹,直击脑门。其实应该说是脸,但脸没剩下多少了——你肯定也能想到。"

凯瑟琳转过头,看向窗外下方的街道。外面没什么可看的。有一个人正在遛狗,一只可卡贵宾犬,或者拉布拉多贵宾犬之类的。就是那种前一天还不存在,后一天就满世界都是的品种。小狗的眼睛闪闪发亮,舌头耷拉在外面。她看着主人等狗在路边上完厕所,然后把狗屎捡进塑料袋。她决定,如果他就这么把狗屎留在篱笆旁,她就要打开窗户扔个什么东西——熨斗,或者茶几。但他并没有。他继续向前,拎着一摇一摆的塑料袋。有的时候人们会做他们应该做的事,也许大部分时候都是这样。但鉴于她之前的工作性质,她时常会觉得事情并非如此。

她想道:瑞弗·卡特怀特,试着感受自己现在的心情。他被人杀死了:两发子弹,对准脸部。但她不知道自己有什么样的感觉,只能看着那个人牵着狗,沿着安静的街道向前,消失在远处。

"你没有什么回应吗?"

"我正在回应。"她说,"是在哪里?"

"在一间浴室里。和从前一样,是吧?"

因为她就是在浴室里发现了前领导查尔斯·帕特纳的尸体,他手里还拿着一把枪。

脑袋里有一颗子弹。

只有一颗,自杀很少需要两颗子弹。

"你和其他人说过了吗?"

"我给何发了条短信,他现在应该已经把消息传出去了。"

就算是她,就算她这么了解兰姆,还是被震惊得说不出话来。

"你发了一条短信?"

"怎么,你以为我会发推特吗?天哪,斯坦迪什,这可是死了人啊。"

"路易莎听到这个消息肯定会崩溃的。"

"所以我才把短信发给了何,你以为只有你懂什么叫'社交技巧'吗?"他手里拿着一根烟,那根烟就这么凭空出现了,甚至没见到烟盒的影子。

她摇着头,既是对那根烟,也是对他,还有他转达消息的方式。他总是这样,破坏掉一切,然后残忍地站在一边,享受地看着它变成碎片。

他说:"你没问是谁的浴室。"

"谁的浴室?"

他摇着一根手指。"抱歉,这是机密。"

"你很享受这个吗?"

"如果有一杯茶的话我会更享受的,天还没亮我就起床了。"

"天哪——"

"这里就你一个人吗?我应该先问一下的。"

她说:"我看起来像是家里有人的样子吗?"

"但我还是得问一下,毕竟你名声在外,不是吗?"

"你肯定比我清楚,毕竟你名气更大,所有见过你的人都觉得你是个彻头彻尾的浑蛋。还有什么事吗?因为你随时都可以离开。"

"是他外公的。"

"……什么?"

"是他外公的浴室,那个老家伙。"

"这是瑞弗对他的称呼,"凯瑟琳说道,"我觉得你没有权利这么喊他。"

兰姆说:"这种私人玩笑真的很讨厌,不是吗?好像所有人都成了该死的间谍。"他把烟塞在耳后,"你还没问是谁。"

"是谁什么?"

"谁开枪杀了瑞弗。"兰姆说,"你刚起床吗?你的脑子显然还没转清楚,没发挥出实力。"

"因为我还在震惊,你居然还站在这里。"她说,"如果你能离开的话我肯定会很开心。"

"我会走的。"

"谢谢。"

"等我喝完茶,马上就走。"他说着咧开嘴,露出了焦黄的牙齿。

一艘驳船在泰晤士河上缓缓航行,上面堆满垃圾,海鸥成群结队地盘旋在上方,争抢船上的"宝藏"。世间没有比这更美的景象了。对于戴安娜·泰维纳而言,这就是政治的缩影。此刻,她正在莎士比亚环球剧院旁的一处栏杆边等待,这边的人行道正好位于监控摄像头的盲区。对于知情者,这可是难得的风水宝地。现在还不到十点,曾经这个时候很少有人在外面,大部分体面的市民都在坚守岗位,如今街上的行人却熙熙攘攘、络绎不绝。很多人都盯着智能手机和平板电脑,在路上办公。从远处看去,他们叽叽喳喳对着手机开会的声音和尖叫的海鸥没什么区别。海鸥们顺流而下,终将把高亢的啼哭带向大海。她看了看手表,还有两分钟到整点。这时艾玛·弗莱特出现了,她一只戴着手套的手扶在栏杆上,完美的侧脸映衬着眼前的景色,晨光给伦敦罩上了一件美丽的外衣。

可惜并不适合这个季节,尤其是今天这样又潮又冷的日子。

"有什么新进展吗?"戴安娜问。

弗莱特说:"还没找到他。"

"好极了。他今年多大,得有九十岁了吧?"

"还不到。"她顿了顿,"一英里外,有人举报说丢了一辆车。"

"你觉得他能走一英里?"

"我听说他是个老浑蛋。"弗莱特说,"这种人往往都比较顽强。"

"谁说的?"

"杰克逊·兰姆。"

"是吗。"不知为何,谈话中出现兰姆的名字让戴安娜很想抽烟,"杰克逊这个人狡猾得很,如果他告诉你正确的时间,是因为他刚刚偷了你的手表。"

"关于你,我也听到过类似传闻。"弗莱特平静地说道。

泰维纳端详着她。艾玛·弗莱特不应该在情报局工作,她应该去当模特。这充分说明当眼前出现一个满分美女时,总部的那些老男人会做出什么样的判断。但是真的,天哪。她要是挥手打个车,出租车司机都得来场战车比赛。但这并不会让戴女士对她另眼相看。不过有趣的是,她不光有靓丽的外表,还有着相应的胆识。"是的,但对我而言这是一种夸奖。"她说。

"我知道。"

这还差不多。

她抑制住了想要吸烟的冲动,因为游戏刚开始的时候暴露弱点没有什么好处。戴安娜·泰维纳已经是个老玩家了,但每次有新鲜血液注入,游戏都会重新开局。她还不知道,弗莱特到底是不是一个配合的玩家,也不知道她站哪队。某种意义上,这次见面就是为了探清她的底细。无论弗莱特配不配合,她都看出了戴安娜的目的,因为她开口道:"你叫我来,不只是为了听我汇报卡特怀特的情况。"

"没错。"

"所以你到底想要什么?"

这并不是戴安娜期望中的态度,但至少开了个头。一枚棋子被推至棋盘中央。她不了解国际象棋术语,但她知道游戏的目标:将对方的国王逼至角落、赶尽杀绝。

她说:"吉蒂·拉赫曼。"

"她是你手下的员工。"

"没错,情报中心的。"

而且还是最聪明、最优秀的员工之一。不到三个小时之前,她刚刚亲自证明了这一点。目前她正在总部的一间休息室里睡觉——至少戴安娜是这么希望的,她希望吉蒂·拉赫曼此时正身处梦乡。因为如果她还醒着,并且把消息告诉了其他人,她查到的东西很可能会让情报局毁于一旦。

弗莱特说:"她怎么了?"

"你要帮我把她解决掉。"

驳船已经沿河驶出几百码,忽然拉响了汽笛。笛声相当欢快,一艘水上垃圾桶发出这样的声音有些不伦不类。海鸥四下飞散,一时间在空中无所适从,很快又继续回去互相争斗。

"恐怕我必须请你说得更具体一点。"

"天哪,你以为我想让你干什么?"

"我不会擅自猜测,泰维纳女士。我只是想知道,你是否有权命令我做这样的事情,以及我是否会愿意执行这样一条命令。"

"真有趣。"戴安娜平静地说道,但事先确定彼此的底线是有好处的。"我都不知道,原来我下达命令还需要达到你的标准?看来我得回去查一下你的合同条款了。当然,还有我自己的。不,我只是需要你去将她收安。"

这个术语的意思是回收与安抚,也就是把目标带走并隔离,同时确保在过程中不造成任何伤害。

"当然了，前提是如果这不违背你的道德准则的话。"她补充道。

弗莱特不会这么简单就让她把话题带跑。"要把人带到哪里？"

"我没记错的话，看门狗有自己的安全屋。"

"有几个。"弗莱特说，"她现在在哪儿？"

"在总部的休息室。你去把她叫醒，收拾一下，先把她带离总部再捂嘴。我不希望有任何人知道她在你手里。"

"要关多久？"

"等我的消息。"

"我得提交加班审批。"

"预算充足，这算是进入红色警戒的好处之一。"

"这件事和韦斯特艾克斯爆炸案有关吗？"

"我很确定我没必要逐一解释命令背后的原因。"戴安娜说，"除非你要告诉我，没有这项规定？"

"我得回去查一下我的合同条款。"弗莱特说，脸上没有丝毫笑意，"但只是出于好奇，我还是想问，我们为什么要在这儿见面？为什么不在你办公室里？"

"不是所有事都该被锁在门后，"戴安娜说，"开诚布公，这是局里的新风气。"

"不是因为你想要对这次行动保密吗？"

"艾玛，如果你有什么意见，为什么不直说呢？这样我们彼此都会好受一点。"

"看门狗不是你的私人卫队。"弗莱特说，"就是因为忘记了这点，惠兰先生的前任才会遭遇那样的悲剧。"

"英格丽德女士光荣退休了。"

"因为现在伦敦塔①只对游客开放了。"

"是的，嗯。我并不否认，有人觉得她离开时更应该挨一枪，而不是筹钱欢送，但这种事不能过分追究。毕竟，她可没有我这种和人打交道的本领。"这句话也没能让对方笑出来，戴安娜叹了一口气，"好吧，如果这样能让你更安心的话。"她拿出了之前让克劳德·惠兰签的逮捕令，"一式三份"中的第三份，"这样可以了吗？"

艾玛·弗莱特读了一遍才回答道："足够了。"然后作势要把文件塞进外套口袋，但戴安娜伸出了一只手。

"这件事必须保密，你只能向我汇报情况，再由我来向克劳德汇报。这就是指挥链，明白了吗？"

"明白。"

"希望我们能好好相处，艾玛。你是带着无可挑剔的履历加入情报局的。"

弗莱特松开了文件，戴安娜把它收好。

"谢谢。"

"我这就去办。"弗莱特说。

戴安娜·泰维纳看着她走远，注意到她路过时吸引了多少男男女女的目光。她不能算最适合情报局的人选，但美貌是把双刃剑。谁又会相信她真正的工作是什么呢？

海鸥的啼声更远了，你把垃圾运到哪里，狂欢就跟到哪里。这么一看，一切都很简单直接。然而去掉比喻之后，就开始变得复杂了。

身边没了其他人，她奖励了自己一根烟，努力驱散脑海中的

---

①伦敦塔，曾是监狱，主要关押上层阶级的囚犯。

思绪。没有密谋,没有计划,没有狡猾的对决。身边的世界继续运转,伦敦逐渐从恐怖袭击的震惊中恢复。她面前只剩下流淌的河水,灰色的水流无止境地奔向远方。

水烧开之后,热水壶的开关自动弹了起来。她小时候还没有电水壶——至少她家里没有——必须要在灶上烧水,烧开之后壶会发出哨音,提醒你该过来关火了。没有什么是自动的。凯瑟琳之所以会想到这件事,是因为她在努力控制住自己不要去想其他的事。当杰克逊·兰姆站在你身后时,这是很危险的。虽然他并没有读心术,但他会让你产生这样的错觉。很多时候,光是这样就已足够。

"如果你想哀悼的话,请不用客气。"他说,"我就在你身边。"

"我都不知道自己听完这句话是什么感觉。"

"不客气。"

她把一个茶包丢进马克杯里,往里面注入热水。

"你不来一杯吗?"

"我还有其他的事,杰克逊。等你喝完,你就该走了。"

她把杯子留在台面上,双手环胸,靠在墙边。兰姆看着,好像从来没见过这样的杯子,警惕地嗅了嗅。"你有勺子吗?"

凯瑟琳拉开一个抽屉,又"砰"的一声关上,把勺子扔给他。

他说:"是他外公开的枪。"

"肯定是一场意外吧。"

"你应该去当律师,我差点就被你说服了。"他用勺子把茶包拨到一旁，捞起来，扔在台面上。"冰箱里有牛奶吗？"

"你不喝牛奶。"

"没准儿我口味变了呢？"

"不太可能。"她从墙边挂钩上撕下一张厨房餐巾，捡起茶包，"他外公不可能故意对他开枪。"

"还是两次？"

"随便吧。"

"你刚刚失去了陪审团的信任，斯坦迪什。一次走火可能是意外，这个我承认。但是第二枪？还是正对着脸？简直是把'粗心大意'提升到了另一个级别。"

"他是个老人。"她把茶包丢进垃圾桶，"他糊涂了，而且很害怕。他可能觉得瑞弗是个入侵者。"

"所以才要引诱他去浴室？"

"你问我这个做什么？"

"只是在帮你度过这个阶段。你好像很快就跳过了'否认阶段'。"

"毕竟一看到你，大部分人都会直接进入'愤怒阶段'。你到底还喝不喝？"

"太烫了，我可不想把自己烫伤。你这里有饼干吗？"

"没有。"

他说："你好像不希望我待在这里。但如果我在你受到惊吓的时候离开，怎么能算是个好上司呢？你可能会遇到意外。"

"你不是我的上司。我辞职了，记得吗？或者我试着辞职了，同一封辞职信我递交了三次给人事部。"

"我知道，他们老是把信转到我手上，说什么要我的正式批准。"

"天哪，兰姆，你到底有什么毛病？这么多年你一直赶我走，这下我终于走了。你快点把文件签了，放我走吧。"

"我只是想确认一下你真的知道自己在干什么。我可不想你到时候后悔，开始借酒消愁。你要是整天以泪洗面、烂醉如泥，我良心上可过意不去。"他小心地抿了一口茶，"他们说酒鬼只是想找个借口，当然了，我不怪你，这是一种病，得治。"

"杰克逊——"

"你听到了吗？"

"什么？没有，我没听到。"

"有意思，我刚才绝对听到了什么动静。"

"楼下有人，这是一栋公寓，还记得吗？杰克逊，你不应该待在这里。你应该回斯劳部门。他们刚刚失去了一个同事，你不能丢下他们不管。你以前不是这么对我说过吗？"

"听起来不像是我会说的话。"他把马克杯放回台面，没有喝完里面的茶，"这是我喝过最难喝的茶，而且我甚至算上了法国。"

"我会把你的投诉转达给管理层的。现在你准备好离开了吗？"

"哦，我觉得我在这儿的工作已经完成了。"他第一次环顾厨房。换作其他人，肯定要夸上一两句。厨房虽然不大，但空间利用效率高，而且很温馨，所有的东西都有自己的位置。甚至连日历都像是精心挑选过的，是一幅阿尔玛-塔德玛[①]画的美人肖像，倚靠在一块大理石上。下面表示日期的一个个小方块都是空白的。"我能看出来你很忙。"

---

①阿尔玛-塔德玛（Alma-Tadema, Lawrence, 1836—1912），荷兰裔英国画家。

她走到走廊里，帮他打开了前门。

"你没有什么话要转达给其他人吗？"兰姆说着，戴上了手套，"节哀顺变之类的？"

"告诉他们我会联系的。"

"太好了，那个老家伙呢？"

"……他怎么了？"

"你是打算永远让他留在你的卧室里，还是想让我派人来接他？"

过了一会儿，凯瑟琳关上了门，兰姆再次摘下手套。

在斯劳部门，大家仍聚集在瑞弗·卡特怀特的办公室里。现在该说是J.K.科的办公室了，但他似乎没有任何宣示主权的想法。相反，他和往常一样趴在办公桌前，用兜帽遮住了脸。但是终于——也许是出于对死者的尊重——他的手不再敲个不停。虽然手指还是会偶尔抽搐，但并没有在琴键上敲出寂静的即兴音符。

莫伊拉犹豫不决地讲述了事件经过，但她能提供的信息并不多。然后所有人都陷入沉默，窗外的车辆驶过潮湿的街道。本该逐渐明亮起来的天色似乎凝聚成了一个阴沉的灰色的问号。

"现在我开始难受了。"雪莉终于开口说道。

"现在还不到十点，"马库斯指出，"早上十点前你总是这样。"

"我是说我之前说的那句话。说瑞弗会被替代。"

"哦，这个，"他说了一句颇具哲理的话，"管他的呢。"

"他结婚了吗？"莫伊拉问。

马库斯被逗乐了。

"他有家人。"路易莎说,"他的外公,昨天晚上他就是去见外公。怎么会有人在见外公的时候被杀死?"

"有时候吃花生也能把人杀死。"何说。

路易莎瞪着他。

"不是因为过敏,我是说,有的时候可能只是咽下去的时候卡住了。"

马库斯说:"你今天最好还是别说话了。"

"再说了,兰姆到底在哪儿?"路易莎问。

"反正不在这儿。"

"他就应该滚过来,他的特工刚被人杀了。"

"我们真的能确定他已经死了吗?"

"兰姆去确认了他的尸体。"何说。

"这并不能让我确信,你说呢?"

过了一会儿,雪莉说:"反正,我不希望他来确认我的尸体。"

"路易莎。"马库斯开口道。

"不,不能再发生这样的事了。不能。"

"再?"莫伊拉问。

"这个问题有点不合时宜。"马库斯说。

"那个小浑蛋想搜刮他的电脑,我们不能就这么干坐在这里悼念瑞弗。"

"离电脑远点儿。"马库斯对何说。

"这其实不能算是卡特怀特的——"

"快点。"

何翻了个白眼。他和女朋友金姆抱怨过这种事,但他还是远离了瑞弗的电脑。

J.K.科说:"兰姆写了什么?"

房间陷入沉默。

"他会说话?"雪莉说,"没人告诉过我他会说话。"

"你是什么意思?"路易莎问,"写了什么?"

"我觉得他指的可能是兰姆发的短信。"马库斯说,"你是说兰姆的短信吗?"

科点了点头。

"他指的是兰姆的短信。"马库斯确认道。

"短信是发给我的,"何说,"关你什么事?"

"我受不了了,"马库斯说,"我感觉就像被困在了残障儿童学校里。何,把那条该死的短信读给他听。"

何夸张地叹了口气,拿出手机。他刚输入开机密码就被雪莉一把抢走。

"嘿,你不能——"

"我能。"

何伸手去抓,但想了想还是放弃了。她虽然比他矮,但他们都知道——所有人都知道——只要她想,她就能把他撕成彩色碎片,像米粒一样撒在地上。

她翻出了短信界面,读了兰姆发的那条信息:"晚些到。熬了一整晚,确认卡特怀特的尸体。"

"晚些到?"莫伊拉重复道,"这可有点……"

"你还没见过他,是不是?"

路易莎说:"卡特怀特?他说的是卡特怀特?"

"路易莎——"

"他没说尸体是瑞弗的。"

"他还能指谁?"

"瑞弗的外公,也许他说的是老家伙的尸体。"

"兰姆为什么要去确认老家伙的——"

"因为这种事不能再发生了!"

"路易莎,"马库斯轻声说道,"如果他指的不是瑞弗,那瑞弗在哪里?他应该已经来上班了,如果……"

"如果他还活着的话。"莫伊拉脱口而出。

"真是多谢了。"雪莉嘟囔道。

但是J.K.科却说:"他确实可能还活着。"

6

远处光秃秃的树枝就像一缕缕青烟。天空仿佛灰色的穹顶，把一切固定在适当的位置。偶尔会有黑色的影子划过，他觉得可能是大雁。虽然也有可能是天鹅，但他觉得应该是大雁。这只是无关紧要的细节，但他现在失去了锚点，即便是最微小的细节也能帮他在地面上站稳。

瑞弗·卡特怀特从外套口袋里掏出护照，借着列车窗边的光线再次检查了一遍，并祈祷自己没有被人看到。

"我知道他不是你。"他外公说道。

换作平日，这甚至可以称得上是一场小小的胜利。老家伙能认出谁不是自己的外孙。但护照上的照片完全能骗过一个普通熟人，甚至连和他关系好的人都会愣一下。两人并不只是外表相似，还有眼神和微微倾斜的下巴都很像。"你看镜头的眼神就好像你不信任它。"曾经有个女朋友这么对他说过，"好像你不是在说'茄子'，而是在说'你敢动一下试试呢？'。"护照上的人也是一样。

当然，现在他眼中的光芒已经永远熄灭了。

亚当·洛克希德。

瑞弗从来没有听说过这个人。

但他在浴室里翻遍了亚当·洛克希德的口袋。找到了这本护照，一个装了一百多欧元的钱包，一张欧洲之星①的回程车票，几枚硬币，一小包餐巾纸，还有一根被皱皱巴巴的咖啡厅小票裹起来的巧克力棒。没有什么能表明他的来意，或者解释他为什么要杀害大卫·卡特怀特——如果这就是他的目标的话。

但如果不是，他就可能只是一位无辜的客人，来访后却被人在头上开了个洞。

我怕他会开枪杀了来敲门的人。

如果你在城市里，突然听到了类似枪响的声音，你会停下来确认有没有第二声。如果没有的话，你就当是车回火了。瑞弗不知道这在乡村是否行得通。但是现在，夜晚的寂静随时都可能被警笛声锯开，然后他们就会被摄政公园吞吃入腹，巨大的安全网包裹住他们，就像给鹦鹉的鸟笼罩上笼衣。他们不会再有说话的机会——至少不是对彼此。

"你确定从来没见过他？"他问。

"我知道他不是你。"外公重复道。

厨房台面上放着局里发给老家伙的应急按钮，当时他的神志依然清晰。瑞弗知道，光是最近他就至少按下过一次按钮。"虚惊一场，是假警报。"他坚持道。但瑞弗怀疑他只是忘了按钮的作用，所以才按了一下，想弄个明白。鉴于这个按钮正是为这种情况而设的，瑞弗蹲在亚当·洛克希德的尸体旁边，思考着是否应该顺其自然……看门狗很快就会到了，他们专门负责清理这类麻烦。他们会处理掉尸体，做好消毒工作，让那些糟糕的事消失。但那天早些时候的聊天内容还在他脑海中徘徊：一个古老的谣传，摄政公园可能会亲自为曾经的荣光拉上帷幕。

---

①欧洲之星，往返英国与法国的高速列车。

"好吧,但我不是想说他们可能会派人去杀他。"路易莎曾说,"不过我看出来了,你确实思考过这方面的问题。"

他又思考了一下这个问题。

一个陌生人,在他外公家的楼上。

一个长得很像瑞弗的陌生人,像到可以被邀请进屋。

一个陌生人,放了一缸热水。

只要轻轻抬起老人的脚踝……

"我们得走了。"

"瑞弗?"

"这里不安全,外公。"

"白鼬?"外公突然来了精神。

"没错,是白鼬。"

"我得去穿上威灵顿靴子。"

他的确需要穿上靴子,因为他们必须靠自己的双腿离开。车库里有一辆汽车,一辆老得都能进博物馆的名爵轿车,瑞弗已经记不清它上次上路是什么时候了。再说了,最好还是不要选择他们首先会查的车辆逃跑。这些愚蠢的念头在他脑海里打转,回避他必须要做的事。外公迈着沉重的步伐下楼,去找那双靴子……别再想了,直接动手吧。

他拿起外公的枪,对准亚当·洛克希德的脸,再次扣下扳机。

然后他把自己的证件和手机放在了洛克希德的口袋里。带走了护照、钱包、车票和收据。

现在他坐在火车上,心跳呼应着列车行驶的哐当声。在那个瞬间,他就知道自己踏上了这条路。不是从外公家溜走时;不是把外公留在无人的公交车亭,自己去街上找能偷的车时;不是行驶在伦敦黑暗的街道上,对着每一盏迎面驶来的车灯胆战心惊时；不是当警车拉响了警笛，闪着警示灯从后面逼近，最后却只是超过了他们时；不是把车丢弃在西区某个超市附近，跳上夜行巴士时；也不是最后出现在凯瑟琳家门口时——因为她家是他唯一能想到的安全地点。所有这些都只是过程，当他真正意识到那件事时，是当他对着亚当·洛克希德开枪的瞬间。那就是他走出门，踏上那条路、那条街的瞬间。

间谍街。这是他外公的说法。当你走进间谍街，就必须小心谨慎。注意从嘴里说出来的每一个字，守住每一个秘密。当然，也有其他地方，走出间谍街你就会来到特工王国。就算在这里，优美的法国风景以每小时一百英里的速度掠过窗外，他也身处特工王国，没有人知道接下来会发生什么。

他对自己要去的地方只有一个模糊的概念，简而言之就是要追根溯源，顺着一个死人的脚步原路返回。但他很清楚这一点：他并不是坐在斯劳部门的办公室里，眼睁睁地看着生命随着时间逐渐流逝。他鲜明地活着，机敏地参与到游戏之中……光秃秃的树枝就像一缕缕青烟。天空仿佛灰色的穹顶，把一切固定在各自的位置上。这就是特工王国的景象。他收好护照，闭上眼睛，但不是为了睡觉。

老人睡着了，或者至少看起来是这样。他的头露在外面，身体可能蜷缩在羽绒被下。兰姆面无表情地站在走廊上看着他，大卫·卡特怀特发出规律而轻柔的鼾声。窗帘拉上了，但一月稀薄的阳光透过缝隙照进来，将一切都染成了同样孤独的灰色。床两侧的定制衣柜里肯定挂着一排款式相似的连衣裙：长袖、高领，长至小腿，像是女教师的周日礼服，是她喜欢的风格。梳妆台上放着一些小罐子，装着润肤霜之类的东西，台面的镜子上挂着两条项链，一条是兰姆从未见过的黑色珠链，另一条是她经常佩戴的细金项链，也许承载着什么特殊回忆。还有搭在椅子上的两条深色围巾，其中一条上点缀着金色。这一切都被苍白的日光染成灰色，失去了活力。但最苍白的却是老家伙的脸，若不是那微弱的鼾声，看起来就像是一张死亡面具。

"这下高兴了吗？"

兰姆说："你了解我的，我生来乐观开朗。"

"所以你现在可以离开我的卧室了吗？"

"哈！"他突然大喊道。

"杰克逊——！"

老人睁开眼，吓得叫出了声，显然他刚才是真的睡着了。

"出去！快点儿！"她绷着脸怒道。

兰姆又看了一会儿，大卫·卡特怀特试着把头从枕头上抬起来，惊恐地看着周围陌生的环境，手从被子里钻出来，抓住一切能抓住的东西。他看起来就像是一百年前恐怖故事里会出现的插画。

凯瑟琳·斯坦迪什把兰姆推出卧室，关上了门，自己留在屋内面对老人。他能听到安慰的声音，伴随着偶尔的滋哇乱叫，好像和她一起关在里面的是一只会打嗝的鸡，而不是情报局曾经的传奇人物。

兰姆去客厅等她，她出来时，他正在检查壁炉上方的明信片，看看每一张后面是否有留言，但大部分都是博物馆买的纪念品。

"你有必要这样吗？"

"我要道歉，"兰姆说，"我忘了，他是一位脆弱的老人。"

"是的,但——"

"在我印象里他是个残忍的老间谍,手上的血比你早餐喝的杜松子酒还多。他们是什么时候到的?"

"他们?"

"别忘了你是在跟谁说话。是瑞弗带他来的,对吗?"

"我以为你确认了瑞弗的尸体。"

"想得美。"兰姆说,"但是说实话,他确实和瑞弗很像,尤其在对着他的脑袋来了两枪之后。不过考虑到他惹上的麻烦,确实不能排除这种可能性。"

"他们是凌晨四点到的。"

"那他睡得比我久。"兰姆毫无预兆地一屁股坐在了双人沙发上,沙发比看上去更结实,并没有被坐塌,"他们怎么说?"

"什么都没说。"

"你就让他们这么进来了?"

"如果还有别的地方可去,瑞弗是不会来这里的。"

"走投无路之人最后的避难所,"兰姆说,"好吧,我能看出来你很适合担任这个角色。"他手里拿着一根烟。当然,这根烟是用魔法变出来的。他把烟叼进嘴里,若有所思地吸了一口,"现在他踏上了一场奇妙的冒险之旅。"

"到底发生了什么,杰克逊?"

"他没说吗?"

"他半夜到我家来,让我帮忙照顾他外公,然后就走了。"

"那小子,总是错把矫情当风度。你要继续在那儿站着吗?坐吧,就当是在自己家。"

她很生气,但还是坐下了,不过不是在沙发上。她说:"他当时吓坏了,现在也是,而且很茫然,不知道发生了什么。他还喊我萝丝。他真的在浴室里开枪打死了一个人,还是你在开玩笑?"

"你真够阴暗的,斯坦迪什,放在这种事上浪费了。"他指了指周围的环境:一个平和安静的房间,摆满了书架和书。"还有,是的。"

"两次?"

"问得好。你猜怎么着?我觉得不是。就像你说的,他老糊涂了。我觉得他只开了一次枪,然后他做的第一件事就是把枪扔在地上。你知道我最讨厌年龄歧视,但老年人真的挺没用的。"

"我一点也不想念你发表的这些观点。"

"那太好了,因为我还有更多。"

他停顿了一下,看向远处,他在看某个不存在的东西。凯瑟琳认出了他的表情,这对她来讲再熟悉不过了,就像他会故意曲解她说的话一样。他要开始把目前收集到的碎片拼成一个故事了。

"我觉得是有人要去杀那个老家伙。"他说,"但没意识到他是个危险的老浑蛋。所以无论那个人是谁,他最后都死在了浴室里。这时准备和外公共度温馨夜晚的小卡特怀特来了。你知道任何人,任何一个神志清醒的人在这个时候会怎么做吗?他们会向局里汇报。老家伙不可能因为谋杀被抓起来,不会的,因为看门狗会赶过来,紧接着是清洁工。二十分钟之后,整件事就会像没发生过一样。但小卡特怀特没有这么做,为什么?"

"你刚要告诉我这个。"

"显然因为他是个浑蛋,我们要把这一点纳入考量。但如果除了想要扮演007的冲动,他真的还有什么别的动机,那可能就是:他觉得喊看门狗来只会让情况变得更糟糕。"

"……认真的?"她渐渐地理解了他想说的话,"他觉得这是一次局里组织的暗杀行动?"

"无论是什么,他们搞砸了,证据就摆在面前。而且,如果老家伙真的糊涂了,那小子会这么想也不是没有道理。"

"怎么,他担心总部会有个——他们是怎么说的来着——退休增强计划?"她说,"那只是谣传,并不是真的。"

"你是在提问还是在陈述?"

"我只是说,我不相信发生过这种事。"

"他们还说我是天真的理想主义者呢,真该来看看你。但你相信什么并不重要,重要的是瑞弗在这种情况下是怎么想的。他觉得如果给看门狗打了电话,他们可能会直接完成没做完的工作。所以他又朝神秘人的脸开了一枪——"

"他干了什么?"

"看吧?我就说你肯定感兴趣。"兰姆把烟从嘴里拿出来,别在耳后。又从口袋里掏出另一根塞进嘴里。他可能根本没意识到自己做了这两个动作。"他会这样做,是因为虽然神秘人和瑞弗很像,但也不是一模一样。"他用手指点着上唇,"他那颗痣,就是那颗像是吃屎没擦干净的痣,神秘人没有,所以肯定会被注意到。"

"他只是想把水搅浑。"

"专业特工就会这样做。"兰姆不情愿地承认道。

"但只能帮他赚到二十分钟。"

"但他已经逃到了现在,不是吗?而且他还能走得更远。顺便问一下,他要去哪儿?"

"他不告诉我。"

兰姆说:"看吧,人事部总说我不为你们提供训练课程,但你知道我是怎么说的吗？"

"你让他们滚蛋。"

"确实，我让他们滚蛋，但你知道我之后会说什么吗？我说我是在以身作则。这就是个很好的例子。如果我不喜欢一个问题，我就换个问题回答。就像你刚才干的那样。"他自满地笑起来，烟从嘴里掉了出来。他眼疾手快地用两根手指夹住。"我没有问瑞弗告没告诉你他要去哪里，我只是在问他要去哪里。"

"你为什么觉得我会知道？"

"因为你没有那么擅长撒谎。你的水平还行，但还不够高。"

"你再说一遍？我什么时候撒谎了？"

"在你假装相信我说瑞弗死了的时候。"

"……所以？"

"所以你知道他现在在某个很远的地方，我不可能去了那里再回来，出现在你家门口。天哪，斯坦迪什，这又不是在造火箭，想到这一点也不难。"

"只有思路像你这么诡异的人才会这么想。"她承认道。

两人沉默地面面相觑，仿佛这只是他们一直在玩的一个游戏，现在进入了新阶段。

终于，她说道："他把外套挂在椅子上，在他去扶外公休息时，我翻了他的口袋。"

"这肯定勾起了不少回忆，你以前不是经常哄骗水手吗？"

她说："他有一本护照，英国护照。护照主人的名字叫亚历克斯·洛克希德，不对，是亚当，亚当·洛克希德——还有一张欧洲之星的车票和一些欧元。"

兰姆无语道："好极了，现在那个蠢货已经跑到法国去了。"

"用的另外一个人的护照。"凯瑟琳摇了摇头，"我觉得他可能没法出海关。"

"在欧洲？只要护照没上警戒名单，他穿着假胸衣、戴着假发都能轻松过关。不过我得说，如果护照上的照片真的像他本人反而会引起怀疑。"他吸了吸鼻子，"我的照片就显得我很胖。"

"可以想象。"

"所以他跨过了海峡，但法国地方不小，他打算怎么办？在香榭丽舍大道上走来走去，对着空气挥手？"

"他有一张咖啡厅的收据。"

"哈，当然了。"兰姆说。

前面可能出了事故，红绿灯坏了，或者有段道路正在施工，造成了一系列连锁反应。不久前，他在附近看到有一段路正在施工。路上拉了两百码长的塑料网和路障，一个工人都没有。旁边的告示写着：虽然有时看起来好像没人在工作，但我们正在检查此区域的水管。先找好借口，真是高明。

克劳德·惠兰笑了起来，又突然停下。韦斯特艾克斯爆炸案刚过去三天，他最不需要的就是在小报上看到《情报局局长乐在其中》的报道。你永远不知道摄像机什么时候会对准你——就算你坐在一辆贴了黑色反光膜的官方豪华轿车上。

司机开车送他从唐宁街回去。内阁紧急会议很漫长，昨晚他还失眠了。为了不打扰克莱尔，他去客房睡了。这是他第一次参加内阁紧急会议，也难怪会紧张。不用说惠兰也知道，他的晋升出乎意料。英格丽德·蒂尔尼女士留下了深远的影响，情报局的某些角落仍被笼罩在她的阴影之下。他曾听说，在她"过度管理"的任期之后，接力棒会被交回行动组手中。毕竟，上一任局长查尔斯·帕特纳就是行动组出身。他见证了一个激动人心的黄金年代，如果有更多人知道他人生大半都在给苏联人工作，可能会给他的光环蒙上一层阴影。但更多人只知道他自杀了，这也让人们事后对他的领导产生了怀疑。不知情的人将此归为他在行动组时受到的心理创伤，于是人们就开始认为行动组出身在管理层面上反而是一种缺陷。所以迄今为止，帕特纳的接班人大都是些狡猾的政客。但蒂尔尼上任之后，出现了呼唤"改革"的声音。虽然现在"改革"两个字和改良制度早就没了关系，主要指的是削减成本支出，但仍有人提出，局里可能会出现方向性的改变，行动组也许会再次占据上风。如果真是这样，戴安娜·泰维纳就是最显而易见的人选。但是蒂尔尼的倒台就像一艘超级邮轮沉入海底，过程耗时漫长，场面极度混乱，几乎没有人能全身而退。所谓改革也就变成了挽回颜面的人员重组。而惠兰刚刚拿了从业二十年的优秀员工奖，与蒂尔尼女士毫无瓜葛。于是他就被紧急调任到了河对岸，成为一个"稳妥的掌舵人"。

今天早上，他把对这件事的疑虑藏在心里。在和戴安娜·泰维纳排练过汇报内容后，继续深入调查了罗伯特·温特斯的背景。这个人在购物商场的人群中引爆自己，被监控摄像头拍下。曾经这种恐怖袭击的新闻能占据头条，近年来已退居到第七页边栏。但这是一次英国制造的版本，没有什么比熟悉的商标倒在废墟中更能让本地居民感受到"人体炸弹"的含义。他出现在镜头前，前一秒还在，后一秒就消失无踪。他们之所以能查到这个人的名字，多亏了摄政公园的员工们。借助那些被自由民主党派诟病的监控摄像头，他们反向追踪了罗伯特在伦敦街头的行踪。就像把摔碎的时钟拼回去一样，他们重新还原倒计时之前的场景。每向前一步，罗伯特·温特斯的形象就更加鲜明，离那个把一切炸成碎片的瞬间越来越远。现在他在地铁里，站在毫无察觉的人群中。他在埃奇韦尔路换乘。分析师盯着他模糊的影像，对他的模样比对自己的孩子还熟悉。影像还在继续，一步一步，将碎片倒序拼接在一起。但即便如此，他还是一个未解之谜，只有一个代号，却无法说明更多。他就只是他，早在开始调查时，他们就预料到了这样的结果。但他们投入这么多人力去追捕，不可能有人逃脱。"我们会抓到他的。"成了大家的共同口号，哪怕他已经无法被抓住，哪怕他残余的部分都可以放到一台厨房秤上。但是，不，他们会抓到他的。他们会用数字魔法让他起死回生，拷问他的灵魂，消灭他的罪恶。最后，他们查到了：爆炸发生前八十一分钟，一段监控拍到他从伯爵府的一家背包客旅馆走了出来。他走出那个廉价又简陋的小旅馆，走进伦敦一月潮湿的空气。天空与人行道不分彼此，湿漉漉的地面上堆满垃圾，垃圾被雨水泡成了泥浆。

两分钟后，一张细密的网撒下，连患了厌食症的跳蚤都逃不出去。

伯爵府那家旅馆成了他们的犯罪现场。就在这里，在其中一间肮脏的房间里，他们终于查到了他的身份。因为罗伯特·温特斯不光用这个名字订了房间，还把护照留在枕头下供他们查阅。调查人员还找到了他用来给卢卡斯·费尔维瑟发短信的那台预付费手机。当然，屋里有足够的DNA以供检测。这是一次外行发起的恐怖袭击吗？这个问题没有意义，因为当人体炸弹这种事，换谁来都是第一次。不，这是来自死亡彼岸的嘲讽。罗伯特·温特斯想要创造属于自己的日落，想要名垂青史。明智的做法是将他的护照与受害者一同埋葬，宣布从未找到过这种东西，不要让那个浑蛋在死后获得名声。他们应该揭露他的本质。无论他离开这颗星球时做了多么令人发指的恶行，他不过是个无足轻重的小人物。他谁都不是，不值得花时间去记住他的名字。

虽然道理上讲得通，但这种说法在内阁紧急会议上是不可能被接受的。

"这个罗伯特·温特斯。"

"您说，首相。"

他喜欢被人喊作"首相"。也许是因为他还不能相信自己真的当上了首相。

"他是英国公民？"

"是的，首相。"

"没有改信过宗教……"

因为如果是的话，解释起来就会方便很多。如果韦斯特艾克斯爆炸案的犯人是因为改信了宗教而变得偏激，但是——

"他的物品中没有任何东西能表明这一点。"

"可惜。"

克劳德·惠兰无法对这句话做出反应，良心上过意不去。

但首相还没有说完："没有证据表明他参与过其他过激组织吗？动物保护、素食主义、环保人士之类的？"

"没有，但目前还在调查的早期阶段。我们会在中午之前拿出一份详细的报告，到时候再看看能查出什么东西。"

首相虽然有很多缺点，他党内的后排议员之间甚至流传着一份细数这些缺点的清单，但他并不总是那么迟钝。"但如果你必须自己去找，他就不能说是为了某种大义去袭击的，不是吗？恐怖分子往往会大张旗鼓地宣扬自己的理念，匿名屠杀是没有意义的。"

这个问题同样困扰着惠兰。把护照留在他们眼皮底下是一回事，但他本来还以为能找到一本属于恐怖分子的"圣经"，或者视频留言、作品墙之类的。类似那种"在我的造物面前颤抖吧!"的信息。但目前在紧急会议上,他还是想集中强调他们取得的进展。

"那间旅馆是设置好的布景,等我们找到他的……巢穴,就能查明他的动机。"

"巢穴"这个词刚说出口他就后悔了。

有人问:"那炸弹呢?有什么进展?"

"我们之前已经得知,导致爆炸的是塞姆汀塑胶炸药。"惠兰说,"后来查出,这批炸药来自威克菲尔德警察军械库,在一次袭击中失窃。"

"现在警察局都有塑胶炸药了?从何时开始的?"

现场传来一阵轻微的笑声,如果是首相讲的笑话肯定还会有更多人笑。

惠兰说:"是英国税务海关总署一九九二年在坎布里亚海岸截获的一批违禁品,当时还缴获了一些枪支,有人认为这批物资是为爱尔兰共和军的一个分裂组织准备的。但没有证据,也没有抓到犯人。"

"一九九二年?"国防部大臣问,"都那么久之前的事了。"

惠兰怀疑他是在努力回忆当时的政府构成,看能不能把锅甩给其他党派。他说:"盗窃军械库是三年前的案件。"

"但炸弹过了这么久,"国防部大臣继续说道,"肯定非常不稳定——"

会议厅里一阵沉默,所有人都忽然意识到,现在聊炸弹的质量实在有些不合适。

会议又持续了两个小时,早在结束前就变成了空话连篇。好像所有人都觉得有必要表明自己对韦斯特艾克斯事件有多么深恶痛绝，以便记录在案——哪怕这是一份机密记录——仿佛担心不说出来，就会被认为是在赞同这种行为。好吧，在互联网时代，他们的担忧并非毫无道理。另一方面，会议上对于财产损失、高昂保险费，还有对旅游业的冲击展开了长篇大论。这也不太可能赢得那些痛失子女的父母的好感，因此，惠兰想道，到头来还是没有什么不同，不过是例行公事罢了。

与此同时，他还有工作要做。太阳落山之前，他的桌子上就会有一沓厚厚的关于罗伯特·温特斯的文件。他们会把他的人生放在显微镜下，像观察癌细胞蠕动一样，观察他的每一次行动。追根溯源——他们是这么说的——把时间追溯到罗伯特·温特斯还在襁褓中的时候，搜寻他曾踏上的每一寸土地。等夜幕降临——电话突然响起，打断了他的沉思。

手机屏幕上显示来电人是泰维纳。

豪华轿车像运送囚犯的刑车一样，颤了一下。

"戴安娜。"

"克劳德，"她说，"会开得怎么样？"

"很好，是的，我——"

"好，但是我们得聊聊。"

她的语气让惠兰意识到，夜幕降临之后，他面临的麻烦只会更多。

一个小时前，路易莎冲了咖啡放在桌上，此时表面已经结了一层膜。很快她就会把咖啡倒掉，可能会再泡一杯，可能喝，也可能不喝。人生充满了选择。

他确实可能还活着。J.K.科是这么说的，他指的是瑞弗。

马库斯毫不意外地生气了。

"我先说清楚,如果你选择现在说话是为了玩弄我们的心态,后果是很严重的。不要以为我们不会动手。"

雪莉补充道:"还有,把你那个该死的兜帽摘了,不然我来帮你摘。"

虽然接触的时间不长,但他已经明白雪莉的威胁绝不是空话。科缓缓摘下兜帽,光线刺痛了他的眼睛。他脸色苍白,下巴上是凌乱的胡楂,眼神空洞,弥漫着一层水汽,仿佛正坐在湖底向上看。

"老天,你吃饭吗?运动吗?你会动吗?"

"我们能不要跑题吗?"路易莎怒道,"你说瑞弗可能没死,到底是什么意思?"

科开始说话,但是嗓音粗哑。他清了清喉咙,又继续道:"和你一样,因为兰姆没有明确说出这一点。"

"我刚读了兰姆的短信,笨蛋。"雪莉说,"他说确认了瑞弗的尸体,还能有错?"

"我见过兰姆。"

"所以呢?"

"他说话从不拐弯抹角。"

路易莎说:"他说的没错。"

"你只是希望他是对的。"马库斯说,"两者是有区别的。"

也许这才是真相,她想道。她希望科说得是对的,因为不然的话,瑞弗就死了。和明一样。如果真是这样,她不知道自己会做出什么事。奇怪的是,她突然有些想念凯瑟琳,希望此时凯瑟琳能在身边。虽然她也无能为力,但路易莎还是觉得如果她在就会好一些。此时此刻,路易莎是斯劳部门里唯一的女性——如果不把雪莉和莫伊拉算在内的话。能有个同伴总是好的。

但是兰姆没有说"瑞弗死了",他说他"确认了尸体"。

这很像兰姆会做的事,路易莎想道。就为了耍他们,让他们以为瑞弗死了。那个天杀的浑蛋完全干得出来。但这又会引出其他问题,比如瑞弗现在在哪儿?兰姆确认的尸体又是谁的?

她突然站起身,拿着凉了的咖啡走进茶水间,倒进水池,然后走进瑞弗的办公室。J.K.科还趴在桌前,盯着屏幕。但她其实看不到他的眼睛,因为被兜帽遮住了。他正在敲击桌面,路易莎进来也没有抬头看,甚至当她开口说话他都没有转头。

"你是做心理评估的,对不对?"

他没有回答。

"在你不知为何被送到这里之前。"

他的手指继续敲击——她这才发现他戴着耳机。也许他根本就没发现她来了。如果是这样的话,就显得她接下来做的事有点不公平了。她从瑞弗的桌上拿起一个订书机,扔到科的键盘上——真实的键盘,不是他正在弹奏的虚构键盘。巨大的撞击声吓了他一跳,他突然尖叫着跳了起来,身边的东西被他突如其来的动作掀翻了:他的iPod、椅子、马克杯和里面的水。

他的反应也吓了路易莎一跳。

"妈的!"

"天哪!我不是——"

"该死!"

他的兜帽掉了下来,他看起来还是一样的虚弱、凌乱、苍白,但也很危险,像一只受惊的老鼠。他拳头中闪过一丝银光,但是很快就消失在了他帽衫的衣兜里。

"我不该这么干的。"路易莎说。

他看起来想要开口说什么，但改变了主意。相反，他俯身捡起iPod，把椅子扶正，又趴回桌前。马克杯留在了地上，里面的液体渗入地毯，和经年累月的血水、汗水、泪水融为一体：主要是泪水。

"对不起。"

但你手里拿的到底是什么？她想道——那是一把刀吗？

"发生了什么？"

马库斯赶来了，显然是带着雪莉一起。雪莉欢呼着："打起来！打起来！"

"我不小心把东西碰掉了。"路易莎说。

"你说是就是吧。"

雪莉说："他刚才又说话了吗？快让他说话。"

"闭嘴，雪儿。"马库斯穿过房间，蹲下，捡起马克杯，把杯子放在了科的桌面上，然后蹲下来与他平视："你不会给我们惹麻烦的，对吧？"

路易莎说："是我的问题，马库斯。"

"我正在和小灰帽说话呢。"马库斯说着，眼神继续锁定在科身上，"我在想他会不会要开始发作了，你知道，大喊大叫，到处扔杯子之类的。"

科回答的声音轻得近乎耳语："你要把我绑在椅子上，用刀切掉我的脚趾吗？"

"……还没有这个打算。"

"那我就不怕你。"

马库斯的目光越过他的肩膀，看向路易莎："我觉得我们已经摸清他的底线在哪儿了。"

"别招他了，马库斯。"路易莎疲惫地说道。

"是啊,别招惹他了,马库斯。"兰姆说。

吓死人了!路易莎想,他到底是怎么做到的?他就像是从一缕烟里凭空冒出来的一样。她说:"瑞弗怎么了?他死了吗?"

"我很好,谢谢,你呢?"

"兰姆——"

"我发现我的圣诞假期稍微有点长了。但是真的,我不在的这段时间,这地方真的有人完成过工作吗?"

他的圣诞假期从去年九月开始。之后路易莎见过他的次数屈指可数。

她说:"你还没回答我的问题,瑞弗……"

"他没死。"

比起她原以为的如释重负,现在她只觉得疲惫,好像身体里的肾上腺素全都流走了一样。

"至少据我所知是这样的。"

"那为什么……"她开口道,但又放弃了。背后的原因他想说时自然会说,不想说的时候无论如何都不会说。她不该对杰克逊·兰姆有什么期待。

此时兰姆正在观察手下的这些"下等马",就像一个农场主在观察鸡舍里的鸡。

"你,"他指着雪莉,"你看起来不一样了,为什么?"

她拍了拍自己的头顶,板寸已经长成了一头更加柔软、毛茸茸的短发。"我在留头发。"

"嗯。"

"我这样看起来比较像年轻的米娅·法罗[①]。"她说,"如果她

[①]米娅·法罗(Mia Farrow, 1945—),美国演员,代表作《罗丝玛丽的婴儿》。

不是金发,是黑发的话。"

"是啊,"兰姆说,"如果她不是嫁给了法兰克·辛纳屈[①],而是把他吃了的话。"

何跟在兰姆的身后跑来,说:"看,我留了胡子。"

"真的?在哪儿?"

"在我……"他的声音越来越小。

"这也太容易了,"兰姆说着,歪了歪头,"但你确实不太一样了,不只是脸上那几根毛,你怎么看起来怪干净的?"

"他最近开始洗澡了。"马库斯说。

"真的?"兰姆震惊地看着何,"你找了个女朋友?"

"他不是——"

"天哪,你们真的在谈恋爱?不是绑架?厉害了啊。"兰姆换下震惊的表情,笑容满面地说,"你看,只要你努力就能做到。"他拍了拍何的肩膀,"很高兴看到你克服了自己的残疾。"

"我没有残疾。"何说。

"要的就是这种精神。你应该把她带到办公室来,给大家介绍一下。"

"真的?"

"当然不可能了,这里又不是该死的咖啡馆。不过,说到女性,那位新来的女士已经安顿好了吗?她在哪儿?"

马库斯说:"你刚才喊她女士?"

"当然了,称呼上了年纪的女性得礼貌点儿。"兰姆说,"免得老疯牛发狂。"

路易莎说:"她应该在楼上,凯瑟琳的办公室里。"

[①] 法兰克·阿尔伯特·辛纳屈(Francis Albert Sinatra, 1915—1998),美国歌手、演员、主持人。

"别这么说,那已经不是斯坦迪什的办公室了,记得吗?"

"所以你才会这么闷闷不乐?"

兰姆无视了这句话,注意力转向了J.K.科,此时他正双手抓紧办公桌,像是怕它们会不听话。兰姆观察了一会儿,问:"他会说话吗?"

"这你得问他。"

"你会说话吗?"

科耸了耸肩。

"他怎么回事?仓鼠养大的?"

"他刚才还在说话,"雪莉说,"肯定是你把他吓到了。"

"你要告诉我们到底发生了什么事吗?"路易莎说。

兰姆终于转向了她:"你这是怎么了?看起来跟圣诞老人在你家沙发上拉屎了一样。"

"你让我们以为瑞弗已经死了。"

"不,是瑞弗想让你们以为瑞弗已经死了。我只是没戳穿他。"

"他到底想干什么?尸体是谁的?在哪儿?"

"你以为我是什么?谷歌吗?我不知道那是谁的尸体,也不知道卡特怀特玩的什么游戏,我猜他在玩间谍扮演。玩了一辈子,何必现在改掉这个习惯?至于在哪儿,是在郊区他外公家里。你们觉得老年人为什么总是住在乡下?是不是住在城市里一出门就会迷路?"

"所以有人死了,但不是瑞弗?"

"还要我说多少次?"兰姆翻了个白眼,看向何,"女人,真拿她们没办法,是吧?"

"没错,我懂你——"

"闭嘴。"路易莎对他说。

"所以瑞弗现在在哪儿?"马库斯问。

"法国。"

"为什么?"

"杀手就是从那里来的。"

"我们现在有个杀手了?"

"就是浴室里的那个尸体,"兰姆说,"我猜他不是来修水管的。"

"他来杀瑞弗?"

"你再好好想一想,"兰姆说,"用上脑子。"

路易莎说:"他的意思是,想想那是谁家。"

"但瑞弗经常去外公家。"马库斯反对道,"如果我要杀瑞弗,可能就会跟踪他到那里下手。远离城市,空旷的街道,方便逃跑。"

"我相信大家都花过几个小时思考如何才能更好地杀掉瑞弗。"兰姆说,"但我们这位刺客大老远从法国过来,要我说,更像是来做一份正经工作,而不是业余爱好。所以暂且假设他是来杀外公的。先办正事,再享乐。"

"所以谁杀了那个刺客?"

"是这个卡特怀特还是另一个,很重要吗?"兰姆一屁股坐进最近的椅子——正好是瑞弗的,"我们需要知道的是:到底发生了什么?既然小卡特怀特没法亲自告诉我们,老卡特怀特脑子又糊涂了,我们就只能亲自调查了。"

路易莎说:"老家伙真的痴呆了?"

"和鸭子说话都比和他说话更有启发性。"兰姆向她保证道。

"瑞弗说很担心他。"

"他向你吐露了不少心声，是吧？这位年轻的003.5？"

"他——"

"但这还不足以让他拿起电话，告诉你他还活着。"他伤感地摇了摇头，"现在的孩子，是吧？怎么都这样呢？"

雪莉说："法国挺大的。"

"好极了，现在我们有了一位地理学家。还有什么高见吗？"

"我只是想说，瑞弗肯定得掌握更多线索才能继续调查。"

"是啊，虽然很不可思议，但你这次说得没错。瑞弗在死者的衣服口袋里找到了一张车票，还有一张咖啡馆的收据……老天，居然给他找到了一条货真价实的线索。他肯定会高兴得以为自己上天堂了。"他看向路易莎，"不是真的上天堂，别揪头发了。"

"那家咖啡店在哪儿？"她问。

"只有上帝才知道。嗯，只有他和瑞弗知道。"兰姆把头发向后拢，一只脚接着另一只脚搭在瑞弗的办公桌上，动作灵巧得惊人。桌上的东西被他踢得乱七八糟，但兰姆并不在乎。"所以，用美国人的说法是，我们手头出了点儿'状况'。刺客拿着一本英国护照，但显然住在海峡对岸，过来要干掉大卫·卡特怀特，结果把自己赔进去了。瑞弗带着唯一的线索傻兮兮地追去，那个老浑蛋连日期都记不清，更不可能记得为什么会有人想杀他。所以只剩下我们了，谁有什么想法吗？别害羞，尽管说。"

"看门狗怎么说？"马库斯问。

"看门狗说：汪汪。"兰姆说，"换个难点的问题。"

"你知道我什么意思。"

"他们正在肯特郡找一个精神失常的退休员工，所以我猜他们也有的忙了。但就算现在还没发现，他们迟早也会发现死者不是瑞弗,然后改变调查方向。事实上,"他说,"可能还要来问我为什么确认尸体是瑞弗的。所以如果有人不请自来,你们也别太惊讶。"

"你为什么要说那是瑞弗的尸体?"

"因为,虽然听起来很不可思议,但他现在是一个正在卧底的特工,而你永远不能揭露手下特工的卧底身份。"

"但你可以告诉我们。"

"我可以,但这意味着我必须相信你们不会干出什么蠢事,比如把这件事发到博客上,或者雇个飞行员写在天上。"他和善地笑了,"我知道你们把我当成父亲,想要好好表现,让我刮目相看。但如果你们不是彻头彻尾的废物,一开始就不会沦落至此。"

"你怎么现在才说。"雪莉说道。

"因为就像我刚才说的,他们现在应该已经查明尸体并不属于瑞弗,所以这件事已经有些无所谓了,你明白吗?"他顿了顿,"我说'有些无所谓',不是'有些放屁',别乱想。"

"大卫·卡特怀特现在在哪儿?"路易莎问。

兰姆犹豫了片刻,说道:"他很安全。"

"你有什么事瞒着我们。"

他怜悯地看了她一眼。"如果我把知道的事都告诉你,"他说,"你就会在活到我的一半之前衰老致死。"他忽然动了动脚,把瑞弗桌子上装笔的无柄马克杯碰到了地上,结束了它的杯生。他看向何:"你倒是挺安静。"

"也许可以——"

"不,还是闭上嘴吧。"

J.K.科说道:"有两点可以确定。"

一阵短暂的沉默后,兰姆说道:"有人放屁了吗?我好像听到了吱吱的声音,但什么都没闻到。"

"那是什么意思?"雪莉问,"有两点是可以确定的?"

"杀害对象,计划源头。"科费尽力气挤出几个短语,仿佛开口说话让他感到痛苦。

路易莎说:"三角定位需要三个能确定的点。"

"听名字就知道了。"马库斯指出。

科说:"老人一定和法国有什么联系,他自己无法告诉我们,但肯定有人知道。"他右手手指抽搐了一下。"会有记录的。"

"我还想把他退货呢。"兰姆说,"但他的大脑好像还能用。"他停顿了一下,"要他融入你们就像让猴子融入狗群,但我们待会儿再担心这个。你们听到他说的了,找出联系。老家伙跟法国有什么关联?这是我们的第三个定位点。有什么问题吗?很好,现在滚吧。"

"我有一个问题。"安全地回到办公室后雪莉说,"那个叫三角定位的鬼东西到底是什么?"

7

上午，公交车把他带到一个类似英国"乡镇广场"的地方。但这其实并不是一座广场，更像一个大型交叉路口。几条相邻道路并未完全连接，形成了一个杂乱无章的空间。一面矮墙切割了空间的一角，咖啡馆则用堆放的桌子占据了另一角。矮墙的一侧立着两棵树，在风中轻轻摇摆，树下停着几辆车。公交车驶离车站时，与它们擦肩而过。说是车站，其实只是树干上钉着一张边角卷曲的时间表。天空正飘着细雨，否则肯定会有人坐在户外的桌边。空气中有一丝寒意，还夹杂着一股烧焦的味道：不是树叶或烧烤，而是更大的东西。这种味道给早晨带来了些许温暖的错觉，瑞弗拉高外套的拉链，又检查了一遍从亚当·洛克希德口袋里拿出的咖啡馆收据。蓝天咖啡馆，昂格文。它就在那里，在那些堆放的桌子后，和宣传照片中一样。店里亮着灯，窗户上蒙着一层水汽。模糊的人影在其中移动。前门的长方形标牌显然用英文或法文写着营业中，但也可能写着别的什么，必须得走近点才能看清。

但瑞弗暂时留在原地，在一家商店的遮阳篷下避雨。这家店的橱窗里陈列着各种杂物：厨房用品、儿童玩具、收音机、手表、洗漱用品、刷子、袋装种子、一盒盒猫砂……好像店主只是在漫无目的地撒网，看看哪个能把客人骗进去。这让他想到斯劳部门旁边一条街上的小摊，大多数都在美食爱好者涌入之后消失了。他太累了，控制不住胡思乱想。瑞弗一边让自己适应环境，一边观察着橱窗里的商品。他现在在法国，只是隐约知道自己要干什么。

他对时间失去了概念，总觉得现在比实际时间更早，或者更晚。光线不太对劲，好像罩上了一层纱。但毕竟，他的生物钟还停留在昨天。瑞弗昨晚没怎么睡，口袋里也没多少钱。他用亚当·洛克希德的欧元买了一张从巴黎到普瓦捷的车票，但没法走得更远了。不过也没有这个必要。等到中午，他们就能查清他外公家的尸体是洛克希德，或者至少能查清他不是瑞弗·卡特怀特。这就意味着刷信用卡不会暴露更多他们不知道的信息，除了他所在的地点。为了找到老家伙，他们肯定会开始调查他认识的人。幸运的话，等他们找上凯瑟琳时，他就已经查明杀手为什么会从这个昂格兰河畔的寂静小镇不远万里前往他外公在肯特郡的家。因为在查清危险来自何处之前，他最不希望看到的就是外公被抓，无论是被总部，还是被警察。所以在那之前，放眼望去皆是特工王国的领土，遇到的每一个人都可能是敌人。

他站在外面的时候，没有人从咖啡店里进出。但就算有，他又能怎么办？是时候执行下一步了。他竖起衣领挡住风雨，离开了遮阳篷的庇护，走向蓝天咖啡馆。

她习惯于把公园长椅作为秘密碰头的地点。公园长椅上，或者河岸的树荫下，那种她知道没有人能监控的地方。但偶尔换换口味也不错。于是她让克劳德下车走走，在牛津广场口的东北角等她。那里总是熙熙攘攘，方便看他有没有带后援。她虽然没有外勤特工的实地经验,毕竟行动组长是文职工作,但就算你不会拆卸发动机也能学会开车。克劳德·惠兰根本不知道她离得有多近,直到她伸手去拍他的肩膀——

但他在最后一刻转过了头:"戴安娜。"

"抱歉,搞得这么神秘兮兮的。"

"不,你不用觉得抱歉。"

"有些谈话最好还是避开新闻头条。"

他是独自一人,司机还堵在路上。只有在特别紧张的时刻,才会给局长配武装护卫。

"你到底想干什么,戴安娜?"

"我想坐一趟公交车,这趟就行。"

坐双层巴士去牛津街,就算路况没有那么差也要花很久,但上午的路况并不好。她付的现金,这样就不会有公交卡记录。他们上楼,像青少年一样坐在最后一排,唯一的不同就是没有在闷头发短信。虽然泰维纳的电话给他一种不祥的预感,但为了掩饰内心的不安,惠兰还是露出了愉快的表情。而她则给他留了一些时间,适应这里的环境,他应该很久没坐过公交车了。

他注意到了下方闪烁的监控屏幕,说:"你知道这里也是有监控的,对吧?"

"明天早上就会被抹掉,除非有突发事件需要保留。"

"那我们尽量不要让事情发展到那个地步。到底是怎么回事,戴安娜?"

"我们遇到问题了,克劳德。"

"是吗?"

"理论上是你遇到了问题。你在内阁紧急会议上提供的信息有误,虽然我觉得应该算不上叛国,但——"

"信息有误?"

"——几乎可以确定算是失职,还不是轻微的那种。你来这里多久了?"

"我来这里多久——戴安娜,这到底是怎么回事?"

"我只是在想,你是不是破了纪录:任期最短的局长。"

他说:"你有两种选择:要么开始解释,要么我就下车。下车之后,一回到总部我就会签发一份停职通知,明白了吗?"

"明白。关于温特斯,你是怎么和他们说的?"

"你知道我是怎么说的。我们拿到了他的护照,百分之九十九能确定是真的,是查清他生平信息的关键线索。"

"是的,但是问题就在这里。"

"什么问题?"

"罗伯特·温特斯的护照。"

对面的巴士突然停下,有那么一瞬间,惠兰的目光越过泰维纳,看向对面车上另一对坐在顶层的男女,驶向不同的目的地。无论他们是谁——秘密情人,还是疲惫的上班族——有一瞬间,他希望自己能成为他们的同伴,而不是坐在这里。

"你想说什么?"他愤恨地说道,声音引得最近的乘客——坐在前面四排的男人好奇地回头看了一眼。

"天哪,亲爱的,别这样。"戴安娜安慰道。男人哂笑一声转回身去。情侣吵架,太常见了。

惠兰这才意识到,她把见面地点选在公交车上,很有可能是为了避免自己被他掐死。

她说:"罗伯特·温特斯——是我们的人。"

"他是我们的特工?"

"不完全是。"

"那是线人？天啊——"

"也不是线人。我们管这个叫'冷身份'，你听说过吗？"

"别兜圈子了，把你知道的都告诉我。"

于是她开始讲述。

这个叫三角定位的鬼东西，马库斯解释道，其实很简单。雪莉难道没参加过员工培训吗？她解释说，自己那天可能头晕了，这是在隐晦地表达她"吸食可卡因过量"的意思。马库斯知道这很有可能。总之，继续说这个叫三角定位的鬼东西。

"你手上有两份信息，就能画一条直线，把两点连在一起，但也仅此而已。而当你有了三——"

"行了行了，我明白了。"

"你就能找出——"

"我说我懂了，好吗？"

"现在你懂了，一分钟之前你还对此一无所知。"

"是啊，我想起来了。"

马库斯还想再说几句，但如非必要，他不应该招惹雪莉。换作其他任何时候，她都有可能开始抓狂。最近她稍微平静了一些，但马库斯认为并不是因为她的情况变好了，只是因为没有恶化。每个人都有自己的底线。也许参加课程对她有帮助。事实上，现在回过头来想想，她已经有段时间没——

"我去你妈的浑蛋！"

好吧，也许不算长。

他问："又怎么了？"

"密码过期了。"

出于安全考虑,情报局的网络每个月都需要更新密码。但要登录新密码,必须先输入旧密码,有些人会对这个程序表示质疑。雪莉就是其中之一。

"你要找什么?"马库斯问。雪莉正在登录新账号,总共占用了她十九秒的宝贵时间。她愤怒地嘟囔着。

"电话号码。"

"现在点炸鸡有点早了吧。"

"吃炸鸡永远不早。"雪莉说,"而且我在工作,你别捣乱。"

她登录账号,开始查询情报局的内部电话簿:所有你要找的人,从总部到其他分部的电话都能在上面找到——除了斯劳部门。因为没有人会想要联系斯劳部门。

马库斯开始好奇,但不想问出口。雪莉看他可怜,说:"茉莉·多兰。"

"那个坐轮椅的传奇人物?"

"我一般叫她'断腿传奇',但没错,就是她。我们说的是同一个人。"

"我印象中她挺讨厌斯劳部门的,瑞弗以前不是试过从她那里偷文件吗?"

"新闻速递:我不是瑞弗。"

"但你是斯劳部门的人。"

雪莉耸了耸肩:"她就是本活着的历史书。她要么知道,要么不知道,可能会说,也可能不会说。想知道真相如何,就只有一个办法。"

她拨通了那个号码。

* * *

咖啡店里弥漫着咖啡和烤芝士的香气。墙上贴着褪色的老照片，照片上的女孩穿着乡村服饰，身后的背景是磨坊和玉米地。门上钉着一张马戏团传单，旁边的衣架上挂着被淋湿的厚重外套。瑞弗的右手边有一个烘焙展示柜，里面放着各种糕点和三明治。店内其他地方都摆着桌椅——除了收银台前方——那里停着一辆婴儿车。它的常客此时正坐在一张高脚凳上，一只手拍打着餐盘，另一只手揪住耳朵，咯咯笑着。母亲拿着一把勺子，正在往婴儿嘴里喂一种绿色甜品，因为颜色太鲜艳，看起来就像是某种放射性物质，但应该不是。女人看向瑞弗，发现婴儿车挡住了他的路，又回过头去，转向自己的孩子。瑞弗学着法国人的样子耸耸肩，把婴儿车挪开，在另一侧墙边的桌旁坐下。

店里的客人并不多。除了那对母子，只有四个人。一个五十多岁的男人正在读报纸，他留着整齐的胡子，两条眉毛细得像铅笔。三个年轻男子懒散地围在桌边，桌上摆了一排杯子、满是面包碎屑的盘子，还有手机。其中一个年轻人好奇地看着瑞弗，看报纸的男人则眼皮都不抬一下。这时，一个身材微胖、和蔼可亲的女性从柜台的珠帘后走了出来，拿起置物架上的记事本向瑞弗走来，沿途还逗了一下婴儿。

"先生？"她问。

瑞弗点了一杯咖啡。他拿着咖啡坐了半个小时。三个年轻人对女服务员表达了感谢，说笑着离开了。又来了两个女孩，围在吐司三明治旁边聊个不停。瑞弗的肚子饿得咕咕直叫，但他手头的钱只够勉强买下这杯咖啡。看报纸的男人又点了一盘食物，从香气判断，应该是蘑菇煎蛋卷。咖啡很美味，但是填不饱肚子。他又拿出小票看了看，这是五天前的票据，也是在新年之前。亚当·洛克希德享受了两杯啤酒和一份牛排薯条。这张纸被团成一个球，像是被忘在了口袋里，而不是特意留下用于报销。瑞弗认为，这意味着亚当·洛克希德是蓝天咖啡馆的常客。也就是说，这里的客人应该能认出他。知道他住在哪儿，认识他的同伴……至少，在过去的十二个小时，瑞弗都是这样告诉自己的。但此刻他来到店里，却开始觉得这个推测有些站不住脚。也许他的直觉无法经受更严格的检验，这已经不是他第一次冒出类似的想法了。

但若非两人在身高、体型还有发色上都这么相似，他还能走到这一步吗？但是，他对自己说，眼睛能有多少种颜色？金发又有多少种深浅？毕竟，不是他长得像洛克希德，而是洛克希德长得像他。所以他才能说服老家伙开门让他进屋。也许正是因为这一点，他才被选中来做这份工作。

服务员的目光开始让他感觉到压力。他可能已经耗尽了一杯咖啡能买来的时间。

瑞弗对她点点头，她立刻出现在了他面前。

"夫人，"他开口，却发现她并没有戴婚戒，但现在改口已经太晚了，"我在找一个朋友，一种英国人[①]？"

她等待着。

"他……"他不知道该怎么用法语说。他长得像我？外表像我？他用手掌指着自己的脸，试图描绘出这个他不会说的句子。詹姆斯·邦德从来没遇到过这种问题。但和邦德聊天的女服务生也应该年轻二十岁，有着傲人双峰。

她开始说话了，句子中包含着"男人"和"早餐"这样的词汇。也许是在回答他那个半吊子问题，但也可能是在讲一个法国谚语，描述法国人对一天中最重要的一餐的看法。

[①]这里瑞弗说的是法语，但是出现了语法错误。后文中瑞弗说的法语也用仿宋字体表示。

当她停下之后，他说："他住这儿附近，应该。"

他的语法和时态错得离谱，但没关系，就算他能说出完美的法语，他也不会透露洛克希德已死的事实。但无论如何，女人看着他，只有满脸疑惑不解。

他右边的人突然说出了一串音节。

是那个留胡子的男人，他放下手中的报纸，正在和服务员说话。让别人把自己说的外语翻译成同一种语言实在令人沮丧，但似乎起效了，因为女服务员把盛着账单的盘子放在瑞弗对面，然后回到柜台后方。

"我猜，你在找一个朋友。"那个男人用英文说。

"是的。"瑞弗刚说完，才意识到这句话可能会产生歧义，"他——"

"他长得像你，对吧？"

"你认识他？"

"英国人？"

"是的。"

男人摇了摇头："不是英国人。"

"你确定吗？"

"他是本地人，伯特兰，应该，伯特兰什么的。"

"他会来这里吗？"

"我在这里见过他。"男人指了指自己的眼睛，然后又指了指瑞弗，"你有……同一种表情。是这么说的吗？"

"嗯，是的，没错。你知道他现在住在哪里吗？"

"他是一个朋友？亲戚？"

"表亲。"瑞弗说。

"但你不知道他的名字。国籍。不知道他住在哪儿。"

"我们关系不太近。"瑞弗说。

"显然。我想他来自勒阿布。"

"这是另一个村庄吗?"

"一栋房子,大房子,不远。"

"容易去吗?"

"嗯,"他的新朋友说,"是也不是。"

"我记得你,是的。"茉莉·多兰对话筒那头的雪莉·丹德尔说道。

"太好了。"

"你真有自信。"

"……什么?"

"不用客气。你这次又想要什么,丹德尔小姐?或者也许我应该问,杰克逊想要什么?我猜你是在替他打电话。"

"更像是在充分发挥主观能动性。"

"说得真好听。所以你要剥削我的专业知识,独占所有的功劳,是这样吗?"

雪莉控制住自己不要叹气。事实上,抑制住叹气的冲动也是情绪管理课程的一部分,在他们给出的个人目标清单上位置相当靠前。所以与此同时,她也在心里给这一项后面打了个钩。"你最近怎么样?"她问道。因为她想起了课上教的另一项内容:要关心他人。

她试图关心茉莉的举动赢得了对方惊讶的沉默。

茉莉·多兰不算是传奇人物,但是她有这个潜力。她在总部负责管理人员档案,推着亮红色的轮椅来往于各处。因为她在很久以前失去了双腿。她无所不知,是个可靠的信息来源。每年她都会给新人做讲座,介绍局里的调查资源。据说这个讲座能把最坚不可摧的学员变成一摊颤抖的果冻,就连兰姆都对此叹为观止。其实雪莉还听说过一个谣言,说兰姆和茉莉有过一段,光是想想就让人觉得脑袋发木。

现在,雪莉礼貌的询问被无视了。轮到茉莉开口了:"我猜科先生已经到你们那边去了。"

雪莉反应了一会儿才把科这个名字和楼上那个阴沉的兜帽联系在一起。"你认识他?"

"我以前派他去找过兰姆。"她顿了顿,"如果我知道他会成为斯劳部门的永久居民,可能就不会这么干了。"

她听起来好像真的很后悔,也可能是装得很像。雪莉决定借机直奔主题:"你认识大卫·卡特怀特吗?"

对面沉默了片刻,很可能是翻了个白眼。"我可能听说过。"

"嗯,是这样的,昨天晚上有人想暗杀他。"

这段沉默更意味深长一点。

"有人……"

"要杀他,是啊。显然是的。"雪莉对马库斯竖起大拇指,事情进展得很顺利。

"所以你才会给我打电话。"

"算是吧,因为——"

"我可以问一下,你为什么坚持要打电话来调查这件事,而不是对我表示一些尊重,亲自来拜访呢?"

"你认真的?"

"我希望别人能对我表现出最基本的尊重,是的。"

"因为我没有进入总部的权限。"雪莉说。

"我知道。"

她说什么？

雪莉说："既然你知道，又为什么——"

"因为我想表达一个观点，丹德尔小姐。我想说的是，无论你在进行什么调查，我都不认为你是合适的人选，你能明白我的意思吧？"

雪莉愣了一下，但很快就明白了。

"也就是说，就算你能写好请求资料的申请表格，我也不太可能配合你。"

这对雪莉来说也没什么大不了的，她想不明白的是，这个老太婆为什么还在线上？为什么不给自己省点力气，直接在一分三十秒之前挂断电话？

然后她突然听到一阵噪声，那是她从来没有听到过的。她惊恐地看向马库斯，显然，他也听到了。事后她曾想，如果马库斯没听到，她这次绝对要戒掉尼古丁，毫无怨言地参加情绪管理课程，甚至还可能会回到教堂参加礼拜。所以万幸，马库斯也听到了那个声音。那不是幻觉导致的噩梦，而是真实发生的事。

兰姆正在从楼梯上走下来，莫伊拉·特雷格里安站在他旁边。

两人正在开怀大笑。

甚至当他们离开之后，笑声还讽刺地盘旋在空气中，萦绕在楼梯间，像一只飞蛾，扑扇着翅膀寻找灯泡。马库斯的表情就像有人刚用铲子狠狠地拍了一下他的脸。雪莉自己也没好到哪里去。她合上张开的嘴巴，一个想法在脑海中逐渐成形。茉莉·多兰还没有挂断电话，她看到了希望的曙光。

"你还在吗？"她问。

一声叹息回答了她的问题。

"猜猜我刚听到了什么。"她说。

"我不会陪你玩这种游戏的。"

"你应该试试的,真的。我给你三次机会,还有一条关键提示。"

"关键提示?"

"没错。"

茉莉·多兰说:"我猜如果我说错了,代价——"

"我知道你的意思。"雪莉说。

"很好。我猜如果我说错了答案,代价就是要帮助你进行调查。"

"对。"

"抱歉,我看不出我能从中得到什么好处。"

"嗯,如果你猜对了,我就挂掉电话,再也不打扰你。"

"听起来确实很有诱惑力。"茉莉承认道。

雪莉说:"提示是:那个声音是杰克逊·兰姆发出的。"

"好吧,"茉莉停顿片刻之后说道,"考虑到杰克逊能发出的声音有限,我猜对的概率似乎更大,不是吗?"

十分钟前,公交车停在固定站点,之后就再也没向前开动过。司机熄了火,车辆从旁边驶过。没有乘客出声抱怨。也许他们是公交车的常客,已经习惯了这种突然的间歇;但也可能是第一次坐公交车的人,已经丧失了求生的欲望。而在顶层最后排,戴安娜·泰维纳正在与克劳德·惠兰交谈。

"冷身份,"她说,"是一个提前准备好的身份:出生证明、护照、社保账号、银行账号、信用评级,全都包括在内。往往会通过官方渠道，花上好几年时间来搭建。这不是造假大师的作品，这是政府机关在做他们最擅长的事，克劳德，也就是书面文件。从出生到死亡的书面文件，这就是冷身份。你只要往里面填上真人的血肉，就有了记录完整的一生。"

"我以为这是常规操作——制造假身份。"

"问题就在于，这些身份并不是假的，而是真实身份，就等着有人来认领。你不要误会了，我们当然可以制作假身份，而且能做得很好。如果我们做了一张假驾照，细节会和真的一模一样，但唯一的问题就是有效日期。一旦超过有效日期，就必须伪造一张新的。但如果你有一个冷身份，就不成问题。你只要去相关机构重新申请一张就行。因为过期的那张证件本来就是真的，由英国交通管理局签发。"

惠兰说："那肯定需要有专人维护。"

"当然了，曾经我们能拿到应得的拨款，但自从柏林墙倒塌，冷战宣布胜利，伪装部门就被废弃了。上面觉得这个部门不符合时代需求，有些多余，我都懒得说财政部有多么鼠目寸光。不，如今外勤特工的身份都是临时编造的，就连长期掩护身份都是能省则省，草草了事。"

"那这些……在伪装部门被解散之后，冷身份都是怎么处理的？"

"被封存了，或者至少人们是这么以为的。"

"但是罗伯特·温特斯……"

"是其中之一，没错。"

"怎么会？他怎么可能是？根据护照上的资料，他今年二十八岁，但你刚才和我说，这个项目是在很久之前——"

"克劳德，你没有仔细听。冷身份包括从出生到死亡的所有文件。从零开始,实时搭建身份。这个部门从战争时期就开始运作,所以他们在二十世纪六十年代搭建的身份是给二十岁左右的人用的,以此类推,明白了吗?"

"长期工程。"他小声说道。

"可以这么说。所以当部门解散的时候,他们手里可能有不少处于不同准备阶段的身份。其中就包括一个两岁的罗伯特·温特斯。"

"如果我们只有一个名字——"

"还有出生日期和出生地点。相信我,那个在韦斯特艾克斯自爆的罗伯特·温特斯是情报局的人。他不可能通过其他渠道获得那本护照。"

"天哪。"

公交车终于启动,从头到尾打了个颤。

"你知道多久了?"他问,"这是谁查出来的?"

"我手下的一个孩子,几个小时之前。"

"你那时没想到要告诉我?"

"如果我说了,你会怎么做?"

他努力控制住怒火:"你觉得呢?我会把这份情报加入汇报中,告知首相——"

"然后会发生什么?不,别费劲去想了。我可以直接告诉你。我们会被封锁,克劳德。整个总部,河对面的部门,甚至该死的斯劳部门——每一个分支、每一名特工都会被封锁。然后政治保安处,或者更糟糕的是,军情六处就会翻遍所有人的抽屉。到时候剑桥五杰①的丑闻看起来就会像是在花园派对上的闲聊。"她

---

① 剑桥五杰,指出身剑桥大学的五个间谍,从二十世纪三十年代开始向苏联传递情报,直到二十世纪五十年代才被慢慢发现。

顿了顿,"不过,这么形容那件事也确实没错。"

"你手下的那个……孩子在哪儿?"

"在看门狗手里。"

"你动用了内部监察机构?他们应该是维护秩序的人,不是你该死的私人禁卫军!"

泰维纳摇了摇头:"你还是不懂,是吗?这件事但凡走漏一点风声,安全局的信用就会一落千丈,彻底完蛋。全世界的阴谋论疯子都会说韦斯特艾克斯爆炸案是一次安全局组织的黑色行动,就连普通民众都会信以为真。"

"这不可能——"

她毫不客气地打断了他:"你知道爆炸发生后,说我们在掩盖真相的谣言在网上散布的速度有多快吗?不到两个小时。不到两个小时就传遍了整个互联网。我们在民众心里的信用就是这么差。我们正在输掉这场战争,相信我,克劳德,这就是一场战争。有人说你不能和一个抽象的概念开战,这种议题就留给哲学家和老学究去讨论吧。但至少在我看来,如果你不得不从被炸毁的商场里抬出孩子的残肢,那就是一场战争。而我们必须站上前线:是我们,你和我。因为如果没有我们的指引,情报局就会像一只湿袜子,任人摆布,而不是做它应该做的事——抓住那些浑蛋。所以下车之前,我们得先达成共识。如果你还在犹豫不决的话,记住这个:是你签了收安协议。"

"我签了什么?"

"授权看门狗去抓捕并关押吉蒂·拉赫曼的协议。就是那个发现这条情报的孩子。"

"我没有——哦。"

我需要你的签名。需要签三次。他想起来了。

还有：我需要通读一遍吗？

"看起来是的，"他缓缓说道，"在内阁紧急会议召开之前。"

这恰恰印证了之前得知的事。

公交车的移动速度真是慢得惊人，他想道。

"没必要露出那种表情。"过了一会儿，她说道，"我是站在你这边的。"

"很高兴知道这一点。但你真的有必要在抓住我的命根子之后才表达对我的支持吗？"

"这些都只是政治，克劳德，你会习惯的。相信我，如果情报局命悬一线，场面会变得更难看。"

他突然发现，戴安娜·泰维纳正在享受这种情况。或者至少看起来更加警觉、更有活力……也更迷人了。他不愿细想，于是把这个念头甩出脑海，说道："那现在怎么办？"

"我们要先查清楚，一个冷身份怎么会穿上绑满塑胶炸弹的背心？也就是说，要先查清楚谁有权接触到这些身份，然后给他们插上电源，直到他们开口说话。"

"英国不会这样折磨嫌疑犯。"他条件反射一般地说道。

"别这么幼稚，克劳德。"

"你刚才说这些身份……？"

"是的，不止一个。据我所知就有三个冷身份，也就是说还有两个身份是完好的。天知道他们接下来打算干什么。"

这里的气味更浓烈、更刺鼻，刺得瑞弗喉咙发痛。他走在狭窄的小路上，路的一侧是八英尺高的砖墙，上面铺着碎玻璃。另一侧是篱笆，篱笆外是田野，更远处是公路、零星的房屋，还有整个法国。雨淅淅沥沥地下着,他发现自己的鞋不如想象中防水,左脚被一只湿袜子磨得生疼。不过,入职培训的时候他曾在黑山上待过几天,晚上在泥沟里躲避士兵的追捕。不过是湿了一只脚,他能受得了。只要不强求他在这种情况下说一口流利的法语就行。

树枝笼罩着街道,在原本就灰暗单调的街上洒下阴影。他用一只手指摸了摸枝条,手上沾满了灰烬般的尘土。

勒阿布是那栋建筑的名字。这个地方并不好找,因为它已经不复存在。就在三天前,它被一场大火烧毁了。

在主干道与一条双车辙小道的交会处,围绕勒阿布的墙壁向右拐,变成了一个覆盖着苔藓的土堆,高度及腰。瑞弗沿着小路向前,越过土堆看向深处的林地:大部分树枝都是光秃的,但由于地势上升,视野依然有限。四周一片寂静。虽然距离昂格文只有四分之一英里[①],但他仿佛来到了一个偏远的国度,就算迎面驶来一辆马车他也不会感到太意外。但他并没有遇到其他人,只能偶尔听到汽车来往于村镇的声音。

"火灾是什么时候发生的?"他问咖啡店里交到的新朋友。

是三个晚上之前。

"有人受伤吗?"

显然当时屋里没有人。至少没在废墟中找到尸体。

"有多少人住在那里?"

谁都说不准,住在那里的并不是一家人。更像是一个小公社——如果瑞弗能理解的话。

瑞弗确实能理解。

---

①约四百米。

"火灾,是有人故意纵火吗?"

"故意?是的,看起来是。那里没有车辆,不是吗?所有人都在火灾之前离开了。那场大火……哈,浓烟,很黑,比夜晚更黑。"

也就是说他们用到了石油,瑞弗推测道。石油,或者类似的助燃剂。能让火烧得更快更猛,消灭所有的证据。

但是什么证据?

他来到一扇巨大的铁门前,门上有一个圆形标志,用红色字体写着私人领地,禁止入内。大门锁着,但已经算是个不错的入口。瑞弗翻过墙,手上沾满绿色的苔藓,沿着仅容一辆车通过的小路向前,穿过幽寂的树林。那股气味变得更浓烈了。他想起了去拜访外公的那些夜晚,想起第二天早晨清理壁炉燃尽的烟灰。深夜,他坐在即将熄灭的炉火旁,听着老家伙讲述一个个故事,火光渐渐黯淡,外公的声音也越来越模糊。但瑞弗总是想听,总是渴望听到那些故事。他不希望外公停下来。他走向大火熄灭的中心,想道,他们不会再有那样的夜晚了。

第一眼看到那栋房子时他有些意外。他并没有意识到自己在上坡,忽然看到眼前出现了那座建筑物,但很快就消失了,因为房子已经不复存在。它曾经一定是一座令人叹为观止的建筑,三四层楼高,每层楼有七八个房间,现在却只剩下断壁残垣,烧焦的木块散落其间。所有东西都被烧成焦炭,堆在一起,如同一座座漆黑的金字塔:窗框、家具、蛇形盘绕的电缆、楼梯的残段。一个珐琅水池悬在离地三英尺高的地方,乍看之下仿佛飘在空中,实际上是被竖直的管道撑了起来。它曾经的"同事们"瘫倒在四周:一台炉灶、一台洗衣机、一台洗碗机、一台冰箱。这些白色的家电被烧成了黑色,呈现出半融化的状态。废墟中还埋着一个浴缸，水龙头的一端探出碎石瓦砾，就像一艘即将沉没的船，翘起船头。

虽然下着雨，空气中却仿佛残留着灼烧的热量。也许是之前的大火太过猛烈，无法完全消散。房子已经不在了，但将它毁灭的火焰却仍在此处徘徊。废墟附近的地面泥泞不堪，到处都是轮胎的痕迹，更深一些的坑里积满油污。当时的场面肯定很激烈，不只是燃烧的大火，还有灭火行动。为了防止灾害扩大，不得不破坏一些其他东西——外公肯定知道类似的故事。但讲着讲着，他的故事就会开始变得混乱、自相矛盾，最终草草收尾。瑞弗第一次开始反思：他到底是来调查企图杀害外公的人，还是只想和老人保持距离，不愿眼睁睁地看着他的情况继续恶化？

他蹲下身，手掌贴着地面，却感受不到残余的热量，只有被压弯的湿漉漉的草地。他把手在牛仔裤上擦了擦，这里就是亚当·洛克希德的起点。他就是从这里出发，最终倒在了老家伙的浴室地板上。房子在这么短的时间内被烧毁，肯定不会是巧合。但两者之间到底有什么联系？

树林中有什么发出了沙沙响声，他回过头去，却什么都没看到。也许是风，某只小动物，或者树木在交头接耳。

瑞弗盯着被烧毁的房屋。闭上眼睛，他仿佛能看到当时的场景：漫天大火映着漆黑的夜空，尖锐的警笛声撕裂了夜晚的寂静。火势那么大，肯定几英里外就能看见。一座明亮的灯塔照亮了整个村庄。不知道法国的消防车是什么颜色，会不会也是红色？也有可能是黄色，不重要了。他们到得太晚，房子已经被烧得只剩废墟，但他们还是扑灭了大火，阻止火势进一步蔓延。他们成功了。两百米外的两座小屋依然完好无损。透过树木，隐约能看到远处还有一间像鸽舍一样的建筑。而那些树也幸存了下来，在灰暗的午后显得枯瘦如柴，如同一座座灾难纪念碑。

曾经可能成为线索的东西也被烧成灰烬，吹散到田野，落在潮湿的土地上。

灰暗的天空逐渐变得更加凄凉、更加黑暗。头顶的云层越来越厚，似乎在酝酿着新一轮降雨。瑞弗蹚着泥泞的污水前进，鞋子已湿透。他决定回昂格文避雨。应该会有个当地的报刊亭，或者闲聊的地方——教堂或者酒吧，他可以问出一个名字，找到一条可以追查的线索。亚当·洛克希德在这里用的名字叫伯特兰，不知道姓什么。无论如何，这座废墟并不能给他带来什么启发。树林里又传出一阵动静，树枝被踩断的声音，但他还是什么都没看到。

有一条车道通向主路。尽头是另一扇铁门，立在两根漂亮的石柱之间。他看向那扇门，拱形树枝遮蔽了天空，就像一条隧道。瑞弗不禁想道：如果是夏天，这里的景色一定很美。茂密的绿叶，还有洗去泥泞之后干净的车道。但从对面看过来就是另一番景象了。巨大的铁门、树木、车道，通向满目疮痍的废墟。这座房子在这里屹立了多久？村庄失去它，是否会像伦敦失去韦斯特艾克斯一样，在人们心中留下一个空洞？然后他转过身，准备穿过树林返回。一个男人从树丛中走了出来，手里拿着一把单管长枪。男人驾轻就熟地把枪架在肩上，按下扳机。瑞弗的心脏停止了跳动。

8

艾玛·弗莱特说："不用担心，这只是常规防护措施。"

"但是我什么都没做——"

"没有人说你做了什么。"

她们在一个普通的客厅里，有沙发、椅子、电视。但只要你是被强制带到一个地方，而不是自愿前往的，再怎么舒适都会给人一种监狱的感觉。这里距离布利克斯顿市集很近，十五分钟就到了。但这十五分钟改变了吉蒂·拉赫曼的整个世界。

"那我为什么会在这里？"

"等待进一步指示。"艾玛冷冷地说道，"如果你需要什么，这里有内部通话系统。但我建议你不要没事就打电话，邓普西先生的耐心不是无限的。"

邓普西先生就是负责照顾她的"看门狗"。认识他的人都知道，耐心并不是他的长项。

"窗户做过加固处理——我不推荐你尝试逃跑。"

"我又不是詹姆斯·邦德。"

"确实，如果你是的话，我们就要直接开枪射杀你了。"看到她的反应，艾玛有点后悔了，"只是讲个笑话，拉赫曼小姐。"

"这句话在你脑海里可能听起来更好笑。"

确实是这样。

她离开，锁上身后的门。邓普西在厨房里翻橱柜，找到了茶包和一袋陈年饼干。

"如果她惹麻烦，就给我打电话。"

邓普西说："麻烦？我更担心她会尿裤子。"

外面，艾玛坐在车里想道：戴安娜·泰维纳是个狡猾的女人。任何经她手的事件，在正式调查之前她都会撇清关系。虽然克劳德·惠兰签署了吉蒂·拉赫曼的逮捕许可，但那份文件并不完全可信。戴女士肯定很擅长获得别人的签名。

但是反过来看，这些人是在维护国家治安，而她的职责就是减轻他们的负担。所以无论吉蒂·拉赫曼是否无辜，或者只是挡了道，都不是她该关心的事。但大卫·卡特怀特就不一样了。

她给德文·威尔斯打了电话，他负责调查卡特怀特家。

"有进展吗？"

"……谈不上进展。"

"说详细点。"

"没什么特别的，只是有辆车路过的时候放慢了车速，好像想透过窗户往里看。"

"爱管闲事的邻居？"

"也许吧，而且门口还有个警察守着，这总是能激起人们的好奇心。"

"但你还是记下了车牌号。"她说。

她喜欢威尔斯，他之前也是警察，遇到这种事反应很敏锐。

"记下了一部分。"

"去查一下，查出尸体的身份了吗？"

"还没有，但查出了他不是谁。"

"不是谁？"

"他的血型和卡特怀特的外孙不一样。"

"这样啊。"她想了想,"嗯,至少排除了一个人——大概吧。但现在我们有两个失踪人员了,最好开始着手调查外孙认识的人。"

"他真的叫瑞弗?"

"杰克逊·兰姆是这么向我保证的,说起来,他……"

"他认错了尸体。"

"尸体的状态确实不算万全,"艾玛说,"也没有可以辨认的脸。但是——"

"他不确定的话,明明可以说'我不确定'。"威尔斯补全了这句话。

"所以兰姆可能也在玩自己的把戏。天哪,这种时候你不觉得很怀念警察局吗?虽然一样烂,但至少烂得诚实。"

"贪污、吸毒和嫖娼。"威尔斯赞同道,"但这些人,根本不能相信。"

"所以如果兰姆想让我们以为小卡特怀特死了,可能是因为他还隐瞒了其他的秘密。比如卡特怀特真实的所在地——两个卡特怀特都是。"

"兰姆是从那个废物集中营出来的,对吗?"

"斯劳部门。"

"你觉得卡特怀特会在那里吗?"

"太显眼了。就算他们的水平还不如沃克斯豪尔足球联赛[①],好歹也是职业间谍。"她停了停,"现在还有沃克斯豪尔足球联赛吗?"

[①]沃克斯豪尔足球联赛(Vauxhall Conference),后改名为英格兰足球全国联赛(National League),大部分参赛球队为半职业性质。

"你问的是个板球迷。"威尔斯说,"所以你怎么想?去查查他的同事?"

"还是太显眼了。"她思考了片刻,"但我们可以查一查兰姆的联系人,也许会撞大运呢。"

打完电话,她开动汽车,橡胶摩擦地面发出尖锐的鸣声。理论上离开安全屋时她不应该这么做,但有的时候,和警察局的老同事聊过之后,曾经的习惯就不由自主地占了上风。

兔子死了,但除此之外,没有明显外伤。

瑞弗的心脏又重新跳动起来。

"好枪法。"他说。

男人扬起一边眉毛。

"非常厉害。"瑞弗即兴发挥道。

男人伸出空着的手,左右摆了摆。

他可能是在表示谦虚。"马马虎虎吧。"大概是这个意思。瑞弗想道,如果他能读懂法国手语,就说明他的语言技巧还没有他想得那么悲惨。

这位新来的朋友穿着防水外套,外套上有几个大大的口袋。他从其中一个口袋中取出绳子,把猎枪靠在一棵树上,用绳子将兔子的后腿绑在一起,另一端系在腰带上,又把兔子的尸体向后一抡,搭在肩上。大部分生物死亡之后看起来都会更小,但这只兔子依然相当肥硕。瑞弗这么想着,忽然感到一阵饥饿。天空也发出了一声低沉的咆哮,雷声隆隆。

"英国人?"男人突然问道。他的声音比瑞弗预想得更高、更细。他肤色黝黑,有着乌鸦般的黑发和棱角分明的五官,让人觉得他的声音应该更低沉粗粝,实际上却很柔和。

"是的。"他说。

"你在找人?"

"住在这里的人。"

"走了,都走了。"男人打了个响指。他们"唰"的一下就消失了。前一秒还在,后一秒就没了,随着烟雾飘走了。也许并不是"雾",而是"云",又黑又厚的浓烟穿透了树林。

雨点开始变大,穿过树枝掉落下来。

男人竖起衣领,拿起猎枪,看向瑞弗单薄的外套和鞋子。

"你会淋湿。"他说。

"是的,我会淋湿。"瑞弗赞同道。

"来。"

男人领路穿过树林,但并不是沿着瑞弗来时的路。他脚下没有明显的道路,但他似乎熟知这里的地形,避开了所有瑞弗踩到的土坑、绊到的树枝。

帕特里斯把车停在临时停车区,用一张地图遮住了挡风玻璃。他当然知道自己在哪里,绝不会在没有记下路线之前踏上敌方领地。但这张地图为他提供了借口,让他可以留在车里,思考得到的情报。

目标的房子附近有警察。

这也在预期之中。伯特兰会把事件伪装成意外,但考虑到老人的身份,就算是意外也会有警察介入调查。但是他没有收到信号,没有确认货物"安全送达"的消息,也没有"无人在家,稍后派送"的消息。

所以，既然他没有收到任何消息，警察又站在门口，很可能意味着伯特兰的货物不光没有"送达"，甚至可能还当着他的面自爆了。

并非没有这种可能。虽然帕特里斯很爱伯特兰，两人亲如兄弟，但事实就是：伯特兰容易在关键时刻掉链子。

他再次叠起地图，拿出手机。与此同时，一只海鸥飞过，在他车窗上拉了屎。该死的，这里离海边有十万八千里远。有些事可以说是预兆，而另一些只是简单的事实。电话在铃响第二声的时候接通，但他只听到了一片寂静。于是他迅速用法语说了三句话，填满空白。

又是一阵沉默。

然后对方问："那你的包裹呢？"

"还没有开始派送。"

"那就再试试。"

他挂断了电话。

他把清洁剂喷到挡风玻璃上，看着雨刷将海鸥粪便涂成一层灰色的薄膜。又是这样，越理越乱。他坐在车里哭了一会儿，因为伯特兰很可能已经死了。然后往车窗上喷了更多清洁剂，再次打开雨刷，把车开回了伦敦。

这家餐厅离得足够近，在杰克逊·兰姆的行动半径内；又足够新，所以他还没有吃过；店员也够敏锐，能察觉到客人的不自在。也许正是因为敏锐，他才会那么紧张。他领着杰克逊·兰姆和莫伊拉·特雷格里安入座，说这张桌子"很不错"，但立刻又改口成"非常好"。

"你会请所有新来的员工吃饭吗？"莫伊拉问。

"他们会得到应得的待遇。"兰姆说。服务员正在喋喋不休地介绍当天的特色菜：××手撕猪肉，××小排，××油醋汁。兰姆礼貌地听他说完，然后说："我要牛肉。"

"先生，我们今天没有——"

"三分熟。"

莫伊拉点了恺撒沙拉。

"再来一瓶你们店里的红酒。"兰姆说。

"哦，我觉得我还是不喝酒了吧。"

"那就只要一瓶红酒。"兰姆说。

服务员终于逃开之后，兰姆一手拿起面包篮里的两个圆形餐包，熟练地用拇指掰开，从黄油碟里切下一块黄油涂上去。做完这一系列动作后，他用迄今为止最柔和的声音问道："那么，你适应得如何？"

"老实说，有些不知所措。"她努力不去盯着他撕面包的动作，说道，"不知为何，大家都以为卡特怀特先生死了。"

"这就是从众心理。"兰姆悲哀地说道，"有人提出了错误的想法，忽然间所有人都开始相信他。我觉得互联网就是这样的。"

服务员端着红酒回来了。他变魔术一样夸张地打开酒瓶，倒了一点在兰姆的酒杯里，后退了一步，仿佛刚刚点燃了一串鞭炮。

"如果我在乎它的味道，就会从酒单最下方开始点了。"兰姆说，"直接倒满吧。"

服务员听从了他的指令，然后迅速逃开。

兰姆突然对莫伊拉露出了一个灿烂的微笑。任何一个"下等马"——也许除了斯坦迪什——在看到这个表情之后都会下意识地捂住头。"告诉我,"他说,"你觉得自己为什么会被派来斯劳部门?"

"其实很明显……呃,大家真的会叫这里斯劳部门吗?"

"是的。"

"你们没有官方名称吗?"

"相信我,就算有你也不会想知道的。"

"原来如此。"莫伊拉说,但她还是不明白,"好吧,无论如何,很明显斯劳部门需要我,或者需要我这样的人。"

"真是新鲜的想法。"

"因为这里简直是一团糟,我说的不只是办公环境,虽然也好不到哪儿去,至于厕所——嗯,鉴于我们在吃午饭,我就不多说了。但是那些文件工作、松懈的桌面管理标准,还有工作态度……哎,已经有人在捣乱了。我就说到这里吧,其余的也不必多提。"

"比如滥用办公设备?"兰姆问道。

"说滥用有些温和了,太温和了。"

兰姆点了点头,仿佛温和这个词已经是他能忍受的极限。他像是忽然意识到面前还有一杯红酒。酒杯很大,里面装了三分之一瓶红酒。他拿起酒杯,两口喝光,然后又倒了一杯。"有时候是显而易见的。"他说。

"我……什么?"

"人们会被派到斯劳部门的原因。"兰姆说,他咬了一口餐包,大口咀嚼了一会儿,然后说:"比如小卡特怀特,那个没死成的小子,他在搞砸国王十字车站的演习之后就被发配到了这里,他闯的祸可是登上了全世界的新闻头条。所以不难看出他到底犯了什么错。"

"说是'犯错'似乎有些轻描淡写了。"

"错也不全在他。"

"为什么?"

"他被人搞了。"兰姆说,"抱歉我说话有点粗俗,你的前任给我带来了一些负面影响。"

"我发现了,她可能有一些……问题。"

"有一些,是的。她嗜酒如命。"

"天哪。"

"这些都是过去的事了。她是这么说的,但你也知道,"兰姆拿起酒杯,"一日酒鬼,终身酒鬼。"

服务员端着食物来了,兰姆闭上了嘴,等他把盘子放在两人面前,但是目光没有离开莫伊拉·特雷格里安。

"祝二位用餐愉快。"服务员说,但他仿佛一点也不介意兰姆在吃饭时把自己呛死。

兰姆无视了他,对莫伊拉说:"但你知道,为什么你被调过来这件事很有趣吗?"

她停下动作,叉子悬在沙拉上方。今天第一次,她有些不确定自己在谈话中扮演的角色。她还是那个取代不够格的前任,成为兰姆最新红颜知己的人吗?又或者,杰克逊·兰姆在玩一场独属于自己的游戏,并不希望与她分享游戏规则?

他说:"是克劳德·惠兰把你调来的。这是他上台后最先做的事之一,你不觉得很有趣吗?因为我觉得。"

他露出了一个微笑——任何一个"下等马",包括斯坦迪什——看到之后都会立刻转身开始逃命。他把剩下的酒倒进酒杯,对着服务员摇了摇酒瓶。

* * *

老家伙像猫头鹰一样眨着眼，仿佛接下来就要把头转动一百八十度。"我以前在这里住过，对不对？"

"不。"凯瑟琳说道，"你没在这里住过。"

他在一个小时之前睡醒，下了床。穿衣服不是问题，因为他根本就没脱过。她觉得有些抱歉，让他就这么和衣而卧，只脱了鞋。但如果要她来帮他换衣服，她可能会觉得更抱歉。再说了，这是她的被子，她的床。让他住进来也不是她的主意。

"我需要把他留在一个安全的地方，"瑞弗说，"还需要一个能相信的人。"

她被说动了，但他来的路上肯定一直在构思怎么说服她，她只有三分钟时间搭起防御。

"瑞弗，我很开心听到你相信我，真的，但你不能就这么把他丢在这里！"

他吃什么？要带他出去散步吗？脑海里这些愚蠢的问题让她无法组织起更有力的反驳。

"有人想要杀他，凯瑟琳。"

"你在试图说服我吗？万一杀手找来这里怎么办？瑞弗——"

"不用担心，不会找来的。"

他语气中的某种情绪让她把接下来的问题咽了回去。

但最糟糕的是谈话进行的方式：两人愤怒地小声交谈，老人站在一旁，满脸惊慌和困惑。她不想面对这些，至少今天不想。在这个凄凉的一月清晨，整个城市都被爆炸案带来的悲痛淹没。这给了她一个完美的借口，可以尽情沉溺在自己和他人的伤感之中。

"求求你了，凯瑟琳。"

"是谁想杀他？"

"我正要去查清楚。"

"你为什么不带他去总部？"

瑞弗没有回答。

"我的天哪。"她终于明白了他的意思。

所以她现在在家，老家伙也在。安全屋不再安全，因为兰姆只花了五分钟就猜到了该去哪儿找他。虽然兰姆比大部分人都聪明，但他不是间谍街上唯一的居民。

但并不是所有间谍都能像以前那样思考。

"他去哪儿了？"

"谁去了哪儿，大卫？"

因为她不能喊他卡特怀特先生，至少在这种情况下不能。

"那个男孩，年轻人。"

"……瑞弗？"

"这算什么名字？"

她自己也经常这么想……"他不在这里，但他会回来的。我保证。"她是这么希望的。

"我觉得他可能在搞什么鬼。"大卫·卡特怀特说。

她给他做了两个荷包蛋，放在吐司上。他狼吞虎咽地吃掉，喝了三杯茶，但是第三杯不小心弄洒了。现在他坐在她客厅的躺椅上，后背挺得笔直，仿佛让自己靠在椅背上就会违背他的人生信条。他还在纠结外孙的事：无论是他的名字，还是他的存在本身。

"他没有在搞鬼，大卫。他只是要去外面跑一趟。"

"我以前认识一个叫瑞弗的人，他大概这么高。"

老人把手掌比在自己胸口。他还坐在椅子里，很难判断他印象中的瑞弗到底有多高。

无论如何，那也是很久之前的事了。"他们是同一个瑞弗。"凯瑟琳轻声说道，"他长大了。"

"我以前认识他妈妈。"

凯瑟琳不想涉足这片领域。"你已经吃好了吗？还想再吃点什么吗？"

听听你说的话，她自责道。她这句话说得像自己的母亲，用满足物质需求来回避精神需求。

她说："他的母亲——瑞弗的母亲曾是你的女儿。她叫伊泽贝尔。"太晚了，她发现自己用错了时态，"我的意思是，她现在也是你的女儿，叫伊泽贝尔。"

一滴泪水滑过老人的脸颊。"我没有女儿。"

"你有的，你知道你有的。"

"不，她亲口对我说过：我不是你的女儿了。她就是这么对我说的。"

凯瑟琳想：所以才要提供食物，才会回避情绪，因为你无力抚平这种级别的伤痛。面对这个话题，他们都一筹莫展。

"你还想要点什么吗？"她再次问道，"还是现在这样就已经很开心了？"

考虑到现在的情况，这是个愚蠢的问题。但这句话点亮了老人眼中的光。"开心。"他说。

"……怎么了？"

"开心果，爱生气，喷嚏精，万事通。"

天哪，不要这样。她想道。

"糊涂蛋，害羞鬼，爱生气①。这就是全部七个。"他敲了敲

---

① 《白雪公主》中的七个小矮人分别是：开心果，爱生气，喷嚏精，万事通，糊涂蛋，害羞鬼，瞌睡虫。大卫·卡特怀特特漏掉了瞌睡虫。

太阳穴,"记忆宝库完好无损。"

她没有指出他的遗漏,什么都没说。她感觉就像是瞥见了通向地窖的楼梯,忽然意识到下面又深又黑,有什么可怕的东西在等着她。无论下楼的动作多么小心都没有用。

"瑞弗在哪儿?"他再次问道。

"他去法国了。"她此时无暇再编造什么。她其实并不确定瑞弗是不是要去法国,只是在他的口袋里找到了车票。

"法国?他不能去法国!"

"法国离得很近,他很快就能回来了。"

"不,不,不。"他越来越焦躁,"法国,绝对不行。"

"去法国并不危险,大卫,就在海峡对岸。"

但他并没有被说服。他开始不停地喃喃自语,她一句都听不懂。为了从这团乱麻中脱身,她来到了窗边。一辆车开了过来。下车的人有一头金发,身穿黑色西装,是个冰山美人。也许是凯瑟琳的职业直觉在作祟,也许是她作为酒鬼的多疑症犯了,总之,她心里警铃大作。

她说:"也许我们应该让你躲一躲,大卫。"

瑞弗本以为这个叫维克多的人会把他带到一个用树枝和青苔搭起来的林中木屋,但是走了十分钟之后,他们来到了开阔的主路上,很快就拐进小路,向着一排现代化的乡村小屋走去。小屋有着混凝土墙面和铝制窗框。大雨倾盆,在等待维克多开门的时候,瑞弗回头看向了昂格文。他看到村中的小桥、教堂高塔,还有爬满街道的小房子。此时房屋与房屋环抱得更紧,仿佛想要躲避暴雨。从这个角度看去,勒阿布确实不属于乡村的一部分。甚至不算在它的郊外，而是一座封闭而孤单的堡垒。人们会把发生在那里的事当作谈资，在酒吧里闲聊，但并不会有什么实际的触动，勒阿布在他们心中就像那天飘散的黑烟一样虚无缥缈。

维克多还在纠结瑞弗的名字："你真的叫这个名字？"

"恐怕是的。我是说，对，我叫瑞弗。"

维克多没有直接说"这名字真的不怎么样"，但显然他就是这个意思。

这座房子不大，但很整洁。客厅中间的矮柜上摆了一台便携电视，四周散落着一些杂志，大多是电视节目表。一个堆满的烟灰缸旁边放着另一个堆满的烟灰缸。台面上摆着各种各样破旧的装饰品：一些不知是圣人还是罪人的石膏像，几只水晶动物。一个角落里放着户外用品：橡胶雨鞋、钓鱼竿，还有各种网和陷阱。维克多小心翼翼地把防水衣放在这些东西上，偷偷瞥了眼瑞弗。瑞弗觉得好像闻到了猫的味道，但他也说不好。也许维克多刚才在吸猫味的烟。他脱掉外套，主要是出于礼貌。这里和外面一样潮湿。

维克多把早上的战利品放在了厨房台面上，在一排锋利的菜刀和切肉刀旁。

"我泡茶。"

"你这里有咖啡吗？"瑞弗问。

"喝茶。你是英国人。"

"谢谢你。"瑞弗说。他不是很爱喝茶，但他觉得这句话说出来可能会引起误会。

他们坐在小小的厨房里喝茶，雨水敲打着窗户，兔子谴责地瞪着瑞弗，维克多吸了几根手卷香烟，每一根都和他用来点烟的火柴差不多细。

"勒阿布，你知道？"他问。

"我在找人，他叫伯特兰。"

"年轻人，长得像你。是的，我记得名字。"

"你能和我说说他的事吗？"

"告诉你，朋友的事？"

"我和他不太熟。"瑞弗说。

"也许你们是表亲？"

"也许吧。"瑞弗说。也许这会让问话变得更容易一些，他正在寻找一个失联的表亲。

"勒阿布——有人住在那里。十八个，二十个？数字，差不多这样。都是男人。"

"他们在那儿住了多久？"

"很多年：二十三，二十四。"

"那么……"瑞弗想到了浴室地板上的那个人，他护照上的年龄是二十八岁，"有孩子吗？"

"我觉得曾经有。然后没了。"维克多把手比在离地两英尺高的地方，缓缓上移，"你懂？"

孩子会长大。

咖啡厅里的男人说那里算是一个"公社"，但维克多说那里没有女人。这在瑞弗听起来并不像是一个公社，因为在他眼里，公社与性有关。不过，虽然公社成员都是男性，但这并不意味着他们之间不存在性关系。可是如果其中还有儿童的话，就相当令人担忧了。但这和谋杀他外公的企图有什么关系？他说："他们是法国人吗？"

维克多耸了耸肩。"法国人，是的。也有俄罗斯人，我想，或者捷克人。可能还有美国人和几个英国人。他们不和村民交流。"

"但偶尔会去咖啡厅?蓝天咖啡馆?"

"偶尔,当然。还有集市,买东西的地方。大家买完东西自然就去喝咖啡了。"

"你知道谁是他们的老大吗?"

"老大?"

"就是发号施令的人。"

"我不知道老大,他们应该共产主义,都平等,你懂?"

"那火灾呢?有人知道是怎么发生的吗?"

"火灾,是故意纵火。他们都走了,让房子烧毁。"

"同时离开的?"

"同一天,是的。在下午,他们开车,往普瓦捷方向。很快,火开始烧。很混乱,许多消防车,许多噪声。"

瑞弗有些好奇消防车的颜色。

"也许警察现在,找他们。"维克多继续道,"应该是,但你的表亲,没死在大火里。"

确实没有,他死于一发迎面飞来的子弹。瑞弗没有把这句话说出口,而是说:"有点奇怪,他们在村子附近住了这么久,但大家好像都不怎么了解他们。"

"几年前,也许我们会好奇。但随着时间过去,对不对?你会忘记好奇。那只是勒阿布。"

他突然站起身,检查着兔子。外面依旧大雨如注,但瑞弗觉得自己该走了,于是也站了起来。"谢谢你,你太好了,维克多。"他说,"非常亲切,谢谢。"

"不客气。"他选了一把刀,指了指兔子,然后指向瑞弗,"你不留下?它很好吃。"

"谢谢你,但是不了。"

"不只有茶,还有红酒。"

"听起来很诱人,真的,但我得快点回普瓦捷了。"

"那好吧。"维克多翻动手腕,刀刃切入兔子的尸体。没过一会儿,这只动物就被开膛破肚,皮毛像手套一样被脱下来。一撮烟灰从衣袖落到兔子肉上,他用刀把烟灰掸落。"也许还有其他人,知道勒阿布。"

"真的吗?"

"她不住在昂格文,在隔壁村,我写地址给你。"

"她是谁?"瑞弗问。

"是好女人,曾经做妓女,你知道?妓女,但是好女人。"

维克多把刀留在兔子身上,找出一根圆珠笔,努力地在旧杂志的空白处写下给瑞弗的地址:另一条街道,几英里外,转几次弯,一栋房子,娜塔莎。

"房子不错。"

"谢谢你。"

"街区也很安静,喔,你还爱读书。"艾玛·弗莱特示意了一下凯瑟琳的书柜,"没有什么比满大街噪声更破坏读书体验了。"

"除了不速之客。"凯瑟琳说。

艾玛点了点头,像是达成了共识。调查杰克逊·兰姆的人际关系唯一的收获就是发现他谨慎地避开了一切人际关系。她不得不退而求其次,开始调查同事。不知为何,凯瑟琳·斯坦迪什引起了她的兴趣。原因她肯定很快就会知道了。

她仔细看了看客厅,说:"你经常和前同事见面吗?"

"我和谁都不经常见面。"

"为什么？"

"你在做爱的时候，"凯瑟琳问，"喜欢在上面还是下面？"

艾玛扬起了一边眉毛。

"哦，抱歉，我以为轮到我来问冒犯的问题了。"

"我来这里是有原因的。"

"你不会是来劝我入教的吧？因为如果是的话，我的邻居德尔德丽会是更好的人选。"

"如果我是个多疑的人，"艾玛说，"顺便一提，我确实是。我就会问自己：你为什么要回避我的问题？"

"哎，我也说不好。"凯瑟琳说，"也许是因为我讨厌未经许可侵犯他人私宅的行为。"

"未经许可。"艾玛点点头，重复道，"我明白你是什么意思了。"

"我看得出来，你很聪明。"

"但是有一件事你没想清楚：你依然是情报局的一员，斯坦迪什女士。也就是说，你在我的管辖范围内。我不需要什么许可。"

"但是我之前辞职了。"

"是，也不完全是。你提交了辞职申请，但文件一直没批下来。告诉我，你还在领工资吗？"

这才是关键所在，当然了。斯坦迪什女士虽然是"自由身"，但理论上还是斯劳部门的一员。

凯瑟琳说："只是收到了，但没有花。"

"好吧，这个问题可以留给调查委员会。不过现在是一次正式问话，我会把你的回答记录下来，你有义务回答我的提问，明白吗？"

"听起来我也没有其他选择。"

"很好。瑞弗·卡特怀特，你上次和他联系是什么时候？"

"圣诞节之前，他给我发了一条短信。"

"短信内容是？"

"圣诞快乐。"凯瑟琳缓缓说道。

"之后就没再联络？"

"说实话，光是这一条短信我就受宠若惊了。"

"你知道杰克逊·兰姆昨晚去确认了他的尸体吗？"

"我现在知道了。"

"你好像不是很惊讶。"

"如今杰克逊·兰姆干出什么事都很难再让我惊讶了。"

"我刚刚告诉你瑞弗·卡特怀特死了，你好像一点都不难过。"

"我刚刚告诉你了。四个月内，我只从他那里收到了一条四个字的短信。他的离开并不会在我的生命中留下一个空洞。"

"也许是因为你知道，真实情况并非如此。"

"我开始跟不上你了。什么东西并非如此？他没死吗？还是他没给我发短信？"

"我们要玩一早上这个游戏吗？"

"希望我能腾出时间，"凯瑟琳说，"但是你还记得我提过的那个邻居吗？我答应她要去拜访。"

"昨天晚上，其中一个卡特怀特杀了人。"艾玛·弗莱特说，"是瑞弗或者他的外公。所以你要明白，我很想找他们两个聊聊。他们来过这里吗？"

"没有。"

"我觉得你在说谎。"

"为什么?"凯瑟琳问,似乎真的很好奇。

"因为你对我说的话一点都不惊讶。"

"也许我只是比较沉稳。"

"或者你提前知情。如果不是卡特怀特说了什么,就只能是某个人说的。"

"兰姆。"凯瑟琳说。

"没错,兰姆先生,他来过吗?"

"一大早就来了。"

"他说了什么?"

"你要我复述他说过的话吗?"

"拜托了。"

"他说他早些时候招惹了一个女同性恋,是现任狗老大,说如果她来找我,我就要尽可能地浪费她的时间。"

艾玛瞪着她。

凯瑟琳说:"我省略了某些不雅词汇,他觉得说脏话能让自己显得很威风。"

"他到底打的什么算盘,斯坦迪什女士?"

"他有个特工失踪了,弗莱特女士,他会做他认为有必要的事。"

"你们小组里有人杀了人,这和特工遇险是两码事。"

"嗯,你见过兰姆了,他一向比较不拘小节。"

艾玛依然盯着她,凯瑟琳不为所动地看了回去。壁炉台面上,一个时钟叮叮当当地敲响了整点报时。

半晌,艾玛终于说道:"等我找到那两个卡特怀特——我肯定会找到的——希望不会发现你早就知道他们躲在哪里。"

凯瑟琳若有所思地点了点头。

艾玛·弗莱特穿过敞开的门,来到走廊,突然停下了脚步。"那是什么声音?"

"我什么都没听到。"凯瑟琳说。

"声音是从里面传来的,我猜是你的卧室。"

"我忘记关收音机了。"

"听起来不像收音机。"

"我可以向你保证,就是收音机。"

"你把收音机打开,留在了卧室里,还关上了门?"

"看起来是这样,不是吗?"

"你介意我去看一眼吗?"

"介意。"

"为什么?"

"我觉得你在这里已经待得够久了。"

"那太遗憾了,因为我们已经达成共识,我有权调查你的房间。"

艾玛关上前门,穿过走廊,进入了凯瑟琳的卧室。

卧室里很黑,窗帘没有拉开,模糊的声音从被子下传来。艾玛回头,看向凯瑟琳。

凯瑟琳耸了耸肩。

艾玛伸手抓住被子的一角,像魔术师掀开桌布一样掀开被子,扔到地上。

凯瑟琳的收音机正躺在几个枕头上,自顾自地说着话。

"你可能会惊讶,但这样信号比较好。"她说。

两分钟后,她再次站在窗边,看着艾玛·弗莱特离开大楼,钻进自己的车,扬长而去。

一分钟后,她敲响了邻居的门。

"谢谢你,德尔德丽。"她说,"我都没提前和你打招呼。"

"哦,他不算麻烦。"德尔德丽安慰道,"你的同事已经走了,是吗?"

"现在就只剩我了。"凯瑟琳说,"来吧,大卫。咱们该走了。"

"我以前在这里住过,对不对?"老家伙问道。

来到门前的时候,他走路已经开始一瘸一拐。湿透的袜子磨得他左脚火辣辣地疼,他都开始怀疑自己的脚生了坏疽。倾盆大雨变回了毛毛细雨,一路上很少有车驶过,就算有也没人停下载他一程。在维克多家喝的茶已经成了久远的回忆,腹中的饥饿变成了一种麻木的疼痛。

维克多写了地址的那张纸就是他最宝贵的财富,他甚至不敢拿出来确认方位,生怕它会融化在潮湿的空气中。

但瑞弗擅长记忆数字、事实和细节,并不需要去查证。离开偷猎者小屋八十分钟后,他走到了下一个村庄。和昂格文一样,这个村落也建在昂格兰河畔,连地形地貌都差不多:一座窄桥,阴沉的教堂,土堆上的废墟。就算在晴天,阳光应该也很难照进这些狭窄的街道。每隔十几码就会有一条藏在石阶后的小巷。从上空俯视也许还有逻辑可循,但站在地上,就只有混乱的上坡和下坡,让人迷失方向。但他还是设法找到了路。他无视了那些小巷,沿着主路过桥,在道路分岔的时候左转,路过右手边的车库。前方是一排小屋,石墙被雨水淋湿,颜色变得深沉而单调,只有色彩艳丽的前门能够减轻这种沉闷的感觉:

红色、白色、蓝色。蓝色的大门是娜塔莎的家，瑞弗叩响了铜制门环。

他不知道自己该期待什么，一个好女人，一个妓女，是的，妓女，但是个好女人。他想，他正在拜访一个妓女，这一行为蕴含着某种潜台词。漫长的十五秒后，那位好女人打开了门。无论她想说什么，都在看到他的时候住了嘴。不久后，她说道："伯特兰？怎么会……"

"不是的。"瑞弗说，"请问，你是娜塔莎吗？"

他这才发现，自己并不知道她姓什么。

过了一会儿，她说："你不是法国人。"

"对。"他同意道。

"英国人？"

用法语来回答这句话有些荒谬，于是他说："是的。"

"找我有什么事？"

她看起来四十多岁，是个俊俏而强壮的女人。黑色长发凌乱地落在肩头，眼睛也是黑色的。她穿着牛仔裤，一件男式蓝色衬衫，还有一件厚厚的开襟毛衣，腰带系绳垂在大腿边。看她的表情，他不知道她是很高兴见到他，还是无奈接受，仿佛这是一个早已注定的结果。

他说："我想了解一下勒阿布的事。"

"已经烧毁了，不在了。"

"我知道。但是住在那里的人……我想知道他们的事。"

"谁叫你来的？"

"一个叫维克多的人。"

一阵风吹向他的后背，像一只野性难驯的狗，穿过他的两腿之间。

她说:"外面天气太差了,你进来吧。"

于是瑞弗离开了寒冷潮湿的室外,一瘸一拐地走进了她的故事里。

9

罗德里克·何正在喝一种叫"智能水"的饮料。雪莉不知道哪件事让她更抓狂：是他这个人，还是他正在喝的水。智能手机，好吧，她能理解。智能汽车，也还行。但是智能水？这是在开玩笑吧？

但她不会让他破坏她的高光时刻。

"九十年代早期，老卡特怀特去了几次法国。"她宣布道，"在隧道修好之前，显然他们是乘坐一种叫渡轮的东西过去的？总之，他去了三四次，每次都是去同一个地方，在一个叫普瓦捷的地方附近，应该是在中部——我是说法国中部。"

兰姆说："知道吗？如果我闭上眼睛，就像是在听瑞思讲座[①]。"

"好吧，但我听不懂你在说什么。"

"你总能让我感到惊讶。"兰姆停下，打了个嗝。吃完午饭后一个小时，他并没有坐在办公室里，闭着眼，把脚搭在桌面上制定部门发展战略，而是把人都喊到何的房间里开会。下等马齐聚一堂，除了莫伊拉·特雷格里安。兰姆给她安排了一个任务，让她整理总部从去年九月起寄来的文件，按照轻重缓急分类整理。

[①] 瑞思讲座（Reith Lectures），BBC 广播的年度节目。由 BBC 的第一任社长瑞思勋爵发起，每年邀请一位文化界名人通过广播发表一系列讲座。第一个在节目上作讲座的人是著名哲学家、数学家伯特兰·罗素。

此时在何的房间里,他们正在汇报各自的调查成果,但直到雪莉开口之前,成果基本为零。"这些行程,是官方批准的吗?"

"没错。"

"所以也有任务报告?"

"有报销记录。"雪莉说,"还有一个退休特工的近况汇报,代号亨利。但汇报的内容基本上都是'稳定'或者'无须行动'。"

兰姆狐疑地吸了吸鼻子。"这些情报是茉莉·多兰自愿提供的?"

"我报了你的名字。"雪莉说。

最好还是不要告诉他茉莉打赌输了的事。

"所以不管这个亨利是谁,"马库斯说,"他都没有以前那么'稳定'了。"

何放下瓶子,说:"是啊,因为他试图谋杀那个老家伙。"

"瞧你这推理能力。"兰姆说,"难怪我把你当我的老二。"

何开心地笑了。

"你笑什么?你知道老二是什么意思吧?"

路易莎说:"无论来杀害大卫·卡特怀特的人是谁,都不是这个神秘的亨利。除非卡特怀特去探望他的时候他只有三岁。"

"为什么要去探望他?"

和之前每次一样,这次J.K.科开口也导致了短暂冷场。但大家并不是在思考他说话的内容,而是在努力消化他居然开口说话了这件事本身。

何说:"我觉得你可能听漏了'近况汇报'那部分。"他看向兰姆,寻求赞同。

兰姆对他说:"仔细听,学着点儿。"

科说:"虽然名义上不是,但他是实际上的一把手。为什么要亲自跑到欧陆去探望一个退休间谍?"

"没准儿是反过来。"兰姆说,"探望退休间谍只是他去欧洲大陆的借口。"

"所以这个叫亨利的人——我们十五秒之前刚听说他的名字——可能只是一个烟幕弹?"马库斯说,"真是短暂的相识。"

"你是想说,卡特怀特捏造了一个特工,就为了报销自己的旅费?"路易莎说。

"那些渡轮可不便宜。"兰姆说,"但是,不。就算亨利是捏造出来的,也是为了让卡特怀特能自由进出法国。就像疯和尚刚才说的,他当时算是实际上的一把手,也就是说他不能擅自出国。如果他想出去,就必须要拿出比'心血来潮'更好的理由。"

"所以二十世纪九十年代他去法国执行了某种秘密任务。"路易莎说,"无论那个任务是什么,现在都反过来害了他。"

"我说的这些够三个角了吗?"雪莉说,"因为我还有更多。"

"是有谁开启了月度员工竞赛吗?"兰姆问,"因为我必须得说,我真希望自己也能想到。而且我简直不敢相信,雪莉竟然领先你们这么多。"

"有奖品吗?"

"有,何会解释他是怎么交到女朋友的,你们可以记笔记。"

"我猜和钱有关。"雪莉说,"总之,卡特怀特去法国时肯定不是独自一人,因为他——"

"是实际上的一把手。"马库斯说。

"所以需要一个保镖。"路易莎说。

"是、是、是,"雪莉说,"所以你们到底还想不想知道那个人是谁?"

兰姆说:"是恶犬萨姆,对吧?"

"恶犬萨姆·查普曼。"雪莉说,"就是他。"

"我叫娜塔莎,娜塔莎·雷弗尔德。我在这座村庄里长大。我搬走过很长一段时间,但现在回来了。我发现随着年龄增长,我们都要回到自己的起点。我认为这不是什么独到的见解,但我觉得很对。"

和维克多家一样,这栋房子也不大,但二者的相似之处也仅限于此。房间不光干净整洁,还很温馨,能感受到主人的细心打理。仅仅站在这里,瑞弗就仿佛受到了娜塔莎的信任,好像突然从陌生人升级成了知心好友。但他知道,这是因为他长得和伯特兰很像。他觉得自己好像突然成了这个家的一员,虽然在此之前他甚至不知道它的存在。伯特兰的死亡压在他的心头,就像一个久远的承诺,或者即将发生的背叛。

"很久之前的一个晚上,我在酒吧里遇到了一个男人。他叫叶夫根尼。不久之后,我们就熟络了起来。叶夫根尼和朋友住在一栋叫勒阿布的大房子里,他带我去看,他们的生活非常与众不同。他们没有工作,但总是很忙,很严肃。当然,叶夫根尼是俄罗斯人,但也有英国人、德国人、捷克人和一个法国人。法国人叫让,虽然法国人都叫让,但这是他的真名。"

她的眼神变得深邃起来。

"叶夫根尼说,他们都是朋友,彼此平等。但我觉得不是,有一个人和其他人并不平等,他们都会听从他的话。他不会给出命令,但会给出建议,你能明白吗?他给出的建议会变成现实。"

"所有人都是男性吗?"

"是的,有些人有女朋友,当地的女孩——就像我。但女孩都不住在那里。还有一个年长的女人——一个保姆,她每天都会去。"

"因为有孩子吗?"

"两个小男孩。之后来了更多孩子。"

瑞弗等待着,她的眼神再次变得幽暗,仿佛脑海深处的记忆为她染上了颜色。

他说:"那个领头的人是谁?"

"他叫弗兰克,是一个美国人。"

"他姓什么?"

"我不知道。"娜塔莎停顿了一下,听着雨水落在窗户上的声音。她打开了两盏小台灯,微弱的灯光无法照亮角落。在昏黄的灯光下,沙发上深红色的毛毯、墙上白金色的挂件都变得更鲜明了。瑞弗想起了兰姆,他也不喜欢顶灯,并不是因为讨厌光照下无所遁形的直白和赤裸,而是因为他更喜欢灰暗的阴影。

"但他是美国人。"

"是的。他有一个英国女友,我记得。我见过她一次,不,不止一次。可能我都记混了。"

"时间会让记忆变得模糊。"瑞弗说。

"她很美,也很生气。我见到她的时候,她正在和弗兰克吵架,吵得很凶,弗兰克让大家离开。叶夫根尼笑话他,但我们还是一起出去兜风了。等回来的时候,她已经走了。"

"你和……叶夫根尼认识了多久?"

"只有一个夏天——一九九〇年的夏天。"

对瑞弗而言已经是很久以前了。

"发生了什么?"

"嗯,我怀孕了。我的父母很生气。对我,还有叶夫根尼。他比我大很多,三十多岁。"

"他是什么反应?"

她的眼神再次变得遥远。"他很开心,说自己会是一个好父亲,我们会幸福地生活在一起。这是每个年轻女孩的梦,不是吗?"

"也许不是所有的。"瑞弗说。

"嗯,你说得对。因为如果真的是那样,我们幸福地生活在一起,就意味着我要一辈子被困在这里。我的活动范围就只有沿河的这两个村子,但我并不想要这样的生活,你知道吗?我想去巴黎,去其他城市,其他国家。我想看看这两座桥之外的世界。"她用两只手比出一段距离,"我想让叶夫根尼带我离开,而不是把我留在这里。"

"你把孩子生下来了吗?"

"是的,一个男孩,帕特里斯。他和其他婴儿一样,总是哭,我当时只有十八岁。"

"对不起,娜塔莎。"他不知道自己为什么要道歉。

"有一天晚上,"她仿佛没听到一样继续说道,"我带着一些存款,离开家,坐上火车,去了巴黎。这样我就看到了两座桥之外的世界。世界很大,很繁华,激动人心。我在那里遇到的事情,很多逃到大城市的女孩都遇到过。我想你应该明白。"

瑞弗想起了维克多说过的话,点了点头。

娜塔莎说:"你是个年轻男性,还是英国人,理解起来可能有困难。但我可以告诉你,是的,我做了妓女。我并不为自己的选择感到羞愧,人生在世,总要赚钱吃饭,不是吗?"

瑞弗说:"我们都要赚钱吃饭。"

"这只是一种赚钱的方式。我也在商店里打过工,现在我经营一家保洁公司,手下有三个女孩。但是很久之前,在一个遥远的地方,我做过妓女。对某些人而言这就成了我永远的身份,比如维克多。虽然他是个好人,但他不明白,人是会变的。"

他并不是很想知道维克多是如何得知她的前一份工作的。"你是什么时候回来的?"

"几年之后吧。十年,还是十一年?城里的情况越来越糟,于是我就——你们是怎么说的来着?夹着尾巴逃回了这里。但我能回来,也是因为我父亲去世了。"

瑞弗点了点头:"帕特里斯呢?"

"他一直跟在叶夫根尼身边,在勒阿布。我父母从不去见他——我父亲是不想,母亲是因为父亲不允许。但叶夫根尼会给她寄照片,我还留着,可以拿给你看。"

但她并没有起身去拿照片,而是说:"当然,我去了勒阿布。但他们不让我进去,叶夫根尼出来说这里不欢迎我,说我已经不再是帕特里斯的母亲。他说他有自己的家人,不需要我了。"

"很遗憾。"瑞弗说。

"是的。我知道他是对的,我不是帕特里斯的母亲。我生下了他,仅此而已。但我还是想见见他,于是我这么要求了。弗兰克来了,他说得很清楚,很直接。他说,如果我不离开,他就要让警察把我抓走。他说要告诉警察,说我不只是个妓女,还吸毒什么的。说了很多类似的威胁的话。"

瑞弗知道,最好还是不要问她是否吸过毒。

有那么一会儿,娜塔莎就坐在那里,遥望着自己的过去。然后她起身穿过房间,拉开一个抽屉,从里面拿了什么东西,又回来。那是一个拆开的信封。她将信封倾斜,几张照片从里面滑落出来。不，不只是几张，是很多张。照片已经按顺序排列好了，最上面的一张是最早的。照片上有一个表情凝重的俄罗斯人，抱着一个婴儿。

"这是叶夫根尼，"娜塔莎说，"和帕特里斯。"

接下来是更多照片，孩子长大了些，能站起来了。有时候照片里还有其他的孩子。

"他们是谁？"

"年龄最大的两个，他们从一开始就在勒阿布。我不记得他们的名字了，还有这里，"她抽出一张儿子五岁时的照片，照片里还有另一个男孩，更年幼一些，"这是帕特里斯和伯特兰，伯特兰是弗兰克的儿子。"

"他从哪里来的？"

"老地方吧。"娜塔莎说。

"我是说——"

"开玩笑的。最后那里有六七个孩子，都是男孩。先是最开始的两人，然后是帕特里斯和伯特兰，之后又有两三个。这些只是我听说的，还有从照片中知道的。"

"所以叶夫根尼一直在寄新照片。"

"我妈妈在世的时候，是的。她去世后就没有再寄了。我这里，儿子最新的一张照片是他十岁的时候。"

她好像只是单纯在陈述事实。

"其他的母亲，她们也住在那里吗？"

"从来不会久住。有一些俄罗斯女人，法国女孩，好像，还有一个英国女人，她有点不同。但没有人会长期住在那里，只有孩子会留下。"

"你觉得她们为什么要离开？"

"曾经有传言说，发生过很可怕的事，说那些女人被……害死了，谋杀了，之类的事。但警察也去做过调查，之后谣言就止住了。那些女人，她们离开是因为不开心。她们回到了莫斯科，或者伦敦，或者什么地方，把孩子留在了这里，因为她们想要这样——但我觉得是因为弗兰克想要这样。就像我父亲，他不光要说出自己的想法，还要让它们成真。他的话就是法律。我想，在勒阿布，弗兰克就是制定法律的人。"

瑞弗翻看了剩下的照片。帕特里斯长大了，伯特兰也是。其中一张照片里，后者站在一棵树下，脸上的表情和瑞弗很像，但他不明白为什么那么像。忽然间，他再次想到，照片里的这个男孩已经死了。无论他可能有着什么样的未来，此时都被剥夺了，变成了浴室地上的一团血肉。但此时就连浴室的地面都已经被清理干净，只留一丝残存的痕迹，一份追忆。

另一张照片上有帕特里斯和另一个男孩，还有两个成年男性。

"他们是谁？"他问，但他已经猜到一半的答案了。

"那个是弗兰克，旁边的是让——那个法国人。"

弗兰克很高，头发颜色偏浅，但还不足以被称作金发。他肩膀宽阔，留着胡子，穿一件短袖衬衫，两条臂膀强壮有力。他没有笑，像是在质疑拍摄这张照片的意义。好像并不希望留下确凿的影像，不想被外界的人看到。

"另一个孩子是谁？"

娜塔莎说："他是伊夫，他的名字叫伊夫。"

他看起来比帕特里斯年轻，在瑞弗眼里就像一个普通男孩。他的表情很无辜，就像一张空白的画布。他到五岁了吗？也许是吧，但瑞弗看不出来。娜塔莎提到伊夫的时候语气忽然变了，和提到弗兰克的时候一样充满了厌恶。也有可能是恐惧。

但谁会害怕一个五岁的孩子呢?瑞弗想道。然后才突然记起来:五岁的孩子是会长大的。

"你不喜欢这个孩子。"他说。

"我不认识他。"

"但你听说过他的事,所以不喜欢他。"

她沉默了片刻,然后说:"有的时候能在集市或者咖啡店看到他,他看人的眼神就像在看不同的物种。"

"是什么样的眼神?"

"看虫子的眼神,或者更糟,比虫子还不如。"

在勒阿布长大,周围都是男人,瑞弗想知道这些男孩平时都学些什么。

他说:"你知道他们的经济来源吗?"

"你是说钱?"

"对。"

"我不知道。起初村里人说他们是嬉皮士,但当时已经过了嬉皮士流行的年代。而且,他们没有吉他,不嗑药,女孩也不够多。所以我觉得,他们是在别的地方赚了钱,决定住在这里。一个偏远,但并不与世隔绝的地方,一个……属于他们自己的地方。"

"那些孩子会去上学吗?"

"不。那个叫让的人,他是一个老师,或者有教师资格。对他们来说足够了,孩子们是在勒阿布接受的教育。"

"但是现在那里已经被烧毁了。"

"是的。"娜塔莎倾身向前,"所以你才会来这里,对吗?"

"不,我之前并不知道这件事。昨天之前都不知道勒阿布的事。"

现在知道的也不多,他想。至少理解的不多。但他腹中有一种绞痛,好像他摄入的信息比自己以为的更多,只是还没发现,那些信息正张牙舞爪地想要逃出来。

不然就是他的饥饿越来越严重了。

"谢谢你。"最后他说道,"谢谢你愿意和我说话。"

"你不知道他们在哪儿。"她说。

"是的。"

"但是你会把他们找出来。"

"我会试试。"他说。

"如果你找到我的儿子,"她说,"你会告诉我的,对吗?你会告诉我他在哪儿吗?"

瑞弗说谎了,用他最真诚的语气。

他一瘸一拐地回到雨中,走到村镇中心,找到了一家银行。取款机嵌在墙壁里。他把信用卡插进去,感觉自己重新出现在地图上,他现在可以被追踪到了。在死者之间行走的短暂假期结束了。他隐约记起,离开死亡国度的时候最好不要回头看。但即便如此,他还是瞥了一眼从可怜的娜塔莎那里偷来的照片。照片上是她的儿子帕特里斯,另一个男孩伊夫,他们的老师让,还有那个叫弗兰克的男人。多年后的现在,在蒙蒙细雨中,弗兰克的眼神穿过照片,看向瑞弗,好像早在拍照的瞬间就在后悔今日。背景中的那栋房子已成废墟,他的孩子的尸体留在了另一个国家。

巴士到站之前,他抽空买了一个奶酪夹心面包,然后坐车前往普瓦捷,再到巴黎,最后到伦敦。路上大部分时间他都在睡觉,但梦中,他在不停地奔跑,躲避身后的追击。那个东西随时准备发起进攻,把他吞吃入腹,将他卷走。

* * *

回到总部情报中心,克劳德·惠兰再次感到了一种陌生。他原本以为自己已经开始融入,但是公交车上的谈话又将他打回原形。他又变回了那个陌生人,那个入侵者,无论他的头衔是什么——局长、首席执行官,还是全能的神,都无法让他融入这个房间的氛围。办公室的玻璃墙赤裸裸地嘲笑着他。

当然,可能他只是在自怜自艾。

戴安娜带了咖啡和三明治过来,作为谢罪礼物。惠兰是这么想的,但他可能把事情想得太夸张了。毕竟,现在到了午餐时间。她正在对他解释冷身份计划的各种细节。伪装部门解散后,这个计划就终止了。和任何其他政府部门一样,这并不意味着它被销毁了,而是被打包、封好、贴上标签,保存了起来。

"我们有一些存储空间上的问题。"她说。

"我听说了。"

这个"问题"最终导致情报局在帕丁顿附近的一处设施发生了枪战。"把狂野带回西部。"管治委员会上某个自诩幽默的人如此评价道。私自挪用情报局资源、为停车位争得头破血流,还有议员们长达数十年的儿童性侵案——和许多不愉快的事件一样,这次事件也被悄悄扫到了地毯下。其结果可想而知:地面并没有因此变得整洁,而是出现了一个丑陋的凸起。迟早会有人被绊倒,并因此断送职业生涯。

"但身份文件一直保存在总部,被锁在保险屋里。"

戴安娜停下,撕开小龙虾三明治的包装,用包装纸卷起三明治,这样蛋黄酱就不会溅到她的衣服上。接着她打开咖啡的塑料杯盖,用木棒刮掉多余的泡沫。惠兰出神地看着她。这一系列动作持续的时间越长,他剩下的人生就越短。而他不得不在接下来的人生中面对戴安娜揭露的这些危险。

但这样可不行,他才是掌权人,他才是局长、首席执行官、全能的神。

"所以,我们该如何确认到底是谁窃取了这些——"

"产品。"她说。

"产品?"

"我们不能一直说'冷身份',克劳德。其他的暂且不论,这可能会让人注意到我们的谈话内容。"她把杯子举到唇边,并没有喝掉咖啡,而是在吸入咖啡的香气,"我们是间谍,还记得吗?"

"好吧,那就叫产品。我们有嫌疑人名单吗?"

"嗯,能抱着一盒机密……产品从保险屋走出来的人肯定不多,但那已经是很久之前了。无论那人是谁,很可能已经退休了、转行了,或者死了。调查会很花时间,我们没有时间。而且调查会吸引别人的目光,我们也不希望引起注意。"

"但是即便如此?"他说。

"即便如此,"她赞同道,"我们还是想知道那个人是谁。"

"然后呢?"

她说:"我不确定你想说的是什么,克劳德。"

"我想知道你认为的最佳结果是什么。"他说,"我们找出负责人,让他们接受公正的审判,还是确保没人会知道情报局和韦斯特艾克斯的爆炸案有关?"

"你不饿吗?"

"我——什么?"

"你没有吃你的三明治。"

确实,他手里还捏着三明治,装在三角形的包装里。这好像是西班牙香肠三明治。他不记得有人问过他想要什么,就算有,也不记得自己是怎么回答的。但如果回答过,肯定不会是西班牙香肠。因为他只有在看到它的时候才会想起世界上还有这么一种食物。就像黄色柿子椒。但是他饿了,于是他撕开包装,小心地拿出了一块,可惜还不够小心,因为一坨黄芥末掉到了他的衣领上。

"我去帮你拿——"

"我没事。"他怒道。

"情报局和韦斯特艾克斯的爆炸案毫无关联。"她说,仿佛刚才的小插曲没有发生,"情报局的产品被人误用了,很遗憾,但情报局本身并未介入。希望我们能在这一点上达成共识,克劳德。"

她的语气一点也不像是在给上级提建议的下属。他看了一眼克莱尔的照片,忽然想起来,自己接手英格丽德·蒂尔尼女士的位置之后,做的第一件事就是消灭掉潜在的威胁,或者至少是压制它。他当时觉得自己是个优秀的玩家。但那就像是在几英里之外抓住一只老鼠,把它放走,回家却发现有一头恶龙在等他。

老鼠会令人烦躁,但没有什么比恶龙喷出的火焰更恐怖了。

他稳住自己的声线,说道:"你可以相信我,我一向把情报局的利益放在心上,戴安娜。"

"很好。"

"还有我们国家的利益。"

"天哪,对,还有国家。"

他咬了一口三明治,香肠有些辣,刺得嘴里麻麻的。

"但是那些遗失的产品,你手头有具体信息吗?"

他的话还没说完她就点了点头,惠兰觉得她此时就像是一个满意的老师。他不在乎。现在他会抓住所有能抓住的机会。

"只要有人在使用，我们就能找到。"他说，"我们会找到他们。无论他们自愿与否，我们都会让他们帮忙，找出提供这些身份的人。然后就能给这次可怕的事件画上句号了。"

"自愿与否，"她重复道，"也许你真的有当局长的能耐，克劳德。"

"那些产品的名字是？"

"罗伯特·温特斯，这个问题我们已经知道了。目前他是唯一在世界上留下了痕迹的人。"

"其他人呢？"

"保罗·韦恩。"她说，"还有亚当·洛克希德。"

"韦恩和洛克希德。"他喃喃道，这些名字对他而言没有意义，他希望能一直保持这样。至少不要像他们虚构的兄弟罗伯特·温特斯那样。

"我把这些名字输入系统了。"戴安娜说，"标记了低优先级。"

惠兰扬起了一边眉毛。

"因为现在优先级最高的是韦斯特艾克斯。"她说，"我们不能让人把这些名字和韦斯特艾克斯事件画上等号。直到我们能……确保得出正确的结果。"

"稳妥的掌舵人。"他怀念道，这本该是他的角色。但他在局长的位子上还没坐稳，就被卷进了这样的事件中。就连克莱尔都会承认这是一场阴谋。他下意识地伸出手，调整桌面上妻子的相框。一点点接触——他只求这些了。

"好吧。"他说，"那我们就去确保能得出正确的结果。"

第二部　离别的雨水

10

恶犬萨姆·查普曼不相信预感。

同样的,恶犬萨姆也没空去管什么外号。多年来,他这个外号就像一只黏人的小狗一样跟着他。时间过去太久,他早就忘记了来源,但很可能和他的暴脾气有关。他倒是不觉得自己的脾气真有那么差——每个人都有需要发泄的时候。

但不祥的预感就是一种迷信,往往是因为吃了太多奶酪,或者吃得太油腻了。和所谓第六感根本没关系,也不是因为有鹅踩过你未来的坟墓。你可以随便踩地上裂开的缝,你母亲的后背也不会受到什么影响。

所以他现在才会这么烦躁,因为他有太多不祥的预感,每一根神经都在对他大喊:避开裂缝,小心后背。

他最近经常出现这样的感觉。昨天上午,他在布里克斯顿的街机厅找人,找一个叫切尔西·巴克尔的女孩,她是近期离家出走的几百名青少年中的一个。寻找离家出走的青少年是他近年来的主要工作,但严格来说切尔西不能算青少年,她才十二岁。在街机厅里找她就像在食人鱼鱼缸里找一条金鱼,动作必须要快。所以当他出现那种不祥的预感时,他以为和她有关。她才十二岁,可能在任何地方,甚至可能就在他身后。他不止一次回头去看,仿佛这样就能找到她,好像离家出走的孩子会主动来找他,而不是反过来。但每次回头他都看不到人——不，他其实能看到，因为伦敦市到处都是人。在这样反复查看的过程中，他有两次看到了同一张面孔。

只有两次，一闪而过。一个陌生人，每天在大街上出现的上千人之一。

但恶犬萨姆曾经也是一名间谍。这意味着他永远无法排除某种可能性：其中一个陌生人可能想把他的名字从名单上划掉。所以无论是不是迷信，当他开始出现不祥的预感时，他就会警觉起来。

所以昨天坐地铁时他选择了更加复杂的路线，换乘了三条线，还在一个陌生的站台徘徊了二十分钟，满意地发现无人跟踪。他看到的那个陌生人是个青年男性，黑色的眉毛让他看起来很严肃，脸上的胡茬至少两天没有修剪了。他穿着浅蓝色圆领衬衫，黑色皮夹克，搭配牛仔裤和球鞋。不知为何，他给人的感觉很像欧洲人。晚上萨姆一直睁眼到凌晨三点，在记忆中搜寻那张脸，并没有找到。但他还是觉得有些不对劲，记忆毛毯的边缘露出了一根线头，好像有什么被他忽略了。也许他见过陌生人，但那时对方还很年轻。恶犬萨姆已经退出游戏很多年，也许他见过对方的家人，他察觉到的不对劲就是某种家族相似性。但这毫无道理。他只是在情报局工作过，又不是意大利黑手党，仇恨也不是代代相传的。凌晨四点，他睡着了，梦见去国外旅游，还有各种恼人的细节。需要的文件不在正确的口袋里，方向盘的位置也完全相反。

今天下午，那种预感又回来了，却不见陌生人的身影。

又是阴雨绵绵的一天。伦敦还是那么寒冷、潮湿又悲惨。今天是恶犬萨姆第三天出门寻找切尔西·巴克尔，却依旧无功而返。他打算再打电话问几个人，从手头还没利用过的线人嘴里挤出点情报。阴冷、潮湿又悲惨的伦敦是个吃人不吐骨头的地方，就连学校里称王称霸的十二岁孩子到了街头都会像脆弱的薄荷糖一样被折断。现在恶犬萨姆人生中最重要的事就是找到那个孩子。但不祥的预感依旧萦绕在心头。更老、更顽强的生物也会被折断。到了那时，还有谁能去找切尔西·巴克尔？

这些路口、地铁站、教堂和建筑工地，你走过的时候必须小心。要眼观六路，耳听八方。恶犬萨姆潜伏在地铁口，翻起衣领，准备迎接灰暗伦敦最恶劣的天气。

啊，灰暗的伦敦。

当然了，伦敦也算是一流城市。经常位列那种三言两语总结世界城市的排行榜首位。这里有一流的俱乐部、餐厅、酒店、派对，还七拼八凑办了一场"最棒"的奥林匹克运动会。这里有最好的皇室家族，最棒的年度狗展，最优秀的警察。伦敦，这个城市除了比较差劲的地方，其他的基本上都很好。但它差的地方就像是把全世界最糟糕的东西堆在了一起，而且路况简直就是噩梦。

这些对帕特里斯而言都不算新闻。

但他今天不是帕特里斯，这同样不算是新闻。他护照上的名字是保罗·韦恩，他并不需要花时间适应这个新身份，因为自有记忆以来，他就是保罗·韦恩。保罗·韦恩在伦敦就像在法国一样自在，就连最糟糕的部分也能适应。他在河两岸各点一杯咖啡，当地人连眼睛都不会眨一下。因为保罗·韦恩不只会说英语，还是一口地道的英式英语——和他的法语一样地道。亨利·希金斯[①]在他面前也只有被碾压的份儿。如果这都不能让希金斯闭嘴,保罗·韦恩还能亲手用十四种不同的方式把他除掉。因为这也是帕特里斯接受的训练的一部分。而今天,保罗·韦恩就是来除掉萨姆·查普曼的。

昨天查普曼看到他,立刻采取了对策:他躲进地铁站,在站台边等了很久。帕特里斯并不享受那天简短的汇报:无人在家,会尝试再次配送。但他至少对目标有了一些了解。虽然表面上,萨姆·查普曼和阴雨中赶路的其他人并无两样,都是一脸烦躁、沮丧,急需一件更好的雨衣。但查普曼是专业的,或者至少曾经是,这种习惯已经融入他的血肉。反应会变迟钝,但是不会消失。如果有人在座无虚席的餐厅摔了一个盘子,你就要观察声源之外的所有方向,寻找转移你注意力的人不希望你看到的东西。而当你觉得有人在跟踪时,也会采取相应对策:就算这只是一种模糊的直觉,一种蝴蝶振翅般微不足道的颤动。即使你事后觉得这样太傻,但至少你还活着。萨姆·查普曼就是这样一个目标。帕特里斯知道自己下次要做好准备,提前调查好逃跑路线和可能的藏匿地点。专业人士不会带着脊背发凉的感觉回家。专业人士如果在自己的地盘上被跟踪,就会自以为是地企图甩掉身后的人,头也不回。

这就是他今天的计划:故意让对方发现被跟踪。跟踪他,看着他逃进陷阱。

然后,把他击倒。

* * *

[①] 亨利·希金斯,萧伯纳的戏剧《皮格马利翁》(Pygmalion)、电影《窈窕淑女》(My Fair Lady)中的语言学教授,对口音很有研究。

马库斯停车的地方几乎一定会被贴罚单。

"你应该在窗户上贴个纸条,"路易莎建议道,"写上:秘密特工执行任务。"

他小声嘟囔了一句,好像在抱怨为什么要指定他来当司机。开一辆"装甲车"出来确实是他的错,但只有他的车能装下另一位闷闷不乐的乘客。

他们在南岸,距离泰晤士河半英里远的一个繁忙的交叉路口边。这个路口的交通完全依靠司机的自我保护本能在维持,这要么是新时代的文明风向标,要么就是典型的城市规划失败。路口的一角有座教堂;另一角,巨大的推土机正在围挡后重演阿登战役,每一次碰撞都让大地震颤不已。第三个街角有座地铁站,熟悉的墙砖在细雨中显得脏兮兮的。附近很多地方都在施工,建筑物被包裹在塑料防水布里,其中一些还画着俗丽的画,描绘出光明的愿景:闪亮的玻璃、干净的人行道、笔直的白色线条勾勒出在建的大楼。幸存的商铺是常见的博彩公司、便利店和咖啡厅,大多蜷缩在脚手架后,有些被夹在两侧狭窄的小巷里。小巷里堆满了垃圾,要么是死胡同,要么是通往城市迷宫深处的捷径。曾几何时,查尔斯·狄更斯也造访过此处,记下了许多笔记。如今,当地居民的日常则被监控摄像头记录下来,无暇书写伤感的结尾。

精英咨询事务所就在其中一条小巷里。这是一家私人侦探事务所,共有三名员工,曾经在摄政公园上班的恶犬萨姆·查普曼就是其中之一。

早在路易莎来到情报局之前,查普曼就是看门狗的老大了。后来他捅了娄子,头顶的乌云降下暴雨,就把他冲到了这里:一家三流侦探社,主要负责驱逐惹麻烦的租户,递交不受待见的法律文件，还有恶犬萨姆的专长——寻找离家出走的人。看网上的照片，这是一家破破烂烂的办公室，透露出一股廉价出租车公司的气息。但也许这种氛围正对目标客户的胃口。如果有人迷失在嘈杂的街机厅、破旧的旅馆和二手商店之间，就会选择来这里寻找。但他们不是来评估精英咨询事务所的市场策略的，他们是来找恶犬萨姆的。

"好吧。"兰姆说，"那就把他带回来。"

"我们有权这么做吗？"路易莎问。

"我又没让你绑架他，塞到面包车后面。"兰姆说，"和他聊聊，请他来就行。"

"如果他拒绝了呢？"

"那就把他塞到面包车后面。"

"我们没有那种车。"雪莉指出。

兰姆看向马库斯。

"什么？我那辆不是面包车。"

单纯的事实在兰姆冷漠的注视下也变得无力起来。

所以他们就来到了这里，停在教堂旁边，坐在马库斯的城郊机甲中，监控着地铁站的入口。两人的脸被深色的挡风玻璃遮住，变得模糊不清。马库斯戴着耳麦，等待着来自斯劳部门的指令。斜风细雨打乱了地铁口的心跳，零星的乘客匆忙进站。每隔三分钟左右，又会有一大批乘客不情不愿地走出来。

雨水拍打着车顶，就像四处奔走的老鼠。

"希望何不会搞砸。"马库斯终于说道。

"这种跟电脑有关的事，他很擅长。"路易莎说。

"也许吧，但他是个小浑蛋。我不想把成败的关键交到一个小浑蛋手里。"

"可不是吗。"路易莎说。

他们并不知道查普曼会不会从地铁站出来,只知道他在外面,因为办公室的电话没人接。他们掌握的情报也仅限于此:他不在办公室里。虽然两人都没说出口,但他们知道靠这点情报开始监控行动就是天方夜谭。在何查出更多信息之前,他们手头就只有这些。查普曼可能会从地铁站出来,也可能坐在出租车里飞驰而过,或者从另一个方向走过来。但现在这里只有他们两人,没人想被淋湿,所以就都坐在车里。

马库斯说:"你在生他的气,是不是?"

"生谁的气?"路易莎明知故问道。

"卡特怀特。"

"我为什么要生他的气?"

"因为他没告诉你他还活着。"

"我又不是他的监护人。他想去追查什么离谱的线索都和我无关。"

"但如果他向你求助,你会帮忙。"

"我们只是偶尔出去喝一杯,又不是蝙蝠侠和罗宾。甚至不如你和雪莉,你们俩都比我和卡特怀特更像一个团队。"

马库斯耸了耸肩:"雪莉是我的好兄弟,但她确实比较难搞。"

"我知道,就是没忍心说出口。"路易莎说。

"但瑞弗明明可以打个电话的。"

"他在特工王国呢,"她说,"又不是在度假。"

马库斯刚想说什么,耳麦里突然响起了声音,及时打断了他。

* * *

回到斯劳部门，罗德里克·何被夹在两个屏幕中间。屏幕朝向他的脸，把他笼罩在一片荧光之中。有些胆小鬼觉得离屏幕太近很危险，但他们迟早会被历史淘汰，除非他们先被未来淘汰。何不在乎到底是哪个，反正那些蠢货都完蛋了。

其中一个屏幕上显示着伦敦南部的卫星地图。地图缩得很小，看起来就像是一张电路图。另一个屏幕上是同一张地图的放大版，聚焦在泰晤士河南边半英里一条不起眼的小巷上。如果何把光标移动到上面，就会出现精英咨询事务所的名称，同时还有它的地址和一条显示"更多详情"的链接。互联网提供的数据如此庞大，轻轻松松就帮他完成了一半的调查工作。

当然了，如果你想找出剩下的一半，就必须要去找你的邦德们、你的索罗们、你的何们[①]。

早些时候，他黑进情报局总部的追踪系统，把手指放在了萨姆·查普曼的手机上。他觉得"放手指"比"标记"听起来更酷。他的女朋友金姆很喜欢听他讲这些，听罗迪描述自己是如何像一个赛博幽灵一样，在各种系统之间来去自如。唯一的问题是，查普曼的手机信号没有出现。这说明他可能故意切断了信号，取下了手机电池，或者他在某个接收不到信号的地方。在首都的某个灰色地带，信号的烈焰被浇灭，变成微弱而潮湿的烛光。

标记他，找出他，把他带回来。兰姆是这样指示的。

有时候，何真希望他能更像斯劳部门的其他员工：头脑简单四肢发达的人总能拿到最简单的任务。

如果他对金姆这么说，她肯定会笑着指出：虽然罗迪有很多特质，但愚蠢绝不是其中之一。不过他不能这么对金姆说，因为

[①]此处原文为 your Bonds, your Solos, your Hos. 索罗即汉·索罗，电影《星球大战》中的男性角色，以英勇无畏著称。

他没告诉过她自己是一名间谍。这是入职培训的第一课,这里毕竟是秘密情报局。所以他含混地把自己的工作描述成了私人情报公司,在金丝雀码头①办公,在那些流淌着金钱和权力的玻璃峡谷之间。对于罗迪这样的人来说,那里确实有很多工作机会。这个主意真的有那么差吗?这里的团队被称作"下等马",罗迪·何觉得自己被他们拉了后腿。但如果他另谋高就,兰姆肯定会心碎,但有的时候作为一个男人,你不得不——

一个红点出现在了屏幕上。

雪莉在他身后说:"那是什么?是恶犬萨姆吗?"

帕特里斯刚走上人行道就看到了目标。跟踪的关键就是预测目标的移动路线。这两个小时,他一直坐在图书馆的窗边,手里拿着一杯从咖啡吧买的美式,融入其他对着电脑办公的人、学生,以及无处可去的人。这是个绝佳的角度。脚手架、往来车辆,还有阴沉的雾气为他提供了掩护,他只要走出门,让查普曼看到他,开始逃跑。要射下一只鸽子,首先要让它展翅高飞。他在勒阿布的田野学会了射击,尤其钟爱会移动的目标。

这样想着,他站起身,离开图书馆,走下楼梯,来到出口——

"看着点儿路!"

他想避开,但迎面走来的男性身材魁梧,浑身酒气,一把抓住了他的外套。

"我叫你看路——"

帕特里斯尽可能温和地将他撂倒在地,只用了半秒钟,但他

---

① 金丝雀码头,伦敦著名金融区。

被图书管理员看到了。

"喂！喂！你不能这样！"

他可以，也确实这么做了。但他不想留下来讨论自己能做什么、不能做什么。于是他跨过一个麻烦，无视了另一个，走向前门。门顺从地打开，但忽然有人从街上拐进来。他是个肩膀宽阔的黑人，穿着制服。看到躺在地上的人、听到图书馆里的骚动时，他露出了怀疑的神色。

好吧，帕特里斯想，事情总是不遂人愿。

雪莉说："那是恶犬萨姆吗？"

"是他的手机。"何说。

"那就是恶犬萨姆。"

"除非有别人拿着他的手机。"

"所以就是恶犬萨姆。"

他不屑地哼了一声，但她说得没错，那个红点就是恶犬萨姆。谁会把手机交给别人？

雪莉对着自己的手机说道："他正沿着高街前进，如果他是要去办公室，就会在第一、二、三个路口左转，拐进小巷。"

"一、二、三？"马库斯说。

"我在数呢，你能看见他吗？"

"等下。"

电话另一端传来模糊的对话声，路易莎正在和马库斯说话。

马库斯说："嗯，我们看到他了，就在路对面。"

"瞧，这不是很简单吗？"雪莉说，"接上他，带过来。"

"怎么你突然变成老大了？"

"难道就因为我说了接上他，你们就要放他走？"

马库斯心里有一句绝妙的回击，但在他能说出口之前，路易莎碰了碰他的胳膊。

"他要拐弯了。"她说着。同一时间，罗德里克·何对雪莉说了一样的话。

穿过路口的时候，恶犬萨姆听到了撞击声，有什么沉重的东西砸向玻璃，他立刻改变了计划。噪声到处都有，并不是所有噪声都和他有关，但如果无视这种可能性，他就是个傻子。于是他拐弯，悄悄从高街上离开，走进一条狭窄的巷道。地面堆积的烟头被雨水泡成了泥浆，空气中弥漫着烟味。旁边的墙上有一个通风管，正在向外排放油烟。管道下不远处是一扇敞开的门，门边靠着一个肤色黝黑的男人，他穿着厨房工作服，正在抽一根大麻。

"哟，萨姆。"他说，"小萨姆来了。"

他每次都会这么说，一点都不好笑。但每次恶犬萨姆都会附和着笑一下，因为你永远不知道会在什么时候用上这个人脉。

"嗨，米格尔。"他说，"你没看到我，我没来过这里，懂吗？"

"从没来过。"米格尔赞同道。恶犬萨姆从他身边进门，穿过厨房，从咖啡店的正门来到了另一条街。

事实证明，被甩出窗户的时候，穿制服的人也和普通人一样。原来他只是个交管员，但这也怪不得帕特里斯。玻璃散落的样子也不会有什么不同。指甲大小的碎片落在公交车站和挡风玻璃上。图书馆也做好了迎接冲击的准备，考虑到预算削减，这大概算是明智之举。

但没空想这些了，因为很快人们就会拿出手机，更多穿制服的人就会赶到现场——货真价实的那种。帕特里斯翻起领子，大步走出自动门，看到目标在马路对面，拐进了一条并不通往办公室的小巷。

路易莎瞬间就钻出了车，冲上马路，想要在萨姆·查普曼的身影消失之前冲进那条小巷。马库斯比她慢一些，花时间锁了车。该死的，这毕竟是他的车，而且他们在南岸，家里已经有一辆车报废了。如果这辆出了什么事，他还不如猝死在办公桌前呢。所以当他来到路边的时候，路易莎刚刚跑到对面，险些被公交车撞到——司机狠狠地按着喇叭。雨水让路面变得湿滑，虽然电影里的人都是不管不顾地冲向繁忙的马路，自信地认为车会停下，让他们先过，但马库斯见过被车撞飞的人，并不希望余生都只能坐着上厕所。路易莎在举着雨伞的人群中穿行，马库斯在平行的马路这边和她一起奔跑，差点就撞到了右边聚集的人群。他们围在一个男人身边：男人躺在一堆玻璃碎片和书本中间。马库斯注意到他身上的制服，心想：这下你开不了罚单了。但他的下一个念头更切中要害：到底是谁把你扔出了窗户，兄弟？那个人肯定比被开了罚单的司机更生气，他肯定至少有十八英石重[1]。没有一台投石机，或者专业的训练，没有人能把这么重的

---

[1] 约一百一十四公斤。

成年人摔出窗户。

他看向街对面，路易莎已经消失不见。他抓住旁边围观的人问道："这是谁干的？"

"你是警察吗？"

"是谁？"

这个人身材瘦削，头上都是头皮屑，浑身都被淋湿了。他说："就是个男的，你知道吧？看起来连飞镖都扔不出去，更别提——"

对方是专业的。马库斯想道。"他去哪儿了？"

"我也没看到，你明白吧？"

马库斯大概猜到了。

他环顾四周，但在这样的雨天，大家都在赶路，无人停留。繁忙的车流出现了一个缺口，他抓住机会，跑向马路对面。

赶鸟的时候，你只需要知道天空在哪个方向，还是人类更麻烦、更狡猾一点。

但帕特里斯研究过地图，知道目标拐进的小巷是一条死胡同。

也许是因为目标不太走运，就像在地上捡到了钱。如果你狩猎的目标比较倒霉，你只要挑个地方站着，等他撞上枪口就行。但目标是一个前特工，虽然特工也和普通人一样会犯错，但他们不会在家门口两百码的范围内跑进死胡同。帕特里斯路过岔口，没有拐进去。他只是又一个被困在雨中的伦敦人。他往前走了几步，在下一个路口左转，回头时看到有一个女人追往目标的方向。

这条街上几乎没有人。人行道很窄，路肩积满了水。停在路边的车都在对面排成一列。左手边,铁丝网围住了被拆除的房屋,身后的警笛声越来越响,但他并不担心。十分钟后,等他们收集完目击者证言,他早就跑到伦敦的另一端了。与此同时,目标从前方的一扇门里走了出来,匆匆沿着马路向前,甚至没有回头。帕特里斯心想,对方做出了专业的选择,但在这种情况下却是个错误。他加快了脚步,回忆着附近的地图。查普曼会穿梭在错综复杂的后巷中,想要通过绕路隐身人群。当你知道自己正在被人追踪时,这是很正常的反应。但他早晚都会走到某个荒无人烟的阴暗角落,也许是某座铁路大桥下,这附近有许多这样的地方。帕特里斯只需要一两秒。他用手理了理头发,雨越下越大。

何看着屏幕,嘴唇翕动着。雪莉在他身后说:"发生了什么?他是穿过那栋楼了吗?他穿过那栋楼了!"

她对手机说道:"他在穿过那栋楼。"虽然马库斯已经听到两次了。

马库斯追到那条小巷时,路易莎正好从里面走出来。"是死路。"

"他穿过了——"

"那栋楼,嗯,我知道了。"

"你有地图吗?"马库斯问道,但并不是对着路易莎。

雪莉对他的耳麦说:"左转,再左转。"

恶犬萨姆知道,被打碎的玻璃是对方发出的信号,他正在被人追赶。脑海里有个声音大喊"快跑,快点",他便遵从本能行动了起来。但他知道，他给自己赚来了一个小小的优势，只要他继续坚持向前，不回头看。

他不知道你已经发现他了。

这么想着，恶犬萨姆继续钻进迷宫深处，绕过企业住宅，曲折穿过学校，钻进桥下。雨哗啦啦地下着，他听不到跟踪者的脚步声。只能听见雨水有节奏地落在人行道上。远处，警车发出了哀怨的鸣笛声。不要回头。

路易莎正打算继续追赶，马库斯忽然抓住了她的胳膊。她现在心情不太好，换成其他人，她早就把对方的胳膊卸下来了。但马库斯不会轻易让她得逞，而且他有事要说。

"还有其他人在追查普曼。"

"谁？"

"专业人士。"

他松开了手。

然后她追了上去，比马库斯更快。说实话，他最近有些胖了。一辆警车迎面驶来，她转过街角时警车停在了图书馆边，蓝色的灯光像幽灵一样闪过积水的地面。新的这条街更窄，在前面几百码处有一个九十度转弯，一个人影消失在街角。可能是查普曼。何正在斯劳部门追踪他的足迹，汇报给马库斯，但路易莎听不到。

她看了眼身后，马库斯远远地跟着，脸上露出痛苦的表情。

她在街角左转，前方道路再次分岔：一条路蜿蜒着穿过铁路桥下；一对年轻人正牵着手在桥下避雨；一个女人拖着购物车走来；更远处，一个穿着雨衣的身影正匆匆离去。对面的人行道上，身穿皮夹克的青年正耸着肩快步向前。

马库斯追了上来，一只手扶着耳麦，说："他在前面，两百码①左右。"

"穿着雨衣。"她说，"专业人士在那边，穿皮夹克。"

"他看见你了？"

她不确定，但应该没有。

马库斯说："绕过第二个路口，如果你够快的话，就能在他到主路之前拦住他。"

她点了点头，向着另一边走去，拐过街角后开始狂奔。

有两个人，帕特里斯想道。目标就在前方，正在快步前进。后面还有两个人在跟踪。刚才一楼的某扇窗户打开，飘出一缕蓝烟，他借着窗户反光确认了内心的疑虑。如果他们知道自己在干什么，很快就会开始分头行动。但如果他们真的知道自己在干什么，就不会这么轻易被发现。

他们可能会后悔的。

他的双手插在兜里，雨水滑落后颈。但雨水是他的朋友，驱赶着后巷的行人，引开人们的注意。目标再次转弯，但是没关系。剩下的转角不多了。

必须要减肥了。

与其说这是马库斯的想法，不如说是他妻子凯西突然到他的

---

①约为一百八十三米。

脑海里友情客串了一下。

然后雪莉的声音在他耳畔响起，呼应着凯西的谴责："他就在你前面，你怎么不跑起来？"

"……我在跑了。"他咬着牙说道。

"为什么不跑快点儿？"

他很想扔掉耳麦，但盲目行动是愚蠢的，尤其在任务执行到一半的时候。

穿皮夹克的男人跟在查普曼身后转过街角，如果之前他还怀疑这个人是不是真的在跟踪查普曼，现在也打消了疑虑。确实，这条路只有这么几个方向，天上下着雨，所有人走路时都蜷缩着身体，但那个男人动作还是不太一样。他没有停下脚步避开积水，但也没有踩到水坑。真是方便的天赋，马库斯觉得他的脚肯定心怀感激。

雪莉说："查普曼停下了。"

"在哪儿？"

"下个路口左转，然后右转。他要躲起来吗？"

"应该是准备反击吧。"马库斯说，胸口的情绪紧张起来。就像是在玩二十一点，看着荷官发牌。尽管实际经验可能完全相反，但他的直觉却告诉他，这次一定不会输。

增加的那几磅体重并没有突然消失，但马库斯加快脚步，努力追上那个跟踪查普曼的人，觉得身体仿佛更加轻盈了。

又是一座铁路桥，这次桥上有列车正在驶过。轰鸣声顿时充满了整个世界，又消失不见，雨下得更大了，豆大的雨点砸在前方的人行道上。

在萨姆·查普曼眼中，整个世界都变得更加阴暗了。

他气喘吁吁，大腿肌肉酸痛，但他甚至都没有跑。岁月流逝，再加上深夜酗酒，人就会变成这样。岁月流逝是不可避免的，至于深夜酗酒，也不是说戒就能戒的。曾有人说，所有的政治生涯都将以失败告终。间谍也一样。当你内心的悔恨超过珍爱，每逢阳光熄灭的时刻，就很难不得出这样的结论。你可以一边郁郁寡欢，一边彻夜失眠。也可以在喝得烂醉如泥时一边郁郁寡欢，一边彻夜失眠。可选项并不多。

恶犬萨姆真心希望能找到切尔西·巴克尔，他不喜欢半途而废。

他穿过马路，拐进一条小路，来到一扇木质大门前。门上挂着锁链，但缝隙足够一人穿过。他第一次回头看了看。跟踪他的人不在视线范围内，对方留了足够距离，让查普曼以为自己是安全的。所以，就是这里了。他抓住一边门，推开另一边，弯腰从铁链下钻过。他来到一个车库前院，两辆黑色出租车停在墙边，车间的折叠门微微推开，一颗裸露的灯泡发着光，但是不见人影。他也许能找到一把锤子、管钳之类的工具。只要给我一分钟，萨姆想，给我两分钟，让我喘口气。他不知道为什么会变成这样，但已经不重要了。类似的事总会发生，他不是唯一讨厌半途而废的人，干这行的人都一样。

帕特里斯差点儿就走过去了，但空气中有某种微微的震动，仿佛那扇门正在大雨中颤抖。查普曼一定是放弃伪装了。如果你发现自己躲在某个院子里，就已经脱离了谨慎的范畴，来到了恐惧的领域。现在就是最佳时机。追在他身后的两人还没来，只要他动作够快,他和查普曼就能在不被打扰的情况下完成任务。这是一次联合行动,查普曼在其中扮演的角色至关重要。毕竟,没有受害者的谋杀什么都不是。

头顶驶过一架飞向希斯罗机场的飞机,在云层下方一闪而过,然后消失在远处。

帕特里斯钻过铁链,一只手扶着门防止颤动。后院看起来很空旷,但车间里亮着灯。他从口袋里掏出一双薄薄的皮手套,按下手腕处的纽扣将其固定,清脆的声音回荡在车库前院,异常响亮。

路易莎来到路口的时候,街上只有一个胖女人,一摇一摆地走着,就像一艘被浪花拍打的小船。路易莎暗暗骂了一句脏话,迅速环视四周:他们不可能走远,没有那么多时间,也就是说他们应该已经离开了街道,进入了某栋建筑、商店,或者……

附近没有商店。铁路桥这一侧的墙上画满了涂鸦,几乎像是穿上了伪装,随时有可能出现在嗑了迷幻药的人眼前。另一侧有座废弃的健身房,刷白的窗户上贴着没收房产的通知。她抬头看向大桥,但除非他们是蜘蛛侠,否则不可能上去——两个蜘蛛侠。而且他们也不可能合作。

马库斯说那个人是专业的。查普曼四处游走寻找掩护,说明他知道自己被跟踪了。所以只要一有机会,他就会找地方藏起来……

桥对面,远离街道的地方有一对木门,也许是一间车库,现在关着。一条松散的链条从门上垂下。

在那后面。

她应该等马库斯一起的,再有不到一分钟他应该就能追来。不,一分半钟吧。但对于专业人士而言,一分半是很长的时间,足够完成他想做的事情。

一阵疾风吹过雨幕,令人精神一振。她有一个任务:把恶犬萨姆·查普曼带回斯劳部门。一辆出租车驶来,看到她之后放慢了车速,但路易莎今天不会让司机接到她这一单。她跑向木门,尽可能把门推开,钻进院子,正好看到一根铁撬棍迎面飞向她的脑袋。

他仿佛能在雨滴间穿行。恶犬萨姆躲在其中一辆出租车后,看着帕特里斯穿过前院,走向车间时不禁这样想道。萨姆手中拿着一根从工具墙上取下的撬棍。感受到撬棍重量的瞬间,回忆像慢动作一样在脑海中播放,有些事你永远都不会忘记。比如:不要挥动一个长度大于一英尺的武器。挥舞的动作会让你露出破绽,就像敞开的衣柜。所以不能挥动,要戳刺,狠狠地对准后脑。然后你就可以尽情花时间调整状态,准备第二次攻击,因为你的猎物哪儿也去不了。他只能躺在地上,童年回忆从被穿透的脑袋里流向地面。

当然,他是这么计划的。有那么几秒钟,计划执行得很顺利。男人就站在那里,看着车间,好像在等着恶犬萨姆自己现身投降。与此同时,萨姆悄然穿过前院来到他身后,两只手握住撬棍,就像握着一把笤帚。然后它突然消失了,被人轻易地从他手中夺走了。他几乎可以发誓,男人还是背对着他,但眨眼间就来到了他面前,直勾勾地看着他。是昨天那个欧洲陌生人,毫无疑问。那人面无表情,几乎没怎么费力。手肘一戳,脚下一勾,恶犬萨姆就被放倒在地。他躺在地上,看到撬棍被高高举起,准备砸向他的头骨——晚安了。但是忽然之间,撬棍飞向远处,查普曼的目光顺着看去,发现棍子插进了木门,距离刚刚钻门进来的女人的头部只有几英寸。

我不知道你是谁,他想,但我希望你带了一把枪。

马库斯到得太晚了,恰好看到路易莎钻进木门,发出一声惨叫。他听到了钢铁撞击木头的声音。雪莉还在对着耳麦说个不停,他把耳麦拽了出来,以便集中精神。一辆出租车停在路边,发动机点着火,司机透过窗户问他知不知道"斯坦"在哪里,他叫了一辆车。但马库斯已经冲向木门,肩膀撞到了门上。门稍微有些松动,但是没有破开。透过门缝,他看到路易莎扑向院子中间的两人。萨姆·查普曼躺在地上,穿皮夹克的男人站在他身边,镇定自如、蓄势待发。马库斯忽然有些害怕,不是为自己,而是为路易莎。但他不可能钻过这条缝。必须要减肥了,他再次想道。但这次他知道,就算真的能减下来,也已经来不及了。

她真希望自己带了把枪。

撬棍从她头旁边几英寸凿下了门上的一块木头,掉在地上。虽然不是枪,但也只能凑合用了。她一把捡起撬棍。查普曼被放倒了,专业人士站在他身边,但目光锁定了她,正在估测两人之间的距离,揣测她的下一步行动。她把棍子从一只手抛到另一只手,他微微调整了站姿。但当她再次换手时——因为她不可能用左手攻击——他已经向前逼近,走进挥动半径之内。结果她的小臂撞在了他的身体上，撬棍掉到了地上，院子的景色翻转过来。

倒向地面之后她滚动了几圈，但还不够远，没能躲开他的踢击。她的左胯被踢中，整条腿都麻了。

两个人都倒在了地上。这一切只用了几秒。

他并不觉得骄傲，只是在评估现状。

帕特里斯蹲下身，捡起撬棍。这是手头最近的工具，可以用来完成任务。但就在这时，查普曼挣扎着爬了起来。这个老间谍判断得不错，撬棍要用来戳刺，而不是挥击。如果他们此时都围坐在咖啡厅的桌前，相信很快就能说服那个女人她犯了错误。但规则就是用来打破的，前提是你知道自己在做什么。刺客和诗人都是如此。帕特里斯半蹲下身，后背挺得笔直，把撬棍狠狠地挥向查普曼的膝盖。查普曼痛苦地大喊出声，他甚至能在这种情况下听到膝关节错位的声音。永远不要活到连一场架都打不赢的时候，帕特里斯想道。

他转向女人，但她已经不见了。有什么东西朝他飞来，是一只铁罐。铁罐在空中旋转，里面的液体洒向四周。如果他没有挥动撬棍，那个铁罐就会砸到他的脸上。但他躲开了，像个一流的击球手，轻松地应对了迎面飞来的短球。与此同时，女人冲向车间，那里还有很多可选的武器。于是他又投掷了一次撬棍，并不是像掷标枪那样，而更像是打水漂。撬棍击中了她的脚踝，如果她没有用手撑住身体，肯定已经摔断了鼻子。这可能是接下来的二十秒之内她最舒适的瞬间，他想道，因为在她进入前院的一瞬间，他就不可能让她活着离开。此时他忽然记起，她不是独自一人。下一个瞬间，他的想法就成真了。一辆黑色的伦敦出租车猛地撞开大门，木片在雨中四散飞舞。司机猛地拉住手刹，车身横冲向帕特里斯，像一头公牛撞飞了实习斗牛士一样，轻而易举地把他抛了出去。

背景中响起了出租车司机愤怒的吼声。

11

"然后他就逃跑了。"雪莉说。

"是啊,但——"

"就像一个幽灵,或者一个忍者。"

"或者幽灵忍者。"何说。

"滚。"马库斯对他说,然后转向雪莉,"对,就像个忍者,或者类似的什么。"

因为如果你用伦敦出租车撞了人,他们一般都会在地上躺很久,足够你去取他们的命,或者收集保险信息。但这家伙直接消失了:他一定翻过了车顶,然后脚先落地,落地的一瞬间就开始跑。就像在动画片里一样。如果他不是个忍者,那就是达菲鸭。

但被达菲鸭用武器攻击了之后,敌人只会变形一两秒,甩甩头就能毫发无伤地离开。

"你感觉怎么样?"他问路易莎。

"和你上次问的时候一样。"她说,"那是布洛芬,又不是马匹镇静剂。"

他们回到了斯劳部门,在马库斯和雪莉的办公室里。路易莎跌倒时摔破了牛仔裤,现在裤子卷到膝盖上方,她的脚泡在一个塑料洗碗盆里。没人知道斯劳部门还有这种东西,除了凯瑟琳·斯坦迪什。他们回来时她就站在那里，真是奇怪的重逢。路易莎瘸着腿；恶犬萨姆一次只能上一级台阶。

"你回来了。"马库斯说了一句多余的话。

她碰了碰他的手肘，然后说："你为什么要把他们带回这里？他们应该去医院看急诊。"

"警惕滑坡效应，"兰姆说，"一旦你开始给这帮人提供他们需要的专业照顾，很快剩下的人数就会连玩飞镖都不够了。"

"一个人也能玩飞镖。"罗德里克·何说。

"那个男人是谁？"萨姆·查普曼问，"他为什么要跟踪我？话说回来，你们为什么要跟踪我？"

"天哪，我最烦补充说明的场景了。"兰姆说，"而且你连一声谢谢都没有，我可是救了你的命。"

"我没看见你来。"

"是啊，因为我会让别人跑腿，苦差事都交给他们。"他看了眼马库斯，"我只是说说，别把思想警察喊来了。"

"我们需要一支特殊武装部队。"马库斯喃喃道。

这时凯瑟琳找到了塑料盆，用来给路易莎泡脚踝。她还拿来了布洛芬。路易莎咬牙切齿地说自己没事，但她的脚踝看起来就像是戴着脚镣服过刑一样。

"皮肤没有破。"凯瑟琳说，"这算是好事吧。"

路易莎感觉一点也不好，但听到凯瑟琳这么说还是安心了些许。"你正式回来了吗？"她问。

"希望不是。"凯瑟琳说，然后跟着兰姆和查普曼走出房间，走上楼梯。

"她把老家伙带来了。"雪莉对他们说。

"老家伙在这儿？"

"在楼上,和莫伊拉一起。"

马库斯摇了摇头。今天的主题是混乱。至少车库的主人斯坦肯定是这么想的。他回来的时候看到前院变成了战场,一辆黑色出租车在雨中冒着青烟,大门被撞成了木屑。马库斯给他看了自己的工作证,指着那行写着女王陛下的政府字样,说自己是公务员,正在抓捕一个增值税逃税的人。斯坦不安地看了一眼自己的车间,显然那里就是他存放账本的地方,于是他闭上了嘴。但他还是问了撞坏的大门要如何赔偿的问题。

"把发票寄给当地税务局,"马库斯说,"他们会帮你处理好的。"

现在马库斯感觉不错,至少比上次的事件好很多。不只是因为用车撞开大门很解压,也不只是因为撞飞坏蛋很爽。更重要的是他没伤到自己的车。他觉得自己的运势开始好转,逐渐回归正轨。

除了让坏蛋逃跑这一点。

他说:"我肯定用出租车撞到了他,我能感觉到撞击。"

"然后他逃跑了。"雪莉说。

"小雪,"马库斯说,"如果你在的话,你肯定能制伏他。我们都懂。但你不在,所以他跑了。行吗?"

"我只是说说。"

"有瑞弗的消息吗?"路易莎问。

"连张明信片都没有。真烦人,不是吗?同事去度假的时候——"

"凯瑟琳是什么时候到的?"

"我敢打赌他不会带巧克力回来——半个小时之前吧。"

"老家伙的状态怎么样?"

"像一个幽灵,困惑又害怕。"

"瑞弗很担心他。"

"是啊,不过,"雪莉说,"他表达关心的方式就是一个人跑到欧洲大陆去。顺便一提,你的牛仔裤很酷。"

"破洞牛仔裤。"

"我就是这个意思。"

"我花了不少钱买的完好的牛仔裤。"

"金姆就喜欢穿破洞牛仔裤。"何说,"她是我女朋友。"他解释道。

"是吗。"

"还有破洞夹克。"

"你还在呢?"

"我在。"何说。他们都瞪着他,"我不在了。"他说,然后离开了房间。下楼之前,他们听到兰姆在楼上喊他。

"破洞夹克?"马库斯说,"现在流行这个吗?"

"不。"雪莉说,"而且问'现在流行什么'这个说法也不流行了。"

"你觉得查普曼知道这是怎么回事吗?"路易莎问。

"希望有人知道吧。"马库斯说。

何来到兰姆的办公室,兰姆直接扔了一堆外卖盒给他。"这些东西已经开始自我繁殖了,你去把它扔了,然后去隔壁弄点新的回来。要装满的。"

"……装满了什么?"

"中餐啊,蠢货。"兰姆说,"或者用你们的话来说,就是

'饭'。"

何把一团凝结的米饭从外套上掸开,试图擦干净印迹。"我是说,什么类型的?"

"给我一个惊喜吧。"

恶犬萨姆同情地看着何:"你叫罗德里克,对吧?"

"……对。"

"罗德里克,如果我给你一英镑,你会让我在你身上撒尿吗?"他问。

"……不会。"

"那你为什么免费让他这么干?"

"别管他,"兰姆解释道,"他身上疼,还说胡话呢。"

"听你开口说话才是真的让人苦不堪言。你笑什么?"

后面这句话是对凯瑟琳说的。

"你们两个,"她说,"看你们两个说话,就像在看恐龙调情,或者《疯狂汽车秀》①。"

"我们见过面,对吧?"恶犬萨姆问。

"那是我最快乐的回忆之一。"

"你倒是挺有精神,"兰姆说,"回来就让你这么开心吗?"

凯瑟琳对何说:"他不需要吃饭,他刚吃过了。但如果不麻烦的话,希望你能帮我拿一些冰块过来。"

何溜走了,边走边搓着外卖盒在新外套上留下的痕迹。

她说:"我和你说过了我为什么回来。总部在找那个老家伙,我觉得最好把他带到安全的地方来。"

"我们说的这个老家伙到底是谁?"查普曼问。

---

① 《疯狂汽车秀》(*Top Gear*),也叫《巅峰拍档》,是 BBC 电视台出品的一档汽车节目。始创于二十世纪八十年代,二〇〇二年改版。

"你的前领导,"兰姆说,"大卫·卡特怀特。"

"卡特怀特?他还活着呢?"

"是啊,但我们已经进入伤停补时阶段了。"兰姆说,"还记得那个想干掉你的人吗?最近类似的事情有点多。"

"他去杀卡特怀特了?"

"不是他本人。去刺杀的那位先生脑袋已经炸开了花。但我猜这两件事并非毫无关联,除非现在到了猎杀退休特工的季节。"

"我敢说如果真是这样,你会在大部分人狩猎名单的顶端。"凯瑟琳说。

查普曼说:"如果总部在找他,为什么要把他带到这里?和专业人士在一起他会更安全。"

"嗯,这就要看是谁下令杀他了。"

他愣住了:"你觉得总部有人想杀大卫·卡特怀特?还有我?"

"有这种可能性。"

"他们已经把我开除了。"查普曼说,"还要来杀我?有点太无耻了吧。而且我已经老了,根本不知道现在是谁在管事,蒂尔尼走了,对不对?"

"她是政治正确的受害者。"兰姆悲伤地说道。

"不是因为她策划了几次谋杀吗?"

"嗯,也有这方面因素。新来的小朋友叫惠兰,他没来多久,还不够格开始摆架子。所以不,如果这事真的跟总部有关,肯定是和你一样的老员工下的令。从卡特怀特当权的那个年代过来的人。你以前负责他的人身安全,是不是?"

"偶尔吧,他又不是随时需要监护。"

"但他有的时候会四处乱逛。"

"你到底想说什么，杰克逊？"

"你和他去了法国。"

"天哪，"萨姆·查普曼说，"这事和勒阿布有关，对吧？"

莫伊拉·特雷格里安同样在回想这跌宕起伏的一天。先是一个同事死了，她和他不熟，甚至暗自觉得有些刺激。结果他竟然还活着，整件事都叫人困惑不已。然后是午餐，她本以为是为了介绍斯劳部门的基本情况，结果却变成了单方面拷问。她是怎么认识克劳德·惠兰的？她——摄政公园曾经的办公室经理、加班之力的驾驭者、数据部办公用品的掌门人、卓越的时间管理大师、合同文件的统筹者、解决文具问题的智者、轮岗值班员——和新来的局长有什么关系？他们参加同一个读书俱乐部吗？经常去同一家教堂吗？或者——考虑到间谍也有无法抑制欲望的时刻——他们是不是在搞办公室地下恋情？虽然兰姆的措辞平淡无奇，杀伤力和一把玩具水枪差不多，但他的表情却完全出卖了他：他露出了猥琐又邪恶的笑容。虽然她猜到了兰姆先生可能是个难缠的对手，但没想到他能把"难缠"的定义直接拉高一个级别。

结果现在她的"前任"也来了。

莫伊拉·特雷格里安曾对凯瑟琳·斯坦迪什有过很多种想象，但绝不是这样的。她见过酒鬼——谁没见过呢？他们好像比其他人调高了一个频率，微微颤抖，皮肤松垮，头发蓬乱。换言之，他们的存在是一种警告。但凯瑟琳·斯坦迪什看起来却完好无损。她觉得自己应该从来没有用这个词形容过别人，但凯瑟琳确实是这样，没有明显的缺陷。不知为何，这让她有点失望。但她应该是控制住了自己的反应。

此时她正在分类整理无数来自总部的文件,屋里还多了一个旁观者。

"他需要一个安静的地方休息,"斯坦迪什小姐说道,看都不看一眼自己曾经的办公室,"他今天很累了。"

"可是,我不知道——"

但凯瑟琳已经走了,那个老人——大卫·卡特怀特——占据了她的椅子,坐在她的办公桌后,仿佛这里是他的王国,莫伊拉才是那个篡位者。

所以她给他泡了茶,试着聊了聊天,直到他开始陷入恍惚。一开始莫伊拉有些烦躁,但很快就忘记了这回事。她又不是没有工作要做。和往常一样,她要处理堆成各种不同高度的文件。很快,她又开始满嘴念叨着"啧"和"喊","这都是什么"和"杜鹃都要啼血了"。

这时老人才终于回过神来,说:"杜鹃?"

"勒阿布是个奇怪的地方。"恶犬萨姆说,"像是一个公社,但是更死板,也没有什么女人,不过倒是有孩子。"

何拿着一袋冰回来,郑重地交给凯瑟琳,然后离开。查普曼一边用冰袋敷着腿,一边说话。屋里很潮湿,暖气几乎提供不了什么热量,只是偶尔发出沉重或尖锐的响声,好像在清嗓子。兰姆摊在椅子里,把玩着一根没点燃的烟,凯瑟琳站在一处黑暗的角落里,像一个正在偷听大人谈话,不希望被父母注意到自己还没离开的孩子。

"我负责保护大卫的安全,但这活儿其实很轻松。法国这地方,虽然服务员有点奇怪,但也算不上是敌方领土。你不用担心有人逃跑,那个年代,叛逃不算什么大问题。"

"那是什么时候?"兰姆的声音很平和,都有点不像他了。

"第一次?是柏林墙倒塌之后的夏天。"

"跟我讲讲这个勒阿布。"

恶犬萨姆描述了那栋房子,附近的环境和地点。他说那里有八个成年男性。"我能认出其中一个。叶夫根尼——他当时用的是这个名字。他们在勒阿布都只喊名字,没有姓氏。他以前是克格勃的人,曾经在驻伦敦的大使馆待过一个任期。当时我们还会给这些来访的人准备识别卡——是茉莉·多兰发明的——还记得吗?"

兰姆哼了一声。

"她把那些人的照片贴在扑克牌上,煞有其事地决定谁是红桃、梅花,还是方片,是好情人还是坏无赖,她还挺擅长辨别这些的。"

"我们当时玩得多开心,"兰姆说,"在世界上随时有可能爆发核战争的时候。"

"哦,别这么严肃嘛。"恶犬萨姆说,"总之,我们都还在。如果我没记错的话,叶夫根尼是红桃。他真正的名字——或者至少在大使馆的名字——是伊沃·费琴科。但我和卡特怀特说他的来历时,他只是摆了摆手,说这个不重要。"

"然后你也没追究?"

"我当时刚入职没多久,但我知道自己的职权范围。我那时是个新人,杰克逊,而他可是大卫·卡特怀特。"

"他去那里做什么?"

"听一个前特工汇报近况,代号是亨利——至少官方文件上是这么写的。"

"你们住在那里吗?"

"不,住在附近小镇的酒店里。昂格文。"

"他去找那个前特工时,你没去吗?"

"我刚才说了,我那时是新人,杰克逊。我是他的司机,他的保姆,给他端茶倒水的人。我无权接触机密谈话。"

"听一个退休间谍汇报情况和玩弄核密码可不是一回事。你见过那个叫亨利的家伙吗?"

"我怎么可能知道?没有人会把自己的代号做成胸章别在身上。"

"他们的老大是谁?"凯瑟琳轻声问道。

他说:"有一个美国人,我们没有互相介绍过。但他看起来是那伙人的老大,应该是叫弗兰克。"

"应该。"兰姆重复道。

"他叫弗兰克。你在故意找茬吗,杰克逊?都那么多年前的事了,而且还是和平时期,没有人企图对老家伙不利。如果不是你提起法国,我都想不起来。"

兰姆说:"卡特怀特级别太高了,不应该亲自去家访,我觉得很奇怪。你们去过多少次?"

"有几次吧,至少和我是。第二次是同一年晚些时候。"

"两次都没发生什么不寻常的事?"

恶犬萨姆说:"你确定这和今天发生的事有关吗?"

"我甚至不确定何从哪儿找来的冰块。现在,我们都被蒙在鼓里,眼前一片黑暗。"打火机点燃的声音反驳了他的论点,有一瞬间兰姆的脸笼罩在火光里。凯瑟琳咳嗽起来,火熄灭了,但兰姆手上的香烟亮着红光。"不过,确实有人死了,这往往意味着有哪里不对劲。"

"我们第二次去法国的最后一天晚上,他有些……心不在焉。看起来很难过,酒也比平时喝得多。但他向来不怎么节制。"

"为我们所有人都敲响了警钟。"兰姆小声道。黑暗中传来了一声叹息。

"白天他们吵架了。有个女人突然出现——是弗兰克的女朋友——他们大吵了一架。她嗓门很大,完全可以去当英国球迷,顺便一提,她确实是个英国人。我猜老家伙可能被波及了,因为他看起来有些僵硬。但我赶到时已经结束了,她刚刚开车走了。"

"你去哪儿了?"凯瑟琳问。

恶犬萨姆看起来有些不好意思:"在屋子后面,和几个俄罗斯人玩法式滚球。"

"我的老天。"兰姆说。

"总之,他开始讲那些战争时期的故事。我感觉他挺喜欢扮演年长智者的角色,你知道吗?就是那种头发花白的老战士,围在篝火旁讲故事。"查普曼停了停,调整了一下冰袋的位置,"所以他讲了一些故事。但最后他喝了不少白兰地,话也越说越糊涂,但有一件事他重复说了两次:'真希望我从来没听说过这个该死的东西。'我问他是什么,第一次他没有回答,但是第二次……"

恶犬萨姆再次停顿,把冰袋贴紧膝盖。

"天哪,"兰姆说,"你再怎么挤也挤不出奶的。"

"杜鹃计划。"萨姆说,"他说他希望从来没有听说过杜鹃计划。"

"杜鹃?"老家伙说,"所以是为了这件事?杜鹃计划?"

莫伊拉·特雷格里安说:"抱歉,我不……"

老人摇了摇头。他完全没想到,但事实如此,报应总会找上门来的。"就像关上一扇门一样简单。"他记得坊间流传过这样一个说法。形容做一件事很简单,只要关上门,就能解决。但这句话漏掉了一点,就是要确保你关门时站在正确的那一侧。

他不知道自己在哪儿,隐约记得爬了一段楼梯,但不像他之前爬过的任何楼梯。没有那么多灯,摄政公园所有最好的房间都能看到窗外的风景。但是看大小,这个房间更像是秘书处的办公室。把他塞进这么个又破又小的地方,还指望他能卖力表演,确实不太像话。但也不是完全无法接受,毕竟,在黑暗中讲故事,他不是已经做过无数次了吗?讲给一个……年轻的小伙子听。很有活力,在花园里遇到的,结了痂的膝盖露在外面——迟早会想起他的名字的。

虽然他对现在的状况一头雾水,但有些事他不会忘记。

他说:"杜鹃计划,好吧,你做好记录的准备了吗?"

他的声音听起来更有力了,因为他知道自己应该站在门的哪一侧。

他只要跨过门槛,把门关在身后。

杜鹃。

J.K.科说:"据说有一个苏联小镇——可能只是个谣传的虚构故事——当时这种传言还挺多的。"

在兰姆办公室昏暗的灯光下,科就像是马利的鬼魂[①],脚上

[①]出自查尔斯·狄更斯的《圣诞颂歌》。

拴着隐形的脚镣。这里没有坐的地方,所以他只能靠在门边站着。挂钩上挂着一件雨衣,只可能是兰姆的。科靠在上面,衣服散发出一股陈腐的味道,如同一座气味的墓穴,充满了香烟、威士忌、候车室、潮湿而绝望的清晨,还有死亡的气息。科不禁想道:是只有他能闻到,还是屋里的其他人也能?比如兰姆、凯瑟琳·斯坦迪什,还有那个叫查普曼的男人。

"你要是想进入梦乡,"兰姆说,"随时可以拿我的屁股当枕头。"

"给他一个机会吧,杰克逊。"站在阴影中的女人说道。

"我说苏联,但其实它没有任何苏联特征。他们建造的是一座美国小镇,在佐治亚州附近,具体位置不明。到处都是白色栅栏,还有大街什么的,和美国的小镇如出一辙。就像在诺森伯兰荒原军事区建的那个阿富汗村庄一样,但那个是出于战略目的,而这个是用来居住的。人们会在这里出生、长大,学习美式英语,看美国电视,花美元。类似一所精修学校。这就是苏联风格的杜鹃计划。他们肯定用的另一个名字,它的目标是培养一个和'敌人'一模一样的替代品,这样你就可以近距离研究他们的思维方式、他们做的梦、有关他们的……一切。"

科曾经是心理评估员,回想起来都像是上辈子的事了。培训的其中一个项目是分析黑色行动。这是所有人的最爱,因为可以听到很多阴森恐怖的事。那些特工干过的事,有些甚至超乎你的想象。

"理论上,如果你想培养一个长期潜伏的特工,这种地方就是最佳的培育场所。"

兰姆低叹了一声,不知是在表达赞同还是反对,或者只是消化不良。

"你觉得这是真实发生过的事吗?"凯瑟琳问。

"还有另一个故事。"科说,"在二十世纪六十年代,红海附近有一个白宫的完美复制品。苏联让一个人在那里住了很久,配了全套工作人员,都说英语。他的存在意义在于:他们会制造危机并观察他的反应,从而帮助他们了解真正的总统在特定情况下会如何应对。"

"你真的相信,"这次发问的是查普曼,"发生过这种事?"

"不。"科说,"只有疯子才会靠一个人偶对假危机的反应制定策略。"

"是啊,冷战就是这样。"兰姆说,"大家都很理智。"

兰姆弯下腰,在办公桌下的购物袋里翻找。直起身后手里拿着一个酒瓶。桌子上有两个脏兮兮的杯子,这是桌面上唯二没有被当成烟灰缸的东西。他往一个杯子里倒了两指深的酒,另一个倒了四指深,把两指深的推给了查普曼,然后对凯瑟琳说:"如果你想对瓶喝,请自便。"又对科说:"但你要喝的话,就自己去买。"

科没有回答。过去十分钟里他说的话比之前六个月加起来都多。他的头嗡嗡直响,一句诗不停地在脑海中回放:明亮的雨水将为你洗净伤口。不停地重复,怎么也停不下来。他想念他的音乐了。如果他必须待在斯劳部门——当然其他地方也不会比这里好多少——他宁愿待在自己的办公桌前,戴着耳机,听杰瑞的即兴演出:一九七六年十一月十二日,名古屋。这样才能洗净他的伤口。

"还有别的事吗?"他问。

"怎么,你有事要忙?"

"我只是——"

"那就别废话。"兰姆喝了一半杯里的酒,酒有点变味了,但他似乎并不介意。"所以那些苏联人在搞这种把戏,难怪美国佬也要复制一个。但我们呢?类似的项目在我们的课程大纲里出现过吗?"

科说:"不,没在大纲里出现过。"

兰姆的耳朵动了动。

"他叫弗兰克,弗兰克·哈克尼斯。是个美国小伙子,前特工,但我也是之后才发现的。我是说,后来才发现他当时不是特工,还以为他在替政府办事。但人都是这样的,不是吗?总要预想最坏的情况。"

他本意是想开个玩笑,说出口却多了一丝苦涩。罢了,就这样吧。

"那时我还想坐上一把手的宝座。我从来没承认过这点,但确实如此。我本来以为那个位置是我的囊中之物,只要保持记录干净,等到现任退休,就能接任。我当时觉得这个要求不过分,毕竟那份工作我实际上已经干了很多年了。"

但他的记录有时也不那么干净,他的良心并不是毫无污点,但现在不是挑刺的时候,而是出现了一个细节:他有一个女儿。

"她叫伊泽贝尔。"

他想,自己是不是跳过了很多?但是不重要,他们正在录音。他只要全都说出来,让他们自己去把点连成线就好了。

"很可爱的孩子。"

她确实很可爱,但后来一切都开始变得不对劲起来。这么一说,他本来该讲的也是之后发生的事,不是吗?杜鹃计划。

"准确地说,这不算是弗兰克的想法。"他说,"当时类似的观点已经有人提过了:美国政府尝试过,苏联政府也有自己的版本,但是我们没有——倒不是出于什么道德层面的考量,单纯是经济原因。这种项目需要大量的资金支持,至于时间跨度,更是……嗯,总之当时的局势也在变化。戈尔巴乔夫在克里姆林宫清理门户,弄得沸沸扬扬。没人知道等他收手之后,世界会变成什么样。如果连敌人两个圣诞节之后还在不在都说不准,也就没必要为了击败他们设置什么长期计划。这会让我们看起来很蠢——情报机构最主要的目标就是尽可能不要让自己看起来很蠢。"

他逐渐找到了讲述的节奏。他知道这一天迟早会到来。弗兰克这样的人生来就是危险分子,他们目光短浅,为了保护所谓无辜者,情愿把视线范围内的所有人都焚烧殆尽。而大卫·卡特怀特竟然把一盒全新的火柴交到了他手上,所以,是的,他知道总有一天要清算的。

"但弗兰克的出发点和其他人不同。你不得不承认,有些事他确实看得更清楚。一场战争结束了,我们要准备迎接下一场。他是这么说的。"

老人努力回忆着,眯起眼睛。等汇报结束,他想,他就要回家去找萝丝。喝一杯茶,或者烈酒。和她说说今天发生的事。但必须省略这一部分,是的。他不希望她知道他干过这种事。

他的双手微微颤抖,这倒是很有趣。

女人说:"你还好吗?还想再来一杯茶吗?"

很聪明的做法,他想道。问询的技巧之一:让被审问的对象放松一下,觉得问话很快就会结束。

但你永远都不能放松。

也不会很快结束。

"极端主义,弗兰克说。极端主义正在席卷中东地区。你说得对,我们告诉他,但这种东西,他们又不可能对外出口,不是吗?如果他们要斩断窃贼的手,至少能把巴格达市中心的盗窃案控制在一个可接受的范围内。因为我们刚打了胜仗,不是吗?我们不想听你说什么下一场战争——至少现在还不想。"

"我觉得你可能有点糊涂了。"

"但是弗兰克,他觉得我们应该做好准备。因为这是一场持久战,他说。当你的敌人拥有核武器时,战争可能几秒钟就结束了。但如果你的敌人只有石头和刀,他们就会拉长战线,培养憎恨你的后代,他们会把仇恨一代代传递下去,准备打一场持续百年的战争。"

"我真的不认为——"

"你看,他已经有一个完善的人脉网了。一个即便在一年前都难以想象的人脉网。几个克格勃特工,还有来自其他苏联卫星国的人。几个德国人,一个法国人。他管这些人叫他的彩虹联盟,哈!"他突兀地笑了一声,"他说要集各家所长,这些人比世界上任何政府机构都了解如何反恐,因为他们两边都做过,你明白吗?黑色行动。弗兰克说,只要给他们一些资源,他们就能建立一个应对未来的杜鹃计划。他说这是以毒攻毒,你要是想打败极端主义者,就要培养自己的极端主义者。"

他看向女人,她没有把他说的话记在笔记本上。

她说:"所以你就授权他去做了吗?"

"当然不是,我们当然不会那么做。"大卫·卡特怀特说,"他是个疯子,我们让他滚蛋了。"

* * *

科干咽了口唾沫，咳嗽了一声。极富同情心的兰姆先生又给自己倒了杯酒。

站在暗处的凯瑟琳说："我受不了了，你去让他喝口水吧。"

兰姆说："什么，他渴了吗？你渴了吗？渴了就说啊。"

"问题就是，"凯瑟琳说，"他不擅长表达自己的需求。"

出乎所有人的意料，科开口说道："我没事。"

"看吧。"兰姆说，"他没事。"他在椅子里陷得更深了，看起来就像一幅达利的画。"只要我们不拿出美工刀，他就没事。"

听到这句话之后，科能感觉到空气微微震动。他知道，只要闭上眼睛，就能看到尖锐的刀锋划开腹腔，然后他肚子里的器官就会滑落地面。

"你该不会是要恐慌发作了吧？"兰姆友善地问道。

"不。"

"你会害怕这样的事发生吗？"

"你有完没完，杰克逊，放过他吧。"

科说："关于那个杜鹃计划，还有一些传言。"

当然，永远都会有传言，间谍最爱这种故事，所以他们才会是间谍。

凯瑟琳却说："这些谣言都是从哪里传出来的？"

"培训课上的一个老师。"科思考了片刻之后说道。那时他还是一个完好无损的人，重温这些记忆感觉很奇怪，就像在别人家的阁楼里翻箱倒柜。"当时我们被分成不同小组，做情景模拟游戏，这是其中一个小组被分到的课题——就是柏林墙倒塌的时候。"

"那群书呆子。"查普曼说。

兰姆说："是啊，他们喜欢玩远程操控，不会去实地执行任务。跟我说说这个模拟的情景。"

"有个美国人前来接触摄政公园,是政府的人,他想详细聊聊杜鹃计划。他认为,与其将杜鹃计划设计成针对某个国家,他更希望看看能否利用这个计划……培养极端分子。养育一个狂热分子的原型。不得不说,他还是很超前的。在西方意识到人体炸弹的存在之前,他就已经想到了。"

"那么,"查普曼说,"他打算怎么培养极端分子?"

"灌输教育。只要有恰当的环境,你就能把孩子培养成任何你想要的样子。天主教徒、共产党员、芭蕾舞者、狂热分子。"

查普曼看向兰姆:"一个美国人。弗兰克?"

"勒阿布在法国中部,不是沙漠里的训练营。"兰姆说,"在那儿长大的孩子更有可能变成一堆爱吃奶酪的嬉皮士,而不是自杀小队。"

凯瑟琳站在阴影中,说:"但这个计划从来没有实施,对吗?没有人批准过,所以我们才说这些都是谣传,是故事,从来没有出现在课程大纲里,不是吗?"

"我刚才说他是政府的人,但实际上并不是,他是前特工。"科说,"曾在美国中央情报局工作,但有人发现他不可信,之后他们就把他赶了出去。所以他的这个杜鹃计划从来没有实施过,只是成了茶余饭后的谈资。"

"那勒阿布又是怎么回事?"查普曼问。

兰姆说:"如果他没从自己的团队那里得到官方支持,也没从摄政公园得到支持,就必须走后门了。猜猜是谁把门打开了?"

"卡特怀特?"查普曼说,"得了吧——卡特怀特?"

"这么多年后,他们又想把门关上了。"兰姆说,"所以,是的——是卡特怀特。"

"天哪。"凯瑟琳说。

"你又怎么了?"

"为什么是现在?"她说,"为什么过了这么久,才想到要掩埋真相?"

兰姆眯起眼睛,把烟在一个堆满了烟头的咖啡杯里按灭。

"怎么了?"恶犬萨姆说。

"你没发现吗?"凯瑟琳说,"杜鹃计划,人为培育的恐怖分子……"

"该死。"J.K. 科说。

"韦斯特艾克斯爆炸案。"兰姆说。

12

克劳德·惠兰恍然想道："会有许多人因此落泪。"这句话出自一首早已被遗忘的歌，他曾在过去的某个瞬间听过。高脚杯放在熨烫平整的桌布上，餐厅的窗外是大海，雨水拍打着玻璃。如果他去问克莱尔，她应该会知道具体年份、日期，是哪次度假，还有酒店的名字。这类细节他完全记不住，他记忆事实的能力仅限于工作。工作之余，他看任何事都像是在远眺，就像酒店窗外的景象，还有一些随机的细节，比如高脚杯，还有整洁如新的桌布。

此时，他站在楼梯间里，暂时远离情报中心。他可以趁现在给克莱尔打个电话，告诉她自己会晚一些回去。她很理解，当然了。他是军情五处的局长，首都还在韦斯特艾克斯爆炸案的余震中惊魂落魄，整个国家都摇摇欲坠。她很重视忠诚。如果他说自己可能很快就会下台，她一定会感到惊讶的。

"你要花多久都行，不用着急。"她说。

"谢谢你，亲爱的。"

"我把另一张床先铺上。"

如今，在那家度假酒店的千里之外，他看着雨水沿着窗户滑落，沉思着忠诚的含义。忠诚会把人拉往不同的方向。今天早上他第一次参加内阁紧急会议，他的二把手却让他变成了一个骗子。奇怪的是，他竟觉得她的理由很有说服力。但背叛总是诱人的。而且他也有办法脱身，当然了：做好他的工作，抓住坏人，问题就会消失。他本来就想这么做，所以又有何难？

但他知道，以克莱尔对道德那种不管不顾的高要求，她肯定不会这么想。她肯定恨不得他现在就给首相打电话，提交辞呈。情报局闯了祸——何止是闯了祸，甚至还把自己的弱点打包交给对手，说：给你了，尽情施展吧。这些都发生在他上任之前，但这并不重要。即使他们闯祸时你不在场，但只要被发现时你站在错误的地方就足够了。

惠兰知道，直接坦白不仅是更高尚的选择，也很可能是更安全的选择……但是，该死的，他想起了戴安娜说过的话："我们会被封锁，克劳德。然后政治保安处就会翻遍所有人的抽屉。到时候剑桥五杰的丑闻看起来就会像是在花园派对上的闲聊。"

所以，他不光会成为任期最短的局长，还会在这短暂的任期内见证情报局被封锁、限制，仿佛一个站在自己的军事法庭上旁观的局外人。

他摘下眼镜，用西服外套的袖口擦了擦镜片。每逢这种脆弱的时刻，他就会想起自己在河对岸使用的代号：加拉哈德[①]。所有的黄鼠狼——没错，大家就是这么喊他们的——所有做情报工作的黄鼠狼都有自己的代号。这样会让他们觉得自己也能变得像真正的特工一样。所以，他的代号是加拉哈德。克莱尔很喜欢这个名字，说他是她"英勇的骑士"。但是现实中真的有那样的骑士吗？还是说，他们只是一群有点才华的乌合之众？无所谓了，想起自己曾经是加拉哈德，他又重拾了信心。晋升后，他被迫更

---

① 加拉哈德（Galahad），亚瑟王传说中的圆桌骑士之一，兰斯洛特与伊莱恩之子，是最纯洁高尚的圆桌骑士。

换了代号，现在是 RPI。实用，却很无趣。有人来了，他不再是独自一人。于是他停下擦拭眼镜的动作，把眼镜戴了回去。

戴安娜·泰维纳找到了他。"有新闻。"她说。

他等待着。

"亚当·洛克希德，其中一个……"

"产品。"他说。

其中一个冷身份。

"他出现了。"

惠兰不由得松了一口气。"在哪儿？"

"在欧洲之星列车上。过海关时他的护照跳出了提示，列车五分钟后到达伦敦。"

"你要逮捕他？"

"我派了弗莱特。"她顿了顿，"最好不要有任何……正式交接记录。以防万一。"

惠兰再次看向窗户。是看向窗户本身，而不是窗外。雨滴蜿蜒曲折地流向窗沿，好像这才是穿越玻璃表面最安全的路径。

抓住坏人，他想道，问题就会消失。

"好，"他终于说道，"如果有新消息，及时向我汇报。"

登上列车之前过海关时，他感觉对面好像拉响了无声的警报。"祝您旅途愉快，先生。"当然了，谢谢你。但是瑞弗能看出来，出入境管理员把护照递还给他时，屏幕上出现了什么消息，她微微皱眉，可爱的圆脸上出现了一种紧张的情绪。应该是出现了红色警报，但警报级别不高，他们还不会阻止他上车。

但也可能是因为对面想让他尽快回到英国，少生是非。

所以他坐在车上，看着灰色的冬日景象隐入黑暗。列车驶入海底，瑞弗不禁想道：他到底给自己挖了一个多大的坑？用别人的护照出国旅行，这可不是什么好主意。但他总可以声称自己是情报局特工，在进行卧底工作。虽然对于听说过"斯劳部门"的人而言这就是一句笑话。但是用一个刚刚去世的人的护照，而且还用了两次？做这种胆大包天的事需要强大的自信，他刚才装出来的那些可不够。

最后他还是睡着了，醒来时列车已经到达伦敦。现在是傍晚，天气依然糟糕透顶。瑞弗没有带行李，第一个来到了站台，加入了圣潘克拉斯车站攒动的人群。车站里到处都是人，乱糟糟的。他决定直奔地铁站，这是甩掉跟踪的最佳手段。

他很确定有人在跟踪他。

虽然他已经离开了特工王国，却又回到了间谍街。

艾玛·弗莱特看到他从火车上走了下来：一个金发青年，肌肉还算匀称，没有带行李。当然还有其他候选人，但她觉得应该就是他了。于是她把手机举到耳边，这在大部分地方都是绝佳伪装，然后对德文·威尔斯说："应该就是他。"

"收到。"威尔斯说。艾玛联系他的时候，他刚回到城里，现在坐在车站外一家连锁寿司店的高脚凳上。"准备好了吗？"

"就等你开始行动了。"她说完，把手机塞回口袋。有些工作必须要用到两只手。

他刚睡醒，整个人都头昏脑涨、脚底打滑。突如其来的法国之旅仿佛变成了久远的回忆，相反，昨晚发生的事愈发历历在目。他想起了枪握在手里的重量，还有亚当·洛克希德被轰得粉碎的脸。想起外公从浴室前往厨房，在墙上和楼梯上留下鲜红的血迹。瑞弗来找他的时候看到的就是这样一幅景象。

我知道他不是你。

但现在瑞弗就是他，或者说，瑞弗用了他的护照。亚当·洛克希德，又名伯特兰，弗兰克的儿子。一个法国和美国的混血儿，用着英国人的身份。他不禁想道，勒阿布到底发生了什么？外公又知道多少？也许外公手上的鲜血远比留在家具上的更多。瑞弗一直知道老家伙是个间谍，但有些部分他故意讲得很模糊。外公手上肯定有很多人命，有时是出于疏忽，有时是必要的牺牲，有时是故意针对。但他并不知道，老家伙到底有没有亲自扣动扳机。如果双手沾满鲜血的大卫·卡特怀特第一次亲自扣动扳机，是在他已神志不清的时候，那也未免太过讽刺。虽然他不确定"讽刺"这个词能否用在这里。

他走出圣潘克拉斯车站，前往最近的地铁站。这个站台也能通往国王十字车站。瑞弗永远不会忘记车站瘫痪的那个早晨。那是早高峰时期，他搞砸了一次评估测试，认错了"恐怖分子"的特征——蓝色衬衫，白色T恤——造成了预估一百二十人伤亡，损失二十五亿英镑的潜在旅游收入……他不知道这些数字是怎么算出来的，但这并不重要。因为无论如何计算，结果都是一样的：瑞弗变成了"下等马"，国王十字车站就是他没能跨过去的那道坎。待在这里就像往指甲缝里扎了一根牙签。如果可以，他也想把斯劳部门炸个底朝天，但他就是因为"炸"了国王十字车站才会沦落至此。

忽然有人从背后接近了他，在他能转身之前，一只有力的手臂抓住了他的胳膊。

"亚当·洛克希德?"

抓住他的是一个男人,但说话的是一个女人。一个光彩夺目的金发美女。

"你们好像认错人了。"他说。

"我们很快就能知道了,不是吗?"

不知为什么,她手里拿着他的护照。到处都贴着小心盗窃的海报,但没人说过专业小偷会跑来和你当面对峙。

"没错,这个人就是你。"她打开护照,说道,"亚当·洛克希德,还是你刚才没听清楚?"

瑞弗被带到了街上,三人肩并肩走在一起,就像一起去开会的同事。"我是情报局的特工。"三人走入灰暗的暮色中时,瑞弗说道。

"好极了。"她说,"因为这样一来,我手上的权限就会大到让你难以置信。"

对于一个警察而言,很少有什么能像逮捕犯人一样令人感到满足。只是之后,一旦律师、皇家检察署和司法系统介入,这件事就会变成一系列的文书工作和漏洞检查。她已经不是警察了,这也不算是逮捕,但当艾玛·弗莱特上车,和"囚犯"一起坐在后座时,还是感到了一阵轻微的愉悦。德文也沉浸在这个瞬间的喜悦中,她看他放松的肩膀,还有他随手把停车罚单扔到脚下的动作就能明白。

但是同样的,警察的直觉让她在看向"亚当·洛克希德"的时候本能地感到有哪里不对。

现在是晚高峰最后的余韵,德文驶入拥堵的本顿维尔路,洛克希德回头看去:"这不是去总部的方向。"

确实如此。他们要去的是另一座安全屋。如果情报局进军房屋出租领域,他们就不用担心财政削减了。但反过来看,那样他们在搞清楚下一步该如何行动之前,就无处安置亚当·洛克希德这种麻烦人物。

"不要让别人接触他,不要拷问他,有必要的话可以限制他的行动。"这是戴安娜·泰维纳给出的指示。艾玛觉得自己越来越像戴安娜的私人跑腿,而不是监察部的老大。

"他是谁?"她问道。她觉得这个问题很合理,但泰维纳的怒火几乎融化了她的手机。整整二十分钟,泰维纳压抑着怒火把她骂了一通,最后再次重复了一遍指令:不要让别人接触他,不要拷问他,有必要的话可以限制他的行动。

若不是因为发生了上面的事,艾玛也不会问洛克希德这个问题:"我们见过吗?"

他愣住了,表情相当严肃。"如果见过,我一定会有印象的。"

是他上唇的那颗痣。倒不是她认出了什么,但它确实勾起了某段模糊的回忆。她再次打开护照,看着上面的照片。不是同一个人。虽然很像,但护照上的人没有那颗痣。一句话呼之欲出:"不过你们需要一把镊子和筛子才能找到了。"她差一点就想起来了,差一点就能想起那关键的一幕,但就在此时,有什么猛地撞上了车侧。洛克希德跌在她身上,她的牙齿猛然咬紧,整个世界都闭上了眼。

* * *

速度还是不太理想。这里毕竟是伦敦，一般情况下，步行速度已是行驶上限了。在这种情况下，他是这样操作的：迎面而来的车流出现空隙时，抓住机会猛地拐过去，然后用尽全力，狠狠撞向那辆车的驾驶座。几秒钟后，他就离开了这辆刚刚偷来的车。因为今天早些时候的意外，他走路一瘸一拐的，但除此之外他并没有受伤。目标车辆的司机是个身材魁梧的黑人，反应明显迟钝，在正常水准之下。他只是呆坐在那里，被安全气囊吞没。

周围发出尖锐的刹车声，其他车辆也停了下来。行人对着他们指指点点。雨持续不断地落下，是制造事故的理想场景。

这是今天第二次了。

之前在车库前院被出租车撞到，虽然他几乎没有反应的时间，但身体无视了大脑，本能地翻上车顶，在轮胎摩擦地面停稳之前就跳了下来。帕特里斯隐身到萨姆·查普曼想要藏进的小巷里，但是比他更成功，因为没有人来找。他们都忙着从地上爬起来，大雨瓢泼，天空偶尔发出低吼，似乎不希望他们误以为天气不会变得更糟了。等他重新走回大路上，街上几乎没有人了。排水沟里的水旋转着，夹杂着油渍，积水淹没了路口。

没有什么比雨水更擅长清空街道了。

他给家里打了电话，虽然他并不想这么做，但他必须遵守规定。

"包裹配送失败。"

对面是一阵沉默，沉默沿着电话线从欧洲来到他的耳边。但他不知道对方在欧洲的哪里，这也是规定的一部分。

终于，弗兰克开口了："你暴露了吗？"

意思是有没有受伤，或者被抓住。

帕特里斯说："我没事，拿的是金牌。"因为拿任何其他奖牌都意味着情况不妙。他翻过出租车时撞到的伤不值一提,如果你不会被拖慢速度就不叫负伤。如果不会,你拿的就是金牌。"是金牌。"

"伯特兰的信号亮了。"

帕特里斯听到这句话,眼神同样亮了起来。这很不专业,但他控制不住。如果伯特兰还活着,事情也许还有转机。当然,伊夫已经不在了,他作为疯狂的殉道者把自己炸成了碎片。但这并不意味着一切都结束了。他们还要收拾他留下的残局,给所有知道他们是谁、在哪里的人盖上冰冷的裹尸布。这才是伊夫真正留下的东西。他想要达成自己所谓的"使命",却让其他人不得不替他抹除他的过去。

但他的过去也只有碎片。就像帕特里斯,或者伯特兰。他们都是这样。伊夫的童年还没真正开始,就被剥夺了。取而代之的是弗兰克想要的:无条件服从他的命令,不依赖任何人。弗兰克会让他与世界建立联系,只是为了让他主动割舍一切。帕特里斯还记得,伊夫七岁的时候,弗兰克给了他一张母亲的照片。这是伊夫第一次看到她。弗兰克让他盯着照片看了整整五分钟,然后给了他一盒火柴。伊夫没有丝毫犹豫,把烧毁的照片在脚下碾碎,眼中闪烁着残忍而快乐的光。

伊夫向来比其他人激进。帕特里斯有点害怕伊夫,只有一点。他有时想知道弗兰克是否也害怕伊夫。

伯特兰是帕特里斯无法割舍的朋友。如果伯特兰还活着,他们就可以一起完成这个任务,然后离开这个该死的小岛。

但是最终他只说了一个词:"在哪儿?"

"圣潘克拉斯车站,洛克希德的护照。"

永远不要问弗兰克是从哪儿得来的情报。你只要知道,他有自己的情报网，大多是中情局时期留下的线人。伯特兰的护照在海关引起了注意，有人在某处拿起了电话，但这也意味着，洛克希德这个身份暴露了……

他脑海中闪过这些想法，说："马上到。"

他挂断了电话。没必要等待进一步指示。在勒阿布的生活教会了他该如何行动，现在他要赶在事态进一步发展之前到达圣潘克拉斯车站。如果伯特兰的护照引起了警报，肯定会有相关人员在等他。在他们最不希望看到的结果中，伯特兰落入军情五处之手排名最高。

他为什么要坐上欧洲之星，去了哪里、理由是什么——这些疑问都可以暂且搁置。帕特里斯现在最需要的是一辆车。

幸运的是，附近有很多辆车可供选择。

那辆车冲上来时，瑞弗的头撞到了车顶，又撞到了失去平衡的金发女人。他们的车——虽然不是他的车，但他现在开始跟车共情了——飞向了侧边栏杆，导致袭击他们的车向后弹出几码，挡在路中间，造成了交通拥堵。他没有闻到烟味，但空气中弥漫着汽油和金属摩擦的味道。车被撞坏了。

眼前的景象既扭曲又不真实，他过了一会儿才反应过来，是安全气囊弹出来了。

他费尽全身力气，把手举在眼前。没有脑震荡，但暂时还无法自由行动。他的手看起来很陌生。有那么一瞬间，他想起了台面上兔子的尸体，却不明白自己为什么会想到这个画面。下一个瞬间画面就消失了，眼前只剩下自己的手。他头痛欲裂，但没有脑震荡。

司机痛苦地呻吟起来，呻吟声被安全气囊淹没。与此同时，女人直起身，摇了摇头。她完美的脸上肯定会出现严重的瘀伤——如果他们能活过接下来这几分钟的话。

有人从敌方车辆中走了下来。

金发女人的西服外套敞开了，瑞弗能看到她的枪套，里面放着一把黑克勒－科赫枪。他刚握住枪柄，就被她抓住了手腕。她哼了一声，没有说话，但是听起来很生气。瑞弗收回手，试图打开车门，但门被栏杆卡住了，打不开。金发女人有些笨拙地伸手去拿枪。"德文。"她可能有些脑震荡，也可能只是水土不服。瑞弗手边的门还是打不开。

但她那边的门可以。一个年轻人探进头来，他五官深邃，皮夹克上沾满了雨水。瑞弗认得他，见过他的照片。也许这个年轻人也认识瑞弗，因为有一瞬间，他脸上闪过了一系列复杂的情绪。他先是认出了瑞弗，然后满脸困惑，最后又露出了失望的表情。他的神色再次变得难以捉摸，恰在这时，女人终于掏出了枪，对准他。

"后退，"她说，"趴在地上。"

她的语气强硬，坚定有力。

但是年轻人的注意力不在她身上。他正盯着瑞弗。

金发女人解开安全带，靠向敞开的车门，枪又向年轻人的脸逼近了几分："立刻！"

他后退了一步，举起双手，但并没有高举过肩。

女人爬出了车。

帕特里斯不担心枪，至少不担心肉眼能看到的枪。能被看到的枪只是为了作秀,为了用枪口指着其他人,对他们大喊大叫。喊出来的台词无非就是:举起手来,趴下,摆好姿势。但不会有更进一步的行动了。就算你不照做,那些想让你趴在地上的人也不会对你开枪。因为如果他们真的想开枪,就不会让你趴在地上,而是会直接开枪。

所以那个女人不是问题,问题是那个男人。因为他不是伯特兰,但是在刚才的那个瞬间,帕特里斯错把他认成了伯特兰。他们的外表十分相似,无论是发色、眼睛,还是神情。有什么不太对,仿佛在皮肤底下蠕动,就像一条虫子钻进了苹果里。

天空发出了一声低吟,阴雨连绵不绝。

不远处传来了警笛声。

女人走出了车,双脚分开,手臂举起,稳稳地站在地上。她的左手托着右手手腕,说明她以前也许用过枪,或者她看过一些电影。

"我说了,让你趴下。"

"这里发生了什么?"

帕特里斯都不用转身就知道是一个平民在说话。

女人的眼神没有离开帕特里斯,说道:"先生,请你回到车里。这里的情况由我们来负责控制。"

"你确定吗?"帕特里斯问道。

"闭嘴,趴在地上。"然后她又对插话的陌生人重复道:"先生,请你回到车里!"

"我要打电话报警了。"

"可以,没问题,但是要回车上打。"

帕特里斯说:"真是越来越复杂了,连平民都来凑热闹。下雨也只会让情况恶化,路上这么堵,警察应该很难赶过来吧。"

"我说了让你趴下。"

"地面是湿的。我要和你的囚犯说话。他是你的囚犯,没错吧?"

无论他是不是囚犯,此时他都从车里钻了出来,一只手扶着车顶稳住身形。帕特里斯觉得很惊讶,人类的身体竟然会因为车祸这种小小的意外就受到如此巨大的冲击。但话说回来,这也要看当事人是否预料到了会有类似的事发生。

"快,趴,下。"

又是那个女人,她语气强硬,仿佛想强调自己不会再说第二遍。但就像帕特里斯刚才想的那样,如果她真的想开枪,肯定早就这么做了,但她直到现在都还没动手。

他上前一步,双手依然举在肩膀的高度。身后再次传来那个路人的声音,大喊着说要报警。密密麻麻的雨滴敲在车顶上,将他的话语淹没。除此之外,还有一种悦耳的嗡鸣声,来自帕特里斯刚刚偷走的那辆车的引擎,此时急需医疗急救。人行道上雨伞聚集,仿佛即将上演一段音乐剧。

女人说:"我不会再——"

就在这时,男人开口道:"帕特里斯。"

"——说第二遍。"

"帕特里斯。"

声音来自她身后——是那个叫作亚当·洛克希德的男人。忽然间,一片拼图嵌进了画面。他们互相认识,这可能是一次救援行动。她侧过身,这样就能把两人都纳入射击范围。德文还在车里,艾玛希望他没有受伤,因为她现在真的很需要后援。

脑海中那根弦再次被牵动。不过你们需要一把镊子和筛子才能找到了。这句话是杰克逊·兰姆说的。酒精，香烟，无数的罪恶，那个脏兮兮的老间谍身上散发着这样的气味。他错误地指认了瑞弗·卡特怀特的尸体，因为真正的瑞弗就站在她面前，上唇还有一颗痣。

即便如此，那个开车撞向他们的男人也没有趴下，甚至还上前了一步。如果他觉得她不会开枪，那他可错得离谱。他随时有可能死在她的枪下，因为韦斯特艾克斯的爆炸案刚刚过去三天，那些孩子被无情地炸成了碎片。如果现在不是恶棍和暴徒的狩猎季，各路小报就不会那样大肆渲染了。

"帕特里斯？我刚刚从勒阿布回来。"

"闭嘴。"她紧盯着帕特里斯说道，"你回车里。"

"那个地方被烧毁了，帕特里斯。已经什么都没有了。"

"我知道。"帕特里斯说，艾玛张开了嘴，想要最后一次警告他趴在地上，不然她就要开枪了。她不在乎自己说出这句话的视频会不会被上传到 YouTube 上，但她并没有开口，因为帕特里斯忽然拉近了距离，她伸直的手臂指向天空，枪走火了，一片混乱。

人行道上，雨伞四散逃开。路上，车流再次开始向前，却无处可去。

枪已经不在她手上了。帕特里斯拿着那把枪，对准了她的脸。

瑞弗想，如果帕特里斯说了什么，比如把她说的话还给她——快趴下——就不会让人感觉这么危险，好像失去了主动权。但即便如此，他们现在面临的问题也很严重。

因为，他觉得帕特里斯会开枪打死那个女人。

他会这么想，一方面是由于刚才走火的那声枪响。响声依然回荡在上空，一颗子弹撕裂了和平的日常，更多的暴力将会从伤口中溢出。

"帕特里斯？"他再次开口，着重强调语气中的疑问，"帕特里斯？不要做傻事。"

考虑到帕特里斯刚刚开着一辆车，在拥堵的伦敦街道上撞飞了另一辆车，这句话并不如期望中那么有力。于是他向前一步，伸手挡住了那个女人。说到做傻事：要想用胳膊挡住子弹就和用黄油挡住刀一样困难。

他说："叶夫根尼不会希望你这么做的。"

"……你到底是谁？"

"告诉他，把枪放下。特警部队很快就会赶到这里了。"这次说话的是那个金发女人，她的声音依旧镇定非凡。雨水打湿了她的头发，贴在头皮上。瑞弗认识一些女人，光是因为雨水弄湿了头发就可能会歇斯底里，忘记车祸和那把枪的事。

但她的这句话对现状毫无帮助。

"闭嘴。"他对她说，然后对帕特里斯说，"但是她说得没错，你还剩下不到一分钟。"

"二十秒。"她说，"最多。"

但是，瑞弗想道，前景也许并不如她想象中那么美好。一旦警察到场，最糟糕的情况就是待在持枪人身边。作为一个以不配带武器为荣的警队，伦敦警察局最近积累的平民伤亡数量相当可观。当然了，必须要统计出所有没被枪击的平民才算公平——但这句话最好留到旁观时再说，而不是直面枪口的时候。

而且，在他们被乱枪打死之前，他真的很想听一听帕特里斯的故事。

"你是谁?"帕特里斯重复道。

"亚当·洛克希德。"瑞弗说。

这个名字在帕特里斯的眉间刻下了一道痕迹。"不,伯特兰在哪儿?为什么……"

警笛声越来越近了。但你真正应该担心的是那些不会发出声音的东西。他们会躲在车辆背后,或者从高处俯瞰三人。

帕特里斯肯定也想到了同样的事。他放下枪,说:"好吧,我们走。"

"我们?"金发女人问。但就在这时,帕特里斯顺势用空出的手精准地击中了她的喉咙,动作如行云流水,像一条在水中来去自如的鳗鱼。她一声不吭地倒在了地上,她的声音要过一会儿才能恢复了。

瑞弗对准帕特里斯的侧脸挥出拳头,不知为何没能打中目标。拳头落进了他张开的手掌中,他握住了瑞弗的拳头,狠狠地用力挤压,疼痛甚至通过拳头传到了脚趾。

帕特里斯就像在挑选水果一样,淡然地开口道:"我们走——你和我,不然我就在这儿杀了你。"

听起来他保留了在别的地方杀掉他的选项,但瑞弗觉得自己别无选择。

"那里。"帕特里斯说,指着拥堵路面的远处,一条窄巷前。一小群人在那里聚集,但帕特里斯开枪之后,不少人已经逃开了。

瑞弗拔腿就跑,帕特里斯紧随其后。身后的声音逐渐消失。警笛的悲鸣在雨中跃动,人们还不知道发生了什么,拥堵的路面上响起此起彼伏的喇叭声。金发女人跪在道路中间,气喘吁吁,艰难地想要重新学会呼吸。

13

不久前，雪莉在墙上挂了一块告示板，类似建筑工地门口的标识，上面写着：工地已经××天没有发生事故了，她的告示板上则写着：何已经 ×× 天没有犯浑了。她还做了一张数字牌，可以插进空格中。其中一面写着数字零，另一面也是零，这样她就可以轮换着放。她觉得很有趣，就是这样的小细节让办公室生活变得不那么令人难以忍受。

于是她将数字牌翻过来，然后瘫坐到椅子里。现在已经过了下班时间，换在平时，这些"下等马"不只是遵守上下班时间，而是到点之后绝不久留。但今天不是平日，所以没有人离开。她加入国家安全情报局是有原因的，就算最初的热情早已被杰克逊·兰姆磨灭，每逢有"大事件"发生时还是会被重新点燃。这些事件往往都很刺激，但她总被排除在外。

就像现在，她的收件箱里突然收到了谷歌的突发事件提醒。

"你看到这个了吗？"她问。

她在和马库斯说话。路易莎也在，脚还泡在盆里，就像一个二十世纪七十年代情景喜剧里的角色。但她此时正闭着眼，没有回答。马库斯也没有。他正聚精会神地盯着自己的屏幕，听他的抱怨声，雪莉猜他可能又在线上赌场下错了注，或者正在查看自己的银行账户。最近马库斯遇到了一些财务上的问题——不，这样说还是太轻描淡写了。最近,马库斯和金钱在闹分居,前景不太乐观。雪莉觉得,过不了多久,钱就要永远地离开他了。钱会走出他的家门,只留他孤零零的一个人在世界上,除了他的老婆和孩子。

就这样,他还坚持说她是有问题的那个人。

"看到什么?"他头都没转地问道。

那条突发事件的标题里写着伦敦市内武装恐怖分子。

"是 YouTube 上的视频,"她说,"妈呀,那不是瑞弗吗?"

她点击再次播放,画面很模糊,因为下雨变得更模糊了。有人用手机拍下了本顿维尔路的一个路口,看起来像是一个车祸现场。一辆车把另一辆车撞进了栏杆,横在路中间,发动机还冒着蒸汽。一个男人倾身去看遭到撞击的车辆,似乎想确认车内人员的安危,但他突然举起双手,后退了几步,一把手枪出现在了镜头里。

"这是什么时候的事?"

路易莎不知不觉来到了她身后,光脚站在地上,盯着她的屏幕。

"几分钟之前。"

拿枪的是一个金发女人。她从车里出来,用枪对准那个男人,然后——

"在那儿,看见了吗?那是不是瑞弗?"

一个手无寸铁的男人出现了,但并不清楚他是站在哪一边的,因为那个女人似乎执意要将他也纳入射击范围。

"也许吧。"马库斯也加入了他们,"显然他惹她生气了。"

但视频拍得不够清楚,他们无法确定。里面的角色不停地失焦,拿着手机拍摄的人显然很兴奋,镜头在上下抖动。

忽然间发生了什么事,他们都没看清楚。第一个男人动了一下,枪走火了。镜头外的看客发出了惊呼,画面先是转向天空,紧接着变成了人行横道和奔跑的双脚,背景中的人群骂了几句脏话,问彼此有没有看到刚才发生了什么。

视频结束了。

"再播一遍。"路易莎说道,"暂停在瑞弗的画面上。"

他们又看了一遍前二十分钟的内容,雪莉按下暂停键之后大家都凑了过来。

静止的雨水把三人的身影模糊成灰暗的轮廓。

路易莎说:"是的,没错,我觉得是他。"

雪莉点击播放键,画面再次动了起来。枪响,街灯下的雨水,人行道,还有慌乱逃窜的人群。

"这是什么时候的事?"路易莎说。

"不久之前,"雪莉说,"十五分钟之前?"

"有文字信息吗?"

雪莉向下滚动页面,找到了一条有用的信息,标题是太劲爆了!,紧接着是一大段专业人士的精彩评论:

那哥们儿有把枪

恐怖分子开车不会开直线 笑死

我勒个去 伦敦市到底肿[①]么了!!!

"那是本顿维尔路?"路易莎问,一瘸一拐地走回椅子边,弯腰去拿自己的袜子。

"你真的要出去?"

"我只是瘀伤,又不是瘸了。"她怒道,用纸巾擦干脚时痛得

[①]原文为 hapening,是一处故意的拼写错误。此处为意译。

倒吸了一口冷气。

马库斯耸了耸肩:"随便你吧,但外面还在下大雨。"

雪莉又在看视频了。"所以他白天去了趟法国,刚回来就被卷进了这种事?凭什么好玩的事都发生在他身上?"

马库斯说:"你能把这个视频处理得更高清一点吗?"

"不能,但我很确定这个人就是瑞弗。"

"我想看的是另外那个人。"马库斯用手指着屏幕,"好像是今天下午那个浑蛋。"

两人都抬起了头,但路易莎已经离开了。

"我们要一起去吗?"雪莉问。

"她会没事的,那地方肯定到处都是警察。"

雪莉倒不是担心路易莎的安危,只是不想错过好戏。但如果警察在那里,就说明好戏在别的地方。大家都知道,警察总是在事件发生后才姗姗来迟。

她说:"科刚才被兰姆喊过去了,对不对?"

"我好像听到他下来了。"

"我要去找他聊聊。"她说,"我想知道他们都说了什么。"

萨姆·查普曼说:"所以,现在怎么办?"

"再来一杯吗?"

"这就是你的回答?"

"你还有更好的选项吗?"

恶犬萨姆叹了口气,把自己的杯子推到了桌子对面。

兰姆对J.K.科点了点头,他就离开了。密密麻麻的雨滴砸在窗户上,打散了思绪。在这座城市的某处,酒吧里人群逐渐聚集,天气变成了主要的讨论话题。韦斯特艾克斯爆炸案就像无法摆脱的宿醉,渐渐被人淡忘。这只是你不得不接受的事实,不需要被反复拿出来讨论。伦敦总能克服这些妄想挫败其精神的企图,就连七月七日的爆炸案都没能让这座城市停下来。不过,兰姆会指出,每年纪念日的时候,默哀的两分钟倒是会让它慢下来。

凯瑟琳看着他给查普曼的杯子倒满酒,说:"这确实能增进你们的感情,我知道,但我们真的要假设大卫·卡特怀特二十多年前设立的计划导致了韦斯特艾克斯爆炸案吗?"

"你这么一说,"兰姆说,"听起来确实像只有酒鬼、过气间谍和应激创伤的疯子才会想出来的主意。"

"我大概能猜出来我是哪个,"她说,"但我猜不出来你是哪个。"

"我不包括在内,我只负责抛砖引玉。"

"无论如何,"查普曼说,"难道我们不应该把这件事上报总部吗?戴安娜·泰维纳现在还负责行动组吗?"

"哦,当然了。"兰姆说。

"我猜你和她不能算是好朋友。"

"我们会打电话,偶尔还会见面。每过一段时间,她就会试图谋杀我。"他动了动屁股,"我不记得自己有没有结过婚了,但如果我结过,应该差不多就是这样。"

查普曼对凯瑟琳说:"他不是在开玩笑吧?"

"不是。"

"那个新人,惠兰呢?"

兰姆向后靠去,进一步折磨屁股下的椅子。如果发出这种叫声的是活物,你可能就要打电话喊兽医,甚至报警了。"我能想象出会发生什么。"他说,"嗨,克劳德,你知道那个炸弹吧?嗯,其实那是情报局亲手干的好事,把他养大又送了出去。你想打电话给媒体开个记者会吗,还是我来?"

"谁都没说他们听到这个消息会开心。"查普曼说,"但是他们必须要知道。"

"或许他们已经知道了。"兰姆说,"无论来杀老家伙的人是谁,都是从法国来的。行吧,但今天下午那个浑蛋呢?他也是从同一个地方来的吗?还是说,总部已经开始行动了,正在清理碍事的人?因为这对上一任领导层来说算是基本操作。至于这个新人,我只知道他把格伦德尔的母亲①送到这儿来了,所以目前他还不在我的圣诞节送礼名单上。"

"你就是这么做关键决策的?"

"如果手头没有硬币可以扔的话。"

"这地方真是表里如一的差劲,对吧?"

"你了解我的,"兰姆说,"我向来追求最高的专业水准。"

他放了个屁,不知是作为刚才那句话的注释还是标点符号。

恶犬萨姆嫌弃地挥了挥手,说:"天哪,兰姆,你肚子里是有什么东西死了吗?"

"我以前也会想这个问题。"凯瑟琳静静地说,"但我很确定他向来如此。"

"多谢支持,"兰姆说,"现在去干点正事,把老家伙叫过来吧?"

瑞弗对外公的爱称在他嘴里变成了一种蔑称。

凯瑟琳说:"你认真的?你要审问他?"

---

① 出自叙事诗《贝奥武夫》,格伦德尔是一个巨人怪物。

"你这么说听起来太残忍了。"兰姆说。"我不会伤害他的,"他顿了顿,"应该不会。"

"你不许动他一根手指。"

兰姆对恶犬萨姆说:"她对年长的男人有种特别的迷恋。她的上一任领导把自己的脑花崩出来了,但这应该算是巧合。"

"你是查尔斯·帕特纳的星期五小姐。"萨姆·查普曼说,"我就说好像见过你。"

"星期五小姐?"

"他死之后我们聊了聊,不是吗?"

"你能觉得那算是'聊天',真不错。"凯瑟琳说。

她还记得,那次审问持续了好几个小时。帕特纳死后人心惶惶,每个人都被怀疑知道了不该知道的事。凯瑟琳知道的比她应该知道得还要少,却承受了"看门狗"的主要火力。她当时刚刚戒酒,因为这件事,她立刻开始怀念起那些酗酒到断片的日子。

有些人对她保证说他们也只是在完成工作,查普曼并不是其中之一。

兰姆说:"他要么知道得比声称的更多,要么就更少。无论是哪种,让我们来探究一下他历史中的空白,怎么样?"他动了动身体,椅子再次抱怨出声,"如果你不去找他过来,我就亲自去。"

她摇了摇头,但只是为了给自己一个交代,她的反抗也仅止于此了。因为兰姆说得没错,他们必须弄清楚大卫·卡特怀特都知道些什么。于是她起身,离开了阴沉的办公室,前去找他。

瑞弗的房间——现在应该是瑞弗和科的房间了,雪莉纠正道——此时有一半正笼罩在黑暗中。唯一的光源是科桌上的台灯，灯泡洒下圆锥形的橙黄色灯光。他难得没有戴着耳机听iPod，虽然双手放在桌面上，但似乎并没有沉浸在虚拟钢琴的演奏中。有那么一瞬间，雪莉甚至想转身离开，放他一个人去沉思。他那些想法肯定阴暗得要命，可不能让它们误触到什么脆弱的东西。众所周知：男人都是浑蛋，除非你能证明他不是。但科曾经对马库斯说：你要把我绑在椅子上，用刀切掉我的脚趾吗？这句话描述的场景太具体了，不太可能是随口说的。所以，是的，相当阴暗。但话说回来，他大可以再找时间独自沉思，现在不行，雪莉需要信息。于是她说："你被兰姆喊走了。"

他看着她走进房间，在他的桌边停下。

"你听到了吗？你的秘密已经藏不住了，钢琴先生。我们都知道你其实会说话。"

他的眼睛藏在兜帽的阴影下，像两颗湿漉漉的黑色石头。

"兰姆喊你去找他，无论你对他说了什么，必须再对我和马库斯说一遍。因为现在情况越来越糟糕，任何能派上用场的东西我们都需要知道。"

她还挺自豪能说出这番话，可惜没有什么成效。她有点烦躁。面对这么一块木头，任谁都会烦的，不是吗？

"有人想干掉查普曼。"她说，"瑞弗刚才被人拍到，给游客们表演了一场枪战。无论这是怎么回事，都和斯劳部门有关，也就是说和我有关。所以你知道什么就赶紧说，小子，别逼我动手。你明白后果吧？"

他肯定知道，所有人都知道雪莉去年在海斯附近收割了一大袋人头。但无论这个钢琴先生在想什么，他都没有丝毫表露。甚至，为了强调这一点，他从帽衫的口袋里拿出了iPod。

你怎么敢？她想道。

但他确实这么做了。他把iPod放在面前的桌子上，戴上了耳机。

于是她做了这种情况下唯一合理的举动：把耳机从他的头上扯下来。

但接下来发生的事有点奇怪。她的计划——如果可以这么说的话——原本是扇他一巴掌。用手掌意思意思，就连人事部都会认为他活该挨这么一下。但在她能碰到他之前，有什么尖锐的东西抵住了她的下巴，还向上顶了顶。他站了起来，两颗湿漉漉的黑色石头充满怒意。雪莉发现自己不由得踮起了脚，抓住桌子保持平衡。他倾身向前，指着她下巴的刀锋强迫她昂首。

"你不能碰我。"他说。

她眨了眨眼。

"绝对不能。"

她并不是没有办法脱身。比如，她可以把他推到一边，对着他的下巴或者肚子来一拳，或者徒手把他的睾丸拽下来。任何一个动作都只需一个瞬间。

但是另一方面，她在做完动作之前，刀很可能已经插进她的脑袋了。

"你明白了吗？"

走廊里，马库斯说："这他妈的怎么回事？"

没有人转头看他。

马库斯说："你，科，你把刀放下，好吗？"

科什么都没说。

"我警告你，如果必须要我过去亲自把刀拿走，我就会把它捅进晒不到太阳的地方。"

科说:"我会放下的。"

"……那就好。"

"但她必须先说出那句话。"

"说什么?叔叔?"

"她知道。"

有什么东西顺着雪莉的下巴滑落。也许是汗水,也许是血。她无法确定,如果她低头看,只会把自己的脖子在刀尖上戳伤。

"雪莉?"马库斯说。"你知道他在说什么吗?"他停顿了一下,"最好还是不要点头了。"

她舔了舔嘴唇。

她想,任何一个神经正常的人,都至少会看一眼马库斯的方向。但这整个对话过程中,科的目光都紧紧地锁住了她。

她只是想稍微教训他一下,让他学会什么叫礼貌。

她咽了口唾沫。

马库斯说:"小雪?"

她小声说道:"我明白了。"

科点了点头,手里的刀眨眼间就消失了。他把刀塞回帽衫口袋,坐回了椅子里。

雪莉用手摸了摸下巴,又看了看手指。

是汗水。

马库斯摇了摇头。

"他们已经监视我好几个星期了。"老家伙说,"还以为我没发现。闪烁的街灯,邮局的女人问东问西,再明显不过了。你没有把我的话记下来。"

"我们有隐形的小精灵负责干这个。"兰姆向他保证道。

"你觉得这么说会有帮助吗?"凯瑟琳问。

作为回答,他又给自己倒了一杯酒。或者至少尝试了一下,瓶子里剩下的酒不多了。

老家伙坐在房间中央。凯瑟琳在那里放了一把椅子,重新摆放了兰姆屋里的台灯,这样光就只会照亮房间,而不是直直地照向老人。她告诉自己:这不是一次审问。但她知道,在不知情的人眼中这可能就是一场审问。

但这整件事中最让她警觉的是,自己不知不觉中又变回了曾经的那个角色:斯劳部门的女管家,兰姆的看门人。难道这就是她的未来?继续围着杰克逊·兰姆这颗黑暗的恒星公转?她只要平稳地度过今天,保证老家伙的安全,把斯劳部门的灰尘从鞋子上掸去,再洗掉衣服上兰姆留下的烟味。

只是目前她还在这里,老人似乎也愿意配合。虽然他有点答非所问,但好歹是围绕着这个话题,迂回接近难以把握的真相。

"还有你,"他对查普曼说,"他们现在让你进屋了,是吗?我还以为你的工作是在车里等着事情办完。"

"时代变了。"恶犬萨姆轻声道,"和我们说说那天晚上的事。"

"哪天晚上?"

"就是有人去敲你家门的那天晚上。"兰姆说,"结果你直接对着人家的脑袋开了一枪。"

老家伙的眼中闪过一丝锐利的光芒。"你怎么知道的?"

"假设那些路灯是我们做的手脚。"兰姆说,"他假扮成了你的外孙,不是吗?"

卡特怀特说:"他就那么胆大包天地站在那儿,问为什么不开暖气，想让我和他说说今天都发生了什么。这都是演技的一部分，你明白吗？是的，他是想要假扮成……你说的那个人。我的外孙，就是那个人。"

兰姆刚想张嘴，凯瑟琳就开口道："别。"

"他说要给我放热水泡澡。好像我自己做不到一样，好像我真的想泡澡一样。"

他紧紧地闭上了嘴，仿佛不想再多说。

凯瑟琳想，他还没有完全恢复神志。就算恢复了，那个恢复神志的他也不在这里，而是在别的什么地方探头探脑。

查普曼说："他是敌人。"

老家伙盯着他。

"你保护了自己。"

"他没想到我有一把枪，不是吗？再想玩这种把戏，就要三思而后行。"

查普曼刚想继续说，却被兰姆打断了："我们认为他来自勒阿布，你有想到什么吗？"

"……法国。"老家伙说。

"没错，法国，所以名字才这么怪。你以前会去这个叫勒阿布的地方探望老朋友亨利，还记得吗？早在二十世纪九十年代，你的头脑还能正常运转的时候。但亨利的真名并不是亨利，对吗？而且——"

"你吓到他了，杰克逊。"凯瑟琳说。

"当时他正在执行一个杜鹃计划，记得吗？像个疯子，就像你现在这样，或许你只是在假装自己疯了？杜鹃计划，也就是把孩子抚养成他们本不应该成为的人。那个年代，所有人都想培养自己的苏联将军，为了能理解他们脑子里到底都在想些什么。但最后我们还是没有这么做，因为就算在冷战时期，这个想法也过于匪夷所思。但是你——"

"杰克逊……"

"——你没有让这些阻止你，不是吗？你还是直接去做了。"

他的声音变得越来越响亮，回荡在整个房间中。当他停止说话，屋里的空气微微颤动，仿佛正在恢复原样。老人的表情僵在了脸上，半是恐惧，半是困惑。凯瑟琳想：她可以结束这一切。把老人带出去，就算是在外面淋雨，甚至在摄政公园，都比坐在这里听兰姆释放内心的恶魔要好。

她差一点就要这么做了，但卡特怀特再次开口讲述起来。

在前往本顿维尔路的途中，路易莎差点错过了路口的转弯。不是因为她忘记了，而是单纯的惯性使然。她只要继续这样向北直行，路过那些商店和教堂，那些逐渐融入当地景色的清真寺和犹太会堂，一家她经常在回家路上造访的超市，一个帮现代人放松压力的公园……雨刷快速挥动，不到二十分钟，她就能开到自家公寓后的停车场，很快就能泡个热水澡，给自己倒一杯红酒，放点轻柔的音乐，听着窗外哗哗的雨声，然后沉沉睡去。但责任心还是占了上风，于是她在路口转弯，驶向本顿维尔路的犯罪现场。

现场乱得就像一个马戏团，只是少了几个小丑。警车蜂拥而至，每一个角落都能看到警察。有些正在和三两成群的平民说话，另一些围在一辆车边。她记得在YouTube上看过这辆车，就是撞上来的那辆。现在它自己看起来就像是一个受害者：车头凹陷，前灯的玻璃碎片散落在地，如同凝固的泪滴。受到攻击的另一辆车横着撞到了一排栏杆上。车祸现场总有一种氛围，仿佛这场灾难早已被写入车辆的初始设计，是不可避免的。警察只是来确认车祸是否如期发生，保证不要有什么遗漏。

她自己也感觉很糟糕，牛仔裤破破烂烂，腿也痛得要命。但肾上腺素是强大的止痛药。"好像是今天下午的那个浑蛋。"她跛着脚走下斯劳部门的楼梯时，听到马库斯说出了这句话。如果她还需要更多冲到现场的动机，那这算是一个。

她尽可能把车停得近一些，给旁边一个看起来经验丰富的警察看了眼她的工作证件。说他经验丰富，是因为他找了个能避雨的地方站着。他看到她的证件，露出了敬佩的表情。她想，如果哪天摄政公园发现了下等马的证件能让他们在外人眼中看起来像真正的情报局特工，他们可能就会把证件收回去，换成用早餐麦片盒做成的徽章。但在那之前，路易莎还是能从他口中套出一些信息：

是的，确实有人开枪了。

不，没有人受伤。

没有人被捕。

已经搜索过这片区域了。

有几个你们的人在那辆被撞的车里……

"我们的人？"

"奇怪的家伙。"警察说道。

她仔细看了看街道。路灯亮着，商店里也亮着灯，金黄色的方块透过窗户映在人行道上，但能见度很低，雨水把行人模糊成了卡通剪影。她原本还在想，那两个大男人怎么可能这么轻易就消失在城市中？如今答案不言自明。天色灰暗，雨水洗去了一切色彩与差异，所有人都变成了另一副模样。也有一些目击者，但和往常一样,他们的证词互相矛盾,给同一起事件涂上了不同深浅的灰色。当然也有监控录像,但她知道,查证这些需要花费大量时间和精力,往往在案件发生数个月之后,才能找出可以用在庭审上的证据。要想在现场立刻找到线索,还不如直接在路灯柱子上贴个告示。

如今到了现场,她才意识到,自己在路口做了错误的决定。她应该直接回家的。该死的瑞弗,他只要打个电话,她就不必经历那种无法言说的痛苦。明去世时就是这样,她的悲痛无法言说,因为没有人能够倾听。她那么努力地向前迈进,买了新家,开始了新的生活,夜晚看着树木在黑暗中摇摆……一想到同样的事可能会发生在瑞弗身上,她好不容易搭建的新生活又将毁于一旦。所以去他的吧!但是他到底在哪儿,现在又到底发生了什么事?

有一伙人聚在撞击的车辆边,其中一个人走了过来。是一个浑身湿透的金发女人,她的西服看起来像是漂洗到了一半,半边脸因为不久前的撞击红肿起来。她当时应该就坐在被撞的那辆车里,路易莎想道。她手里拿着枪,但是不久后就被那个骗子顺走,动作优雅流畅,就像是在跳舞。

奇怪的家伙——确实没错。

她嘴里冒出的第一句话就肯定了路易莎的推测。

"你是局里来的?"

路易莎给她看了自己的证件。

"你是兰姆手下的人,下等马。"

"是有人这么叫我们。"路易莎说。

"卡特怀特也是。"

"他当时和你一起吗?在车里?"

"你们是全都在装傻,还是真的傻?"

"我们会轮流来。"路易莎说,"在车里的是他,对吗?"

"直到他的朋友跑来救他。"

路易莎笑了起来。

"怎么了?"

"瑞弗还有朋友。不,没什么。所以你不知道那个人是谁?"

"我知道他叫帕特里斯,就像我刚才说的,他们俩关系挺好。"

"嗯,行吧。总之他把你留在了这儿。"路易莎想起了她听说的有关看门狗的事,领导换人了。她说:"你是艾玛·弗莱特,对吗?你是新来的。"

"大家总是这么跟我说。"

"你的十五秒光荣事迹已经在YouTube上传开了,他们和你说了吗?这个帕特里斯,他让人无法抗拒。"

"你是在开玩笑吗,盖伊特工?"

"我只是说,他挺有魅力的。你脸上的伤是他弄的吗?"路易莎指了指自己的脚,"今天早些时候,他用撬棍打了我的脚踝。我猜瑞弗肯定不是心甘情愿地跟着他走的。"

艾玛·弗莱特缓缓说道:"这到底是怎么回事?"

"我也想知道。"路易莎说,"但我至少可以告诉你,帕特里斯——你确定这是他的名字?"

"没错。"弗莱特说。

"帕特里斯今天试图杀害一名退休特工。所以无论你计划怎么找到他,都要加快速度了。在他把卡特怀特也杀掉之前。"

弗莱特转过身,看向国王十字车站,路口逐渐变得拥堵异常。"嗯,"她说,"我觉得这并不在他的计划之内。"

* * *

"我们要去哪儿?"瑞弗问。

帕特里斯面无表情地看着他。

"好吧,我只是想问问。"

距离开本顿维尔路的车祸现场已经过去了三十分钟,他们横跨大半个伦敦,折回国王十字车站,然后打了一辆车到大波特兰街。

"刚才那边出了点事。"司机启动车子的时候说道,"有个疯子开了枪,随时有可能封路。"

"不知道那些警车都在干什么。"帕特里斯一边发着短信,一边回答道。

另一辆警车驶过,蓝色的灯光在后窗闪烁,强行穿过拥堵的车流。

"估计是天气原因。"出租车司机用一种陈述世间真理的口吻说道:天一开始下雨,就会出现枪击案。

出租车把他们送到目的地,两人下车走到贝克街。枪还在帕特里斯身上,但瑞弗不知道藏在了哪儿。如果真的像瑞弗猜测的那样,他把枪藏在后腰,那么他一定花了无数时间练习如何在这种情况下走路、坐下、行动,才能让自己看起来不像一个痔疮发作的人。

瑞弗心想:如果我试图逃跑,他会从背后开枪吗?

无所谓了。不,还是有所谓的,但这不是问题。他不会让帕特里斯离开自己的视线,至少在问清勒阿布的事之前不会。他想知道那个公社是怎么回事,为什么帕特里斯的好同志要来杀老家伙。不过,理想情况下,在聊到伯特兰的下落之前,他应该要先把枪抢过来。

所以严格来说,他此时并不算是人质,但也称不上共犯。他走在帕特里斯的旁边,进入贝克街地铁站,再一次坐上了地铁。

现在他们肯定已经开始找他了。肯定会有人拍下本顿维尔的事故,帕特里斯挥动枪支的时候,肯定有人用手机对准了他。所以地铁是个好地方,因为没有网络。至少在他们从这一站挤到下一站的时候,不会有人下载他们的视频。帕特里斯离得很近,一只手扶着瑞弗的肩膀,好像在保持平衡。所以瑞弗想道:"是的,他们现在是一条船上的蚂蚱。"虽然不知道是什么"船",结果又会如何。

列车来到堤岸站的时候,帕特里斯捏了他一下。瑞弗心想:好的,好的,我知道了。他率先下了车,乘上扶梯,走向河边的出口。当然了,天上还在下雨。今天他身上的法国雨水还没干透,又被英国雨水浇了个透。但能回家总是好的。

他们从站口出来,站在台阶顶端,看着湿漉漉的路面交通,湿漉漉的桥,还有湿漉漉的泰晤士河对面湿漉漉的南岸。

"你有什么计划吗?"瑞弗问。

"计划总是有的。"

"这个说法不错,是萨特的名言吗?"他没期待对方回答,也没有等待,"刚才在出租车上,你在给谁发短信?"

"你话很多。"帕特里斯说,"也许你应该说说伯特兰,他出了什么事,你为什么会拿着他的护照。"

"这是伯特兰的护照?上面写的可不是他的名字。你知道的,护照这种东西就是——"

"你知道我有一把枪。"他转身,看向瑞弗的眼睛,"你现在还活着的唯一理由,就是因为我需要从你嘴里得到答案。"

"是啊,但是你看,你这个审问技巧不太高明。因为潜台词是——旦我告诉你答案——"

帕特里斯迅速打了他一下,没有人看到。无论是在雨中匆匆穿行的路人,还是在地铁口避雨的游客。瑞弗当然也没有看到。他只知道下一个瞬间,帕特里斯扶着他坐下,嘴里念念有词地安慰着。

"他没事。"这是对周围的人说的,"他只是有点幽闭恐惧症。"

他对瑞弗说:"也许你应该把头埋在膝盖中间?"

有人说:"你确定他没事吗?需不需要我们喊人来帮忙?"

"他会没事的。我一直跟他说,我们应该打车。但是不,他偏要坐地铁,所以老毛病又犯了。"

"我男朋友也是这样。"

换作其他任何时候,瑞弗都会抗议那句"我男朋友也",但此刻他光是忍住疼痛就已经用尽了全身的力气。仿佛帕特里斯不是用手指,而是用电击棒击中了他,或者其他的什么东西,总之痛得要命。

另一个人说:"谁身上带水了吗?"然后所有人都笑了起来。

瑞弗想:对,别介意我,你们开心就好。

帕特里斯顺应路人的误解坐在了瑞弗身边,用胳膊环住他的肩膀。他倾身靠近,仿佛在用甜言蜜语安抚自己的恋人,警告道:"这简直轻而易举。"

瑞弗说:"上次有人这样对我……"

他停下喘了口气。

"怎么?"

"我用一根铅管把他的半个脑子打爆了。"

帕特里斯装模作样地四下看了看:前、后、左、右。"我可看不到哪里有铅管。"

"你当然不会看到。"

帕特里斯的手机响了起来。"你介意吗？我必须得接一下。"

他站起来，往远处走了几步。瑞弗在四周寻找铅管，却无法集中精神。

其他旅客继续赶路，鼓起勇气走进瓢泼大雨，因为除此之外别无选择。他不禁想道，这些人之后会不会看到新闻，然后问彼此："是那两个人吗？"然后摇摇头说，"不，肯定不是啦。"

帕特里斯打完了电话。瑞弗看到他盯着泰晤士河发了一会儿呆，好像突然发现夜晚的河面如此美丽。堤岸站的灯光被雨水模糊，他转头看向了瑞弗。

"那么，"他说，"迷彩船是什么，我们应该去哪里找？"

"他的名字叫弗兰克。"老家伙说。

他停住了话头。

凯瑟琳做好了准备，迎接兰姆下一轮的恶言相向，却并没有等到。因为他已经做了所有该做的事，扳动了开关。现在只需等待，老人的记忆就会如潮水般涌出。

她本该在第一次想到的时候就带他离开的。

"他带着那个可笑的杜鹃计划来到摄政公园，简直是天方夜谭。连美国佬都不买账——至少第二次没有。他们在二十世纪六十年代尝试过一次，当然，失败得一塌糊涂。他们掩盖了细节，但这向来不管用。间谍街的第一法则：秘密不会永远是秘密。"

他停顿了一下，凯瑟琳发誓她看到了他眼中有什么一闪而过：未曾落下的泪水，或者压抑已久的秘密。有什么东西在等待，等待着倾泻而出。

"所以我们让他收拾行李滚蛋，去找下一家。"

他又停止了叙述。凯瑟琳想起来，今天早上，他还像一个精神恍惚的老人，痴呆症侵蚀着他的理智，让他失去了锚点，昨晚的事件更是把他推向了黑暗的大海深处。现在他被冲上了岸，却不是在这里，也不是在此刻。就算他言语间透露出一丝年轻时的锋芒，那也只是一条多年前被封进瓶子里的留言。她很怀疑，他也许并不知道自己在对谁讲话。正在说话的是一段回忆，回忆吹过老人，如同吹响一只海螺。等它离开，他就会变成一副空壳，平和而空虚，什么都没有剩下。

查普曼说："但你并没有直接把他赶走，对不对？"

凯瑟琳惊讶地发现，他的语气很温和。在她的印象中，他的审讯风格和现在不太一样。

大卫·凯特怀特眨了下眼，然后又眨了下眼。他嘟囔了一句话，她在脑海里回放了几遍才听出来，他是在重复刚才说过的话：间谍街的第一法则。

"几周之后，他来到我家。当时我还住在市内，贝斯沃特那边。那是在夏末，他看起来……有些不同。他问我要不要喝一杯，我建议他赶紧消失——如果他不想进监狱的话。"

她记得瑞弗提到过这样的夜晚，年轻人听着老人讲间谍故事，手里拿着一杯白兰地。她不禁想道，在大卫·卡特怀特脑海里，他是不是回到了这样的一个夜晚？

他需要瑞弗，但瑞弗正在外面屠龙，或者寻找可以屠杀的恶龙。

"当然，他知道自己想要的是什么。当初他来总部，就能从他的眼神中看出来。他相信这个计划——杜鹃计划，这不只是他采取的某种战略，而是一种信仰。他觉得这是唯一的解决方案，如果没有它，我们都会完蛋。所以你明白他为什么会被踢出中情局了吗？没有什么比虔诚的信徒更可怕了。"

因为信徒总想达成某种使命，无论是寻找圣杯，还是别的什么。这条路上洒满了鲜血，任何妨碍他的人都会被他斩杀。

"所以我以为他是来做最后一次请求的。他想让我加入他的计划，因为我能够左右总部的决定。王座背后的权力总是比王座上的更加庞大。"他的神色变得狡猾起来，好像口袋里装着一只魔戒，正准备展示它的用途。"现在，你们要关掉录音机了。"

恶犬萨姆说："没有录音机，你可以自由发言。"

老人敲了敲鼻翼，说："我看起来像是第一次经历这些的人吗？"

兰姆夸张地叹了一口气，打开抽屉，伸手去够里面。什么东西发出了哐当的响声，可能是打孔器。"好了，"他说，"现在，你的这个美国十字军，他到底想要什么？"他转着手中的玻璃杯，透过台灯昏黄的灯光，凯瑟琳能看到玻璃黏糊糊的表面，上面沾满了油腻的指纹。"好吧，我们知道他想要什么，但他是怎么得手的？你为什么要给他？"

"我没有……"

"总部拒绝了他，这一点我们已经知道了。美国佬把他踢出了家门。但是一年之后他就在那里，在法国中部，有了一块属于自己的殖民地，把自己的孩子抚养成初代恐怖分子。而你还会过去，查看他的进度。但不是以官方的名义，因为在官方记录上，你只是去探望一名退休间谍。所以无论发生了什么，你都是私下行动的。为什么？"

她再次想道：她不应该站在这里。但是已经太晚了，一切都已经太晚了。杰克逊·兰姆刚柔并施，老人会逐渐崩溃。谁都不知道等这次问话结束他会变成什么样。她答应过瑞弗要照顾好他的外公，但是老天哪，她也很想知道真相。无论当时发生了什么，都导致了这次的韦斯特艾克斯爆炸案。她想知道是怎么回事。她知道，说自己摆脱了斯劳部门只是在自欺欺人。无论她在哪里，她都和兰姆一样，是个不折不扣的间谍，同样渴望知晓那些秘密。

"他手上握着你的把柄。"兰姆说，"能够摆布你。他知道了什么？"

"他快要受不了了。"恶犬萨姆说，"我们先暂停一下，好吗？"

"等我说他受不了了，他才是真的受不了。弗兰克手上到底握着你的什么把柄，卡特怀特？他知道什么你想要埋葬的秘密？"

"杰克逊——"

"你自己也说过，秘密不会永远是秘密，尤其是在间谍街上。"

"快停下，不然我会让你住嘴的。"恶犬萨姆说，"我是认真的。"

"弗兰克到底有什么把柄？"

"别逼他了，杰克逊。"凯瑟琳说。

但是老人开口了，他说："伊泽贝尔。"

然后哭了起来。

14

"好吧,"路易莎说,"这我真是没想到。"

她的同伴说:"我已经连续工作十八个小时了。大部分时候都在车里,剩下的时间我盯着尸体、听人当面撒谎、囚禁无辜的人,还被一个法国浑蛋抢走了枪。哦,对了,我的颧骨还很可能被你同事坚硬无比的头撞碎了。顺便一提,我今天刚起来的时候他还是一个死人。在经历了这些事之后,我理应喝上一杯,或者七杯酒。"

"同意。"路易莎说。来到酒吧这件事本身并不让她感到惊讶,她惊讶的是弗莱特竟然会邀请她。她点了一杯气泡水,毕竟她的车就停在路边。但艾玛·弗莱特正在一杯接一杯地喝龙舌兰,中间还掺了杯墨西哥啤酒,看起来就像一个专业酒鬼。

"我早上见到了你的上司。"艾玛说。

哎呀。路易莎想,能听到别人对兰姆第一印象的机会可不多。"你们处得怎么样?"

"他给了我很多理由对他提出纪律处分。"

路易莎严肃地点了点头:"如果你打算付诸实践的话,我很希望能见证那个场面。"

"我没有这个打算。"艾玛说。不知为何,她的啤酒杯壁上挂了一片水果,她用拇指把水果推进酒里,激起了滋滋的气泡。

"我是说,他确实是浑蛋,鉴定尸体身份时还撒了谎,当然他很可能就要遭到报应了。但我宁可让他对着我撒谎,也不想相信戴安娜·泰维纳。那位女士玩起阴谋诡计来可是认真的,一点情面都不留。"

路易莎思考了一下这句话,然后开口道:"也许你和兰姆的共同点比你以为的更多。"

艾玛的手机振动了一下,她看了眼来电显示。"是总部打来的。"

"嗯。"

"他们应该是想知道这里发生了什么。"艾玛说着示意了一下门口,还有外面的世界、本顿维尔路,"以及我们为什么没能逮捕亚当·洛克希德。"

"我以为你说他叫帕特里斯。"

"我说的是卡特怀特。"虽然喝了那么多酒,但她的声音依旧平稳如常,"至少他用的护照上是这个名字。亚当·洛克希德,你有印象吗?"

"目前我比所有人的进度都落后了三个版本。"路易莎说,"我只知道你说的那个帕特里斯,他是专业的。现在还武装了起来。就在我们闲聊时,他随身携带武器的事肯定已经在YouTube上传开了。所以总的来说,出去找他可能比坐在这里自我反省更具建设性一点。"

"我出去把自己淋湿也不太可能找到他,"艾玛说,"某个听着警用对讲频道的巡警会打电话报告的。"

"你觉得这会是在他杀害卡特怀特之前还是之后?"路易莎说,"我知道你其实不在乎他的死活。"

"他看起来不像是要杀卡特怀特的样子。我觉得他看起来有些——惊讶,见到卡特怀特的时候他很惊讶。"

"瑞弗确实惹人嫌。"路易莎赞同道,"但他并不会让人觉得危险——至少第一眼不会。"

"他去哪儿了?"

"据我所知,他白天去了法国。"

"为什么?"

"等再见到他的时候我会问的。你以前是警察局的人,对吧?"

"对。"

路易莎笑了起来:"开始怀念那边了吗?"

手机再次响了起来,这次更激烈了,如果你不接电话它们就会变成这样。艾玛叹了口气,往旁边走了两步,接通了电话。"我是弗莱特。"

"告诉我这个视频里的人不是你,整个西方世界一半的人口都看到了。"

"我觉得应该没有那么多人看。"艾玛说,"大部分人只是重复播放了两次,你必须要考虑到这一点。"

戴安娜·泰维纳说:"你喝醉了?"

"还没有。"

"这到底是怎么回事?你怎么能让事情变成这样?"

"因为我没有被告知足够的信息。"艾玛说,"所以当我们被一个职业杀手袭击的时候,我们没有丝毫的准备。在这种情况下,我们的下场还算好的。虽然多了些不想要的曝光。"

"你说这还算'好的'?那'坏的'是什么样?"

"我的尸体就会躺在路中间——亚当·洛克希德到底是谁?"

"这不是你需要知道的事。"

"行吧。所以你想让我忘记他的真实身份？因为再来两杯龙舌兰我就能做到了。"

泰维纳说："你在说什么？"

"你让我去抓的那个人，那个拿着亚当·洛克希德护照的人，就是瑞弗·卡特怀特。我们昨天晚上还认为他死了。如果我说的话开始出现逻辑了，记得打断我。用这样的方式结束今天应该很不错。"

接下来是一阵沉默，酒吧里嘈杂的声音似乎变得更响亮了，仿佛想要填满一切空白的缝隙。艾玛不禁想道，泰维纳是不是为了核对她刚刚说的话，又看了一遍那条视频。

也许是这样的，因为当她再次开口时，她说："看起来确实像卡特怀特，他有说过什么吗？"

"他认识那个杀手。"

"你为什么总是这么喊他？"

"他开着一辆车撞了我们，我能想到最方便的叫法就是这个。"艾玛开始想念杯中的酒了，于是她走回了桌边。看目前事态发展的趋势，无论被谁听到都无所谓了。"卡特怀特喊了他的名字，帕特里斯。"

"他们现在在哪儿？"

"知道吗？这是个很好的问题。"艾玛说着伸手去拿自己的酒杯，"不确定，伦敦市吧？"

"你就这么想丢掉工作吗？"

"我觉得这并不是我能决定的。"她停了停，喝光了一杯龙舌兰，"反正现在警察局在追查，这次可没法低调行事了，他在街上开了枪。"

"你的枪。"

"我没忘。你还没问过德文的事。"

"……德文又和这些事有什么关系?"

"德文·威尔斯,他当时在开车。"

"哦,是的。他没死吧?"

"断了几根肋骨,我把他送去急诊了。你想让我把吉蒂·拉赫曼也放了吗?"

"我为什么会想这么做?"

"因为再留着她也没有什么意义了。无论你想保密的事是什么,现在它漏得比破洞的筛子还厉害。我都不知道你会先收到哪个:公开信息的申请,还是电影版权的报价。"

"弗莱特女士,迄今为止,那条视频向爱看热闹的世人展示的只是你的无能,你连一次简单的逮捕任务都无法完成。如果你希望自己的职业生涯能跨过这道坎,我建议你从现在开始谨言慎行。"她顿了顿,"你很让人失望。去安全屋,和拉赫曼女士一起坐着。如果我哪天把你从这份不算辛苦的职责中解放出来,你就会知道,太阳从西边升起来了。"

艾玛放下了酒杯,她想:再这样喝一轮,再喝一轮,她的这些痛苦、屈辱、羞愧和愤怒,将会逐渐融化成一团炽热的混沌。她可以将一切置之脑后,直到早晨。那时甚至可能连雨都还没停。

她说:"戴女士,我真希望我也能说同样的话,说你很让人失望。但可惜,你和传闻中一模一样。"

她挂断了电话。

路易莎说:"哇哦,我刚刚是见证了你职业生涯的终结吗?"

"别告诉我你不知道这是什么感觉。"

"你想再来一杯吗?"

"我只想喝一杯咖啡,你能帮我点单吗?我要先去趟卫生间。"

路易莎看着艾玛走向酒吧后方,决定再在这里等一会儿,陪她喝完那杯咖啡。她安静温暖的公寓不会消失,而和艾玛·弗莱特待在一起,等瑞弗和帕特里斯浮出水面的时候,她应该会第一时间知道。

虽然她对他很生气,但也不得不承认,瑞弗身边确实充满了刺激。

以飞行距离来说,那个地方并不远。不过在这寒冷潮湿的黑暗中,没几只鸽子愿意飞。即使是伦敦的鸽子也有极限。瑞弗把眼前的景象列入"不期而遇的美景"清单中:雨中的迷彩船。令人眼花缭乱的线条变得暧昧不清,黑白相间的烟囱和管道夸张得如同卡通形象。船在倾盆大雨中微微闪烁,聚光灯打在船身上,仿佛是唯一能够将它固定在原地的东西。

帕特里斯说:"很壮观。"

瑞弗像是在向游客介绍一座引以为傲的地标一样说道:"它们涂装成这样是为了迷惑潜水艇,这样既不容易被标记成目标,也不容易被击沉。"

"这样做有用吗?"

"嗯,至少这一艘还在这里。"

虽然这艘并不是第一次世界大战时期的涂装,而是现代的仿制品,比原版更有活力一些。

英国总统号停靠在堤岸,靠近黑衣修士桥的方向。远处,汽车和公交车驶过泰晤士河,轮胎发出隆隆的声响。这边的河岸更安静一些,一边车道被封闭了。总有人在试图改善首都的路面状况，如果他们能停止施工，反而能轻易达成目标。与此同时，罩着帆布的围栏竖在人行道边，从船只专用的码头一直延伸至桥边，每隔几步路就挂起一只灯笼。灯笼随风摇摆，光环映照在路对面的建筑上，照亮了那些银行、出版商和其他可疑的机构。

瑞弗和帕特里斯向前走着，他们已经淋透了，所以没什么区别。两人在瓢泼大雨中漫步，指着沿途的风景，这并不像是一对逃犯会做的事。

尽管两人似乎达成了某种默契，但瑞弗还是忍不住思考，帕特里斯会不会在今晚结束之前把他杀死。

当然了，他可以逃跑。但从困境中逃跑从来不是他的核心技能，相反，向着麻烦一路狂奔才像是他会做的事——而且逃跑也无法带给他想要的答案。

迷彩船边有一个人影，站在游步道边避雨。靠近那人之前，瑞弗说："有一件事我必须告诉你。"

帕特里斯看起来一点也不好奇。但目前为止，除了他第一次看到瑞弗的时刻，他从未表露过任何情绪。他只是一板一眼地执行任务，把该做的每一件事做好，像一个上好发条的机器人，每一个动作都被调教至完美。

"我今天见到你母亲了，"他说，"娜塔莎。"

帕特里斯什么都没说。

"她很想你。"

帕特里斯摇了摇头，依旧什么都没说。

"她想知道你过得怎么样。勒阿布烧毁的时候，她很担心。任何母亲都会担心的。"

"我没有母亲。"

"她没有抛弃你。或者至少——她回来了。她想见你，想和你在一起,但是他们不允许。"

"我没有母亲。"帕特里斯重复道。

"她在那里住了好多年,从未远离,以防你需要她。"

帕特里斯看向他,然后说:"从来没有过这种事,快闭嘴。"

"如果你希望的话,我会的。但我觉得你不想让我闭嘴。"

帕特里斯伸出手,动作自然得像是要拍走一只蚊子,他扇了瑞弗一巴掌。但是瑞弗料到了他会这么做,或者会有类似的反应,于是挡住了攻击。虽然挡住了第一下,但没能挡住第二下。第二下瞄准了他的喉咙,帕特里斯在最后一秒收了手,不然瑞弗就要倒在人行道上了。

帕特里斯说:"闭嘴,不然我会让你闭上的。"

也许他说得有道理。

避雨篷下的人看着他们走近。他穿着一件领子竖起的雨衣,但他身上有一种熟悉的气息。也许是他的站姿,当然了,也许因为他就是弗兰克。他的头发已然稀疏,颧骨变得更加突出,但依然高大,肤色偏白,肩膀宽阔,强壮有力。与其说他是在变老,不如说他是变得越来越像他自己。

他们向他靠近,他张开了双臂。帕特里斯顺从地走进他的怀抱,弗兰克吻了吻他的两边脸颊,但是动作中没有什么情感。瑞弗觉得,这看起来更像是一个将军在迎接从前线归来的士兵。

"我都不知道你来英国了。"帕特里斯说。

"你没有必要知道。"弗兰克说,然后转向瑞弗,"你是瑞弗·卡特怀特。"

"你是弗兰克。我还不知道你姓什么。"

"哈克尼斯,我叫弗兰克·哈克尼斯。"

他说话是美国口音,但常年流放欧洲的生活给他的口音染上了一丝欧陆味道。

瑞弗说："很高兴能有机会和你聊聊，你派了人去杀我的外公。"

船上传来了一些声音，似乎是一家酒吧，人声交叠，觥筹交错，大部分都被雨声淹没。眼前没有人，瑞弗就算放声大喊也不会有人听到。

出乎意料的是，弗兰克笑了起来。

瑞弗说："你知道发生了什么，对吧？你的那个孩子，伯特兰。"

帕特里斯靠近了一步，像一只准备迎接危险的狗。

"你要管管他吗？"瑞弗说。

弗兰克说："没事的，帕特里斯，他有事要说。"

"他为什么会有伯特兰的护照？他说他去了勒阿布。"

"那里什么都没有。"弗兰克说，"至少现在没有了。"

"但是为什么——"

"抱歉，"弗兰克对瑞弗说，"我要和他聊聊，不会很久的。"

瑞弗过了一会儿才意识到，弗兰克是在让他给两人留出一些私人空间。

好吧，他也不可能淋得更湿了。

他在旁边的一棵树下避雨，但树枝提供的遮蔽少得可怜。他看到弗兰克用一只手臂揽住帕特里斯的肩膀，两人靠得更近了一些。无论他要说的内容是什么，显然都需要更亲密的距离……水淌下瑞弗的后背，他不禁打了个寒战。昨天晚上在外公家发现那具尸体时，他就已经精疲力竭了。今天还要持续多久？接下来又会发生什么？

弗兰克再次亲了亲帕特里斯，后退了一步。

当帕特里斯靠近瑞弗时，他不由得紧张起来。他心想，自己是否刚刚目睹了一幕《教父》中的场景。年迈的男人向青年解释，为什么他必须杀死瑞弗。但帕特里斯只是在他面前停下，双手插在兜里，靠近他，吻了一下他的脸颊——只有一下。

帕特里斯说："我们之后再聊，很快。"

然后他沿着来时的方向离开，就像一个在雨中赶路的普通人，急忙想要找到下一个避雨的地方。

"抱歉，"弗兰克说，"帕特里斯，他现在有点茫然。"他拿出一包香烟，递给瑞弗，瑞弗摇了摇头。弗兰克用打火机点燃香烟，空气中弥漫着蓝色的法国烟雾，"因为你外公杀了他最好的朋友。"

"也是你的儿子。"

"是的。"他的语气仿佛在聊一个并不亲近的人，比如某个一起乘过电梯的陌生人。"我简直不敢相信，他居然让老家伙把他打败了。这明明是第一课的内容：永远不要放松警惕，就算目标看起来温和无害。"

瑞弗说："你说的这个目标是我的外公。"

"我没有忘记。"

瑞弗想给他一拳，把那根烟打掉，打断他的鼻子，给他揍出黑眼圈，看着他在雨中满地找牙。但他没有亮出拳头，而是说："我一枪打烂了你儿子尸体的脸，让尸体的身份难以辨认，因为我觉得这能为我们赚到二十分钟时间。"

"他的名字叫伯特兰。"

"我不在乎。"

"但是你应该在乎，"弗兰克说，"他是你的兄弟。很高兴能见到你，儿子。你最近过得怎么样？"

泰维纳挂断了电话,说:"我发誓,有的时候我觉得我是唯一一个能阻止这里陷入彻底混乱的人。"

克劳德·惠兰从电脑屏幕前抬起头来。那条 YouTube 视频他已经看了四遍,就算再看第五遍,也不可能看出什么隐藏信息。把视频带到戴安娜办公室的年轻人向他们保证,专家已经在分析这条视频了,每一个像素都会被仔细研究。这些信息到底是能帮助克劳德脱险,还是把他进一步推向深渊,待时机成熟,他们自然会知道结果。

戴安娜说:"车里的另一个人,那个用洛克希德护照的人,弗莱特说他是瑞弗·卡特怀特。"

有那么一会儿,惠兰并没有在听。然后他说:"瑞弗·卡特怀特?他不是已经死了吗,怎么会拿着冷身份的护照?"

"让我想想。"

他很乐意照做。只要她在思考问题,就不会进一步把他卷入这个作茧自缚的疯狂阴谋之中。早上的时候,她说"卡特怀特弄出了点麻烦",当时他还觉得自己才是情报局的老大。她说卡特怀特的麻烦和韦斯特艾克斯爆炸案无关,说卡特怀特是个传奇人物,不幸患上痴呆症,开枪击毙了自己的外孙,在肯特郡郊外失踪。但显然,他杀死的并不是自己的外孙……

虽然泰维纳正在思考,但这并不妨碍克劳德也有一些自己的想法。

他说:"大卫·卡特怀特。"

"是的。"她也在想同样的事。

"时间能对得上,二十年前,他正当权。"

"他有可能拿走那些文件。没有人会质疑他,他是查尔斯·帕特纳的右手。"

"但是为什么?"

"无非就是那些原因吧?钱、权力、性——是什么都无所谓。如果其中一个冷身份出现在他的门前,又被他杀死了,你知道这意味着什么吗?"

"他们在掩埋证据。"惠兰说。

曾经某个晚上,他和克莱尔坐在一辆黄色出租车里,沿着百老汇大街穿行在纽约的夜色之中。道路一马平川,随着他们的出租车靠近,信号灯都变成了绿色。有的时候,问题会自行解决。在你到达之前,答案就会主动浮现。

他说:"很久以前,卡特怀特把冷身份提供给了某人。现在他们开始运作了,所以要掩盖踪迹。只有卡特怀特死了,他们才能没有后顾之忧。"

"但是,"戴安娜说,"你知道这个推论有什么问题吗?它本末倒置了,如果你是一个恐怖组织,要策划一起爆炸案,你就会先掩盖踪迹,再开始行动。他们应该在爆炸发生之前解决掉卡特怀特的。"

"但是他们并没有这么做,所以也许——"

"他们并不知道会发生爆炸案。"戴安娜说。

在情报中心,安全局继续着自己的工作。墙上挂着一张静音的屏幕,换到了为数不多的还在报道韦斯特艾克斯爆炸案的新闻频道。现在可以随意采访死者亲属了,人们普遍认为三天的哀悼已经足够。而参与全球性事件的影响不可小觑,几人摇身一变成了反恐专家。其中一人正在侃侃而谈,他一边愤怒地点着头,一边向观众解释国家安全系统有多么失败、懒惰又无能。惠兰能透过办公室的玻璃墙看到他。假装自己能理解世界的运作方式一定能带来不少心理安慰。尤其在出了差错,结果惨不忍睹的时候——破碎的肢体、撕裂的肉块，还有被永远创伤的生命。

他说："我不确定哪种更糟糕：这一切是有人计划好的，还是只是一次单纯的车祸现场。"

"欢迎来到摄政公园。"

"我们从头开始分析。小卡特怀特拿着亚当·洛克希德的护照。卡特怀特家里有一具尸体，所以——"

"那是亚当·洛克希德的尸体。"戴安娜说。

"是小卡特怀特及时出现，阻止了刺客的行动，然后用凶手的护照急匆匆地穿越海峡。他是在追查真相，试图弄清楚是谁想杀他的外公。"

"其他的先不提，至少这说明老人确实得了痴呆症，"戴安娜·泰维纳说，"不然他只要问问就好了。不用特地跑一趟。"她把手指放在唇边，他意识到她会吸烟，下意识地摆出了摄入尼古丁的姿势。"所以问题是，小卡特怀特到底发现了什么？他知道多少？"

"还有，追查他的人是谁？"惠兰说着，伸出手敲了下笔记本的触摸板，把电脑从睡眠状态唤醒，屏幕上再次出现了本顿维尔路的视频。

泰维纳说："这是唯一能说得通的解释，视频里的那个人是另一个冷身份，保罗·韦恩。"

"他并不是在营救卡特怀特，而是在绑架他。"惠兰说，"这样他就能问出老人所在的地点。"

他的目光从自己的小屏幕移到情报中心的大屏幕上，那里同样在播放这段视频。就像某种艺术装置，主题是城市中的暴力。它再次证明了街道治安有多么糟糕。先是韦斯特艾克斯事件，又是这个。肯定已经有人在努力将两者联系到一起，如果他们成功了,即使屏幕继续静音,你也会听到愤怒的喊声。

戴安娜·泰维纳说:"你知道的吧?我们面临的情况越复杂,解决手段就越简单。"

"我不想听这个。"

"我不在乎,只要你是局长,就有必须要做的决定。不是为了你自己,也不是为了我,甚至不是为了你妻子——"

"不要把克莱尔扯进来。"

"当然了,我只是在陈述事实。你的选择不只代表你个人的道德倾向,更要为了大局着想。"

"而所谓大局,在你看来——"

"就是国家安全情报局能够存活。"她指向情报中心,"韦斯特艾克斯爆炸案已经发生了,我们无能为力。但我们过去阻止过这类事件发生,未来也会继续这么做。前提是我们拥有这样的权限。前提是要维护住民众对我们岌岌可危的信任。"

"信任?那确实不多。"惠兰说着,指了指电视。

"总会有人以各种名义指责你,但是普罗大众呢?他们相信我们能保护他们的安全。因为如果他们不相信,就不会像现在这样生活。他们不会坐地铁,不会在街上散步,也不会进入商店。他们会躲在自己的卧室里,靠罐装食品和瓶装水维持生活。国民能够过上正常的日子,这才是我们成功的标准,克劳德。就算必须为此埋葬一些人。"

"我觉得市场部应该不会同意把这句话当成我们的宣传口号。"他合上笔记本电脑,谈话就应该有这种表示结束的信号。如果没有这些,谈话就有可能无休无止地继续下去。"你觉得我们应该做什么?"

"很明显。我们有一个武装恐怖分子在街上,他身边还有一名叛变特工。两人对公众安全造成了极大威胁。"

"你想让我下令将那两人击杀。"

"只是打伤没有什么意义，徒增没必要的痛苦。"

"戴安娜——"

"就算没有发生这种……意外情况，我也会这么建议。"

"但如果这两人死了，无法接受审问，对我们显然是有好处的。"他说，"而且，小卡特怀特也不能算叛变，不是吗？我是说——"

"他的行动未经批准和许可，他还与一起暴力死亡案件脱不开干系。如果你想，我们当然可以抠字眼，但他今天做过的事并不能为他的简历加分。而他的简历本来就劣迹斑斑。"

"但——"

"而且我们有理由相信，他外公的行为导致了英国本土最恶劣的一次恐怖袭击。"

"这也不能算是外孙的错。"

"那为什么要把外公藏起来？"

"如果我们在街头将他射杀的话，就不太可能知道原因了。"

"如果让他说话，我们目前为止的行动在媒体看来就会变得像一出公关剧本。现在就是关键转折点，克劳德。命悬一线的不只是你的事业，还有我的，以及我们所知的这个情报局。虽然它并不完美，当然，有时无法及时响应，但我们可以改善这些缺点——你和我。但如果这次事件上了新闻，就没有这样的机会了。如果真的变成那样，我们就无从改善，因为公众对我们的信任已经消失，被掩埋在韦斯特艾克斯的废墟中。"

如果泰维纳不在这里的话，他就会伸手去拿妻子的照片，从这一简单的举动中获得力量和慰藉。虽然她永远不可能赞同他面对的这个选择：在并非自己造就的困境中，选择简单快捷的出口。但他以前也做过类似的选择，不是吗？他曾经也用克莱尔并不赞同的方式从困境中脱身，而她甚至不知道他遇到过那些困境。

"大卫·卡特怀特呢？"最终他说道。

"他总归会出现的，但他肯定说不出什么有逻辑的话。这就是我们让麻烦彻底消失的机会，我们甚至不需要用力去推，克劳德，只要轻轻点一下就可以了。无论你做出什么决策，警察局都会严格执行。"

"我可没法指挥警察。"

"但是你可以给首相打电话。"

他能感觉到，事态逐渐脱离了他的掌控，仿佛在接下来发生的事中他不再有选择的余地。

"小卡特怀特并不是国家公敌。"

"如果他发现了外公做过什么，那么他很可能就是国家公敌。这意味着他拥有可能对情报局造成不可逆的伤害的信息。如果这样都不算是公敌，那我不知道什么算。"

自从她上次提及那把悬在他头顶的剑，已经过去好几个小时了。她让他在内阁紧急会议上提供了不实信息。但她并没有把这件事挂在嘴边，而是希望他能主动加入她的战线。

如果他顺着她的意思去做，就会永远受制于她。

如果他拒绝，她就会把他丢给狼群。

他忽然怀念起河对岸的生活，那时最难对付的不过是闷骚的黄鼠狼同事偶尔的阴阳怪气。

他说："这样做是不对的。"

"也许不是最正确的行为，却是正确的选择。"

他看着她说话的样子,觉得她这辈子可能从未有过一瞬间的自我怀疑。

克劳德·惠兰尽可能维持住平静的表情,伸手拿起了电话。

一辆警车飞驰而过,也可能并不是警车。天空似乎发出了低吼,又似乎在屏气凝神。泰晤士河中出现了人鱼吗?迷彩船是否飘浮在空中?雨水模糊了一切界限,也许这些都同时发生了。如果之后有人让瑞弗复述当时发生了什么,他只能给出这样的答案。

"……你说什么?"

"你听见我说的话了,瑞弗,我是你的父亲。"

"我父亲?"

"怎么,你想听我用达斯·维达①的声音重复一遍?"

瑞弗一点也不想听。

他眨了好几下眼,但眼前的景象没有丝毫变化。他们站在泰晤士河边的步道避雨,夜色融化在雨水中,如同一幅印象派画作。迷彩船上的酒吧里传来朦胧的人声,还有一段叫不出名字的乐曲。弗兰克·哈克尼斯就站在面前,他曾在法国的中心运营一座神秘公社,抚养像帕特里斯、伯特兰这样的男孩,然后派他们出来做杀手。

他有一个英国女友,我记得。我见过她一次,不,不止一次。可能我都记混了。

岸边的景象倒映在河面上,娜塔莎说过的话就这么飘回了他

---

①达斯·维达(Darth Vader),原名阿纳金·天行者(Anakin Skywalker),是电影《星球大战》中的重要角色之一。著名台词是"我是你爸爸"。

的脑海。

她很美，也很生气。我见到她的时候，她正在吵架，吵得很凶，弗兰克让大家离开。等回来的时候，她已经走了。

他母亲从未长期和任何人一起生活过，就连最后那次提升了她社会地位的婚姻也是一样。两人在一起没多久，三年后她丈夫就因"心脏欠佳"去世了。

她一路走来，获得了尊重、地位，这一切都体现在她的措辞中："心脏欠佳。"

"你怎么可能……"

他几乎能看见自己的话语从口中挣扎而出，又坠落在地，却无法说完整个句子。

"我们应该进去。"弗兰克歪了一下头说道。他指的是身后的酒吧，迷彩船里面的会客厅。"你看起来需要喝一杯。"

"……你怎么可能是我父亲？"

"认真的？我们必须要聊这个话题吗？"弗兰克摇了摇头，"我知道你起步比较晚，但这也——"

瑞弗抓住他的衣领，使劲摇晃，但显然是弗兰克在放任他这么做。任由自己被抓住、晃动。他的身躯稳如树干，如果没有重型工具，你就算花一天一夜去推它，也不可能将其撼动。

"这样好多了。"弗兰克说，"刚才有一瞬间我还以为你要晕倒了——这样好多了。你很坚强，你能撑下去的。"

"你在说谎。"

"你知道我没有说谎。如果你真的这么认为，第一句话就会反驳我。"

瑞弗放开了他。"这只是你的心理战术，完全是胡扯，你不可能是——"

但他已经开始意识到，自己只是在刻意回避这个事实。他觉得自己好像是最后一个得知的人。

"我们相遇，坠入爱河，她怀孕了。你的外公不同意，这应该不用我再讲一遍了吧？"

老家伙和母亲之间生出了嫌隙，两人渐行渐远。这么多年来他都在旁观，任何一方都不向他透露细节。他错过了原版的冷战，只能用母亲和外公之间的冷战凑合一下，直到下一次来临。

"他在我们之间挑拨离间，她有和你说过我的事吗？"

"没有，她什么都没和我说，从来没提起过你。"

"老家伙干这个还是很拿手的，如果他想挑拨离间，就绝无复原的可能。"

这次真的有一辆警车飞驰而过，但说"飞驰"其实不太合适。相反，它放慢了速度，车里的人在路过的时候瞥了他们一眼，然后才绕过施工路障，继续向前。当然也有其他车辆驶过，但都不太重要。

"他为什么要那么做？"

"挑拨离间吗？"

"是的。他为什么要那么做？尤其是——如果我，如果她已经怀孕了，为什么还要离间你们两个？"

"也许他不想要美国人当女婿。也许他担心我会把他女儿带到大洋彼岸。"

"不。"

"不什么？他不珍惜自己的女儿，还是——"

"不，你在说谎。这根本不是事实真相。"

他想到这些年来发生的事，还有每一次谈话。每次外公问他"你母亲怎么样"的时候从来不会用她的名字"伊泽贝尔"，仿佛这样会显得两人之间的关系更亲密……瑞弗有记忆以来，外公就十分想念她，却从不大声承认。而现在弗兰克提供的解释根本不足以说明这一切。

弗兰克说："好吧，确实还有一些其他的事。你的外公——他很擅长做交易。"

"告诉我发生了什么。"

"我需要一些东西，用来帮我启动一个计划。如果我能远离伊泽贝尔，你外公就可以……帮我一把。让某些事情变得可以实现。"

"勒阿布。"瑞弗说。

"你对勒阿布的了解有多少？"

他仿佛在晚餐派对上随口问了一个问题。

"你在那里建了一个公社。"瑞弗说，"然后派你的孩子去杀我外公那天，将它烧毁。"他用手梳了一下头发，湿漉漉的，"我感觉你像是在掩盖什么。你的那个计划出了严重的差错，对不对？"

"确实有过失误。"弗兰克说，"这一点我承认。但只要下次改正就好了。"

"你为了掩盖错误，竟然派人去杀我的外公！"

"我很抱歉，看起来这是错误的决策。我现在知道了。"

"错误的决策？你以为你是谁，哪个狗屁自我提升大师吗？你把你自己的儿子派了过去——顺便一提，他已经死了。你的儿子死了。"

弗兰克说："他知道有风险。"

"你要说的就只有这些吗？他知道有风险？"

"你觉得我就不难过吗？我很痛苦，瑞弗。相信我，我说的是实话。但伯特兰他……他有一个任务，任务还没结束。而当你在外执行任务时，必须把情绪锁在心底。等一切结束之后，再面对悲伤。"他停顿了一下，"无论是你还是我。"

瑞弗想道：不，不要往那个方向想。不要想。但他心底还是有一部分忍不住去想，把线索联系在一起。那是他同父异母的兄弟……不只是有一点相似。难怪他会觉得自己能装作瑞弗，骗过老家伙。难怪瑞弗能用他的护照。

而瑞弗为了行动便利，毁掉了那张脸。

不要想。

"任务是什么？"他问。

弗兰克露出了一个扭曲的微笑。"现在吗？"他说，"现在的任务就是你，瑞弗。"

本顿维尔路上的枪声进一步撼动了这座城市，让年迈和脆弱的人更加紧张，却让年轻人的夜生活多了一丝甜蜜的刺激。这种狂野西部般的刺激也有好处，就像在西部小镇里，当死亡的风险激增时，艳遇的机会也会随之增加。

帕特里斯穿过伦敦市中心时，透过窗户看到的景象感受到了这一点。社交氛围变得更紧张了，人们微笑得更夸张，大笑的声音更高亢，一切都变得脆弱易碎。对他而言，这是很有利的。一伙人从酒吧里出来，举着雨伞，有说有笑。他融入其中，表情立刻变得和蔼可亲。"我能搭你的伞顺路去最近的地铁站吗？我今天都被淋透了！"

"当然了，亲爱的。"

"嘿，你别动不动就喊人家亲爱的！"

"别理他。"

一把伞侧了一下,将他罩在了里面。

"太好了,"帕特里斯说,"谢谢你。"

"现在要小心的可不只是雨水,"有人含糊道,"外面可有一群疯子,到处挥着枪呢!"

他们缓缓向前移动,路过拐角的一对警察,正警惕地观察有没有可疑人员。

"晚上好,警官们。"

"维护街道治安!"

帕特里斯和其他人一起微笑,对他们点头致意,然后在下一个路口分别。有两个女孩邀请他留下参加派对——永远都会有一场派对——但他口袋里有一把枪,还有一个目的地。弗兰克给了他一个任务。他还在蹒跚学步的时候就在完成弗兰克的任务了。弗兰克总能确保帕特里斯完成自己的任务。

"一个地址。"弗兰克在假扮亚当·洛克希德的年轻间谍听不到的地方耳语道,他念得很慢:艾德门大街。

15

斯劳部门里，雪莉正在回顾刚才的濒死体验。

"他是个该死的疯子。"她愉快地说道。

"你觉得这很好玩，是因为……？"

"能让生活保持乐趣。嘿，你觉得我们能让他对何生气吗？如果疯和尚对他耍花刀，罗迪肯定会吓得尿裤子的。"

"嗯，但那可算不上是耍花刀。"马库斯指出，"那只是一把刀。"

他们在办公室里，外面的夜色越来越浓，头顶的灯泡显得愈发苍白。雪莉一遍又一遍地播放那些 YouTube 视频，现在有两条了，又有一位市民记者上传了自己的摄影作品。她越看越觉得视频里的那个人就是瑞弗。这其实挺酷的，上次他们这些下等马进入备战状态时，是她自从因为打架被瑜伽课开除之后最有趣的体验。如果这次也和斯劳部门有关，她也许还能揍几个人。至少也能给她的下次情绪管理课程提供一些谈资。

再说了，家里也没有人在等她。虽然她不想再回忆那个悲惨的场景，就算只是在自己的脑海中。

她说："我要去泡杯茶，你要吗？"

但马库斯只是哼了一声。

何钻进潜水钟里，从海底深处凝视着世界。

至少他是这么感觉的。

帮查普曼拿了敷膝盖的冰块之后，何回到这里。这些老年人身体垮掉的样子真是让人不忍直视。何是个心胸宽广的人，这也是他的女朋友金姆最欣赏他的一点。但是真的，老年人让他觉得反胃。所以他回到了自己的屏幕前，打算待得晚一点，有些事他更希望用局里的电脑去做。这算是一种挑战，一个他接下的任务。甚至可以说是一次冒险，冒险的奖品就是牵起美人的手。不过在整整四次约会，花了那么多钱之后，这也是他应得的奖励。

她倒不是不喜欢他。罗迪·何没那么好骗。互联网母亲把他教得很好。如果一个女人很喜欢你，总有各种征兆。其中一个就是她会对你说："我真的很喜欢你。"用低沉的气音吹到你的耳边，温顺得像一只小猫，她的腿擦过他的裤子。

所以，没错，她很喜欢他。但是到目前为止，每逢夜晚结束，她都会想出一个重要的理由独自回家。室友病了，第二天需要早起，"但是很快了，罗迪，很快。"每次他独自回家，就会把这句话抱在胸口，像抱着一个热水瓶。很快。他喜欢这个词，如果完成一次冒险能让很快变得更快，那么他很乐意，非常乐意。

说回他的任务。昨天晚上，他的女朋友金姆问他是怎么用电脑做到那些事的，怎么能黑进别人的网络，无论大小？他笑了起来。"黑客技术。"他解释道，就像切菜一样，就像用一把大砍刀穿越雨林。但当他施展身手的时候——"罗迪·何百发百中，宝贝。"他神出鬼没，因为他不会留下丝毫踪迹，没有人会知道他来过。

"所以你不能修改网上的东西？必须让一切都保持原样？"

他又笑了：哈！她真可爱，又性感。但她真的不明白"罗神"能用键盘做到什么。

"金姆，"他说，"宝贝。"她很喜欢他这么喊她。"我可以随便修改任何东西，我只是让改过之后的结果看起来从未变过，懂吧？"

她懂，她当然懂。因为她用那种性感的声音笑了起来，含情脉脉地看着他。

"那太好了，你简直太棒了，因为……"

因为她有个朋友遇到了一个问题。

长话短说，她有个朋友被公司开除了——现在是前公司了。他们随便捏造了一个理由开除她，但实际上只是因为她工作能力太强了，他们负担不起欠她的佣金。"几千英镑呢，罗迪。"现在她甚至请不起律师去告他们，所以如果他能"神出鬼没"地黑进公司系统，调整他们账户上的数额，把他们欠她的钱打到她的信用卡或者什么账户上，就再好不过了。因为她真的是一个很好的朋友，还很漂亮，她一定会很感谢罗迪的，金姆也是。能同时有两个漂亮姑娘对罗迪表达感谢和友好，这不是很棒吗？

罗迪咽了下口水，调整坐姿，然后说："当然了，宝贝。"但是他的声音有些太尖了。

总之，金姆把公司的详细信息写在了一张卡纸上，现在就摆在罗迪面前。他只要切换到潜水艇模式，潜入网络深处。其他人还漂在斯劳部门的各处，但这和他无关。因为就算他们站在他身后，盯着他的屏幕，也不可能弄明白他在干什么。

他喜欢在低温环境工作，于是他打开了离他最近的窗户，让冰冷潮湿的空气重振他的精神，然后开始干活儿。

* * *

从史密斯菲尔德一路向前,来到巴比肯中心下方的路口。帕特里斯站在一个健身房外避雨,一群刚结束健身的上班族从中涌出,他们肌肉紧实、满身汗水,一手拎着包,一手拿着智能手机,已经开始恶补在跑步机上错过的内容。头顶上庞大的屋檐挡住了雨水,但空气依旧潮湿。混凝土的悬挑梁上似乎滴落了什么东西,弄得人行道上崎岖不平,像是某个地下车库的入口。

有那么一瞬间,他想起了那间地下室。

每个男孩在十二岁生日的时候都会被锁在勒阿布的地下室里,没有自然光线,只有一根蜡烛。每天早上,他们会收到一卷面包,还有一大瓶水,然后会有人告诉他们,只要他们开口,随时都可以重获自由。帕特里斯记得,伯特兰只坚持了十七天就要求出去。他还记得弗兰克看到儿子出来时脸上失望的表情,仿佛觉得这是懦夫的行为,或者是一种对他的背叛。帕特里斯坚持了一整个月,刷新了当时的纪录。

伊夫坚持了两个月。

现在回想起来,他觉得弗兰克应该知道的。弗兰克应该能提前预测,伊夫想要证明自己能比其他人走得更远,这会让他跨过所有的界限和限制。他已经太过于习惯黑暗,他能在阳光下生存这么久都像是一个奇迹。

但他不能这么想。弗兰克怎么能提前预知?为此,他必须要惩罚自己。于是他狠狠地用拳头砸向镶嵌了鹅卵石的墙面,然后舔掉关节上的血。这是他应得的惩罚,没有人能提前预知伊夫内心的恶魔会将他引向何处。他会冒出这些荒唐的念头,都是因为这个地方。阴雨连绵的伦敦,弥漫在城市中的灰蓝色渗入了他的灵魂。至少帕特里斯很快就能离开了。只要完成这最后一项任务,他就能回到欧洲大陆。勒阿布已经烧成灰烬,但他们还能找到其他地方。其他的伙伴也会回来,当然,除了伯特兰,除了伊夫。他们的生活会重新开始。

但在那之前,那个叫大卫·卡特怀特的老人,那个见证了勒阿布诞生的人必须消失。还有萨姆·查普曼,卡特怀特的司机和打手。他们逃脱了之前的刺杀,也许是因为幸运,也许是因为他和伯特兰的能力不足,而现在他又想到,更有可能是因为天气。这场永不停歇的大雨让关节变得迟钝,反应也变得迟缓。不过这也要结束了。那个年轻的间谍就在对面的那栋建筑里工作,弗兰克说它叫斯劳屋。很有可能,两个目标此时都在那里。当然,他们很可能已经把勒阿布的事告知了那些年轻的特工,这就扩大了必须消灭的目标范围。所以这次不能再犯错了,这很重要。

他拉起衣领,穿过马路。

兰姆站在后院里,点起一根烟,深吸了一口,憋在胸口,直到呼出的时候已经不剩什么烟雾。雨水落在他的帽子上,在他脑海中留下一串鼓声。

身后的门打开,凯瑟琳站在走廊里,身后的灯光照亮了她的轮廓。她说:"他现在很难过。"

"真可怜。"

"我把他留在莫伊拉身边了,她会给他泡一杯茶。"

"为什么只是泡茶?让她把他扶到床上,再给他讲个睡前故事。"

"他已经是位老人了,杰克逊。"

"是个双手沾满鲜血的老人,不要假装他是一个受害者。"

"他不可能猜到会发生什么,他只是在保护家人。"

"保护自己还差不多。"他转向她,"他最不希望看到的就是自己的女儿跟一个中情局前特工跑了,因为这样他可能就当不了局长了,不是吗?虽然现在他们会上《新闻之夜》节目,点评邦德电影,但在当年,保密是个更严肃的问题。没人想看到情报局的八卦出现在小报头条上。"

"他从来没想过要当局长。"

"得了吧,巴斯光年还没想过要当登月第一人呢。"

"我觉得你想说的可能不是巴斯光年。而且,把弗兰克想要的东西交给他也没用,不是吗?他还是没能当上局长。"

兰姆说:"等他处理完弗兰克那档子事,从私底下那些渠道搞来了钱,老家伙估计发现了他还是低调一点为好。贪污公款是一回事,但是把钱交给一个准军事组织?这可以说是叛国了。虽然他把女儿从一个疯狂的美国人手下救了出来,但也因此毁掉了自己的事业,这也算是他应得的报应吧。"

"她从来没有原谅过他。"

"因为他救了她?"

"她可能不觉得他是在救她。"凯瑟琳说,"再说了,他救的也不只是她,不是吗?"

"你是想打感情牌了?提醒我这件事里还涉及一个婴儿?"

"如果他当时没有收买弗兰克,就相当于把尚未出生的外孙送到了他的手里。而且弗兰克这种人,最后总能得到想要的东西。也就是说,他会找到其他的途径资助这个杜鹃计划,然后——"

"然后瑞弗也会变成计划的一环。是的,我知道。"

"所以你怎么能说他手上沾满了鲜血?"

兰姆没有回答。

"我敢说你肯定也做过——"

"有一些还是他下达的命令。"兰姆把烟头扔向墙面,小小的火花在黑暗中炸开。然后他把手伸向风衣口袋,从里面掏出了一只袜子。他盯着袜子看了一会儿,又把它放了回去。

凯瑟琳说:"所以你到底要去哪儿?"

"我的酒喝光了。"

"你怎么开始自己买酒了?"

"是啊,你看,有的时候我也会亲自动手。"

他穿过小巷,走向艾德门大街。

凯瑟琳看着他离开,关上了门,转身回到楼上。

莫伊拉·特雷格里安又忙得不可开交。怎么总是这样?"你可以帮他泡一杯茶吗?"女王陛下说。当然她指的是凯瑟琳·斯坦迪什女士。她就这么对她颐指气使,仿佛她们都不知道她的辞职信就明晃晃地躺在办公桌上。当然了,现在屋里并不明亮。

"来,喝吧。"

她把茶放在了他面前。如果她的动作稍微有点粗鲁,洒了一点茶出来,他也没什么可抱怨的,不是吗?

"已经加过糖了。"她补充道。

他困惑地看着那杯茶,没有什么反应。她忽然觉得有些羞愧,温柔地说道:"你要趁热喝,你需要喝点热饮。"

他到底需不需要热饮并不重要,但她能为他做的也只有这么多了。

她还有工作要做,因为工作是永远都做不完的。从来没有人指责莫伊拉·特雷格里安不尽职,当然他们也没道理这么做。这里还有去年九月以来堆积的文件和档案，她真想叫斯坦迪什女士过来，问问她能不能帮个忙，毕竟这混乱有很大一部分是在她负责时发生的。但是她能想到，斯坦迪什只会给她一个冷漠的回应。她就这么趾高气扬地指挥整个部门，好像自己是夏洛特夫人。不，不是夏洛特夫人，是另一个。

"格妮薇儿王后。"她大声说了出来。

是的，就是她。

老人喝了一大口茶，发出不雅的喷喷声，当他放下茶杯的时候，说道："亚瑟王。"

天哪，她想道，他以为他们在玩亚瑟王传说的人名抢答游戏。但她还因为刚才对他态度不礼貌感觉有些愧疚，而且能有人说说话也好，就算是幼稚的游戏也无妨。

于是她说："兰斯洛特。"

"帕西瓦尔。"

说实话，她不确定帕西瓦尔是否确有其人，但她不想扫了老人的兴。"高文。"她继续说。她知道，如果再继续下去，她很快就要想不出名字了。

"加拉哈德。"

加拉哈德，她想，真奇怪，这个名字听起来很耳熟。

她最近有听到过加拉哈德这个名字吗？

但是她想不起来。

显然，没人使用正门，只要看一眼就能知道。你一看到褪色的黑色油漆，就知道它已经许多年没有打开过了。也就是说，后面肯定还有一个入口。于是他路过中餐厅，污迹斑斑的窗户上贴着一张泛黄的菜单。他继续向前,来到一条小巷边。小巷十分昏暗,只有一丝光透过隔壁办公楼的窗户洒下来。每一座城市都有这样被遗忘的角落,无法被邮政编码标记。他左侧有一面墙,几扇木门嵌在其中。他推开第二扇门,门后通往一个狭窄而潮湿的后院。他走进后院,抬头看向那座凄惨的建筑,那应该就是斯劳部门了。作为安全局的一个分支,它看起来并不怎么安全,无疑表明了局里对这些员工的重视程度。

帕特里斯从口袋里掏出枪,这把枪的主人也是安全局的人。他忽然想到,如果她知道自己的武器被用来消灭同事,会是什么感觉?但这个模糊的念头只是一闪而过,就像他隐约能意识到现在的天气如何。

他试着推了一下门,门卡住了。他不得不使劲,抓住把手,把门向上抬,这样才能在推门的时候不发出声音。但这也只是一瞬间的事,下一个瞬间他就进到了屋内,走上楼梯,手里提着枪,在腿边晃动,仿佛它不是枪,而是一瓶牛奶。

马库斯能听到凯瑟琳和雪莉在茶水间聊天。不知为何,她回到斯劳部门会让人感到安心。毕竟,他们是一路人——赌徒和酒鬼。有趣的是,他们从未聊过彼此面临的困境。但其实这个话题一点也不有趣,当然了,因为这是很严肃的问题。

他的家庭生活已经不仅仅是从边缘开始破裂,而是早就千疮百孔,只要轻轻一碰,就会四分五裂,只剩他一个人飘零在外。至于凯瑟琳——嗯,她看起来很平静。但她之前的生活是什么样?她心底住着什么样的黑暗?所以当然了,他们没有讨论过这些事。再说了,他从来没有大声承认过,不是吗?甚至很少对自己承认。

"我赌博成瘾。"他轻声说道。这句话几乎没能扰动周围的空气,他只是动了一下嘴唇,仅此而已。

然后他摇了摇头。如果雪莉在的话,她绝对不会轻易放过他——

但是她不在,所以他拉开自己的抽屉,盯着里面。那是他现在唯一能卖出价钱的东西,能在凯西不知情的情况下拿到一大笔钱。这是他今天早上带来的,揣在外套口袋里,挤在早高峰的人群中间。他本以为兰姆应该发现了,因为那个人就算不睁开眼睛,也能知道周围发生了什么事,令人毛骨悚然。今天晚上离开的时候,他会带上它,但不会直接回家。圣保罗附近有一家文具店,但它不仅仅是一家文具店。它后面有一间隐藏的办公室,里面坐着一个像霍比特人一样的男人。男人的名字叫丹瑟,丹瑟购买枪支,再把枪卖给那些目的不纯的家伙。

马库斯想:让一把枪流入市场,我真的能做出这种事吗?

但是我需要那笔钱。

他需要钱,他总是需要钱。就像凯瑟琳总是需要酒精。但凯瑟琳虽然需要酒精,却不喝酒。马库斯低头看向抽屉里的枪,想着,一旦它脱离了自己的掌控,会被用来做什么?他无从得知,却无法停止想象。同时,他能得到几百英镑,付一些账单,如果他聪明的话,用那笔钱赢一把大的,还能多付几张账单……

或者,他可以上楼,和凯瑟琳聊聊,她会听他说的。

是啊,他想,我应该这么做……但是不,他并不会这么做。因为他没有赌博成瘾,他只是不太走运。霉运这种东西就是这样,总有结束的一天。

如果他手里能拿到几百英镑,只要再交上一次好运,他就能逆风翻盘。然后赶在那把枪造成任何实际伤害之前，从丹瑟手里买回来。他一边这样想着，一边露出了微笑——很快了。

这时，他忽然意识到楼梯上有人，不禁感到一阵疑惑，会是谁呢？

虽然他喝了兰姆那么多酒，试图用酒精麻醉疼痛，但恶犬萨姆的膝盖还是很疼。但是他必须站起来，离开办公室。和兰姆排放的尾气比起来，他的德国大众根本不算什么……他让冰袋落在地上，试着动了一下腿，发现疼痛尚在可承受的范围内。

他半跳着下了一层楼，来到茶水间，找到了凯瑟琳·斯坦迪什和另一个女人。是叫雪莉吗？好像是的。一个人正忙着用水壶烧热水，另一个站在旁边看着。雪莉个子不高，留着一头毛茸茸的深色短发，肩膀宽阔，但还算有几分魅力。如果你比恶犬萨姆年轻很多，又不介意氛围紧张的话。作为初次见面的人，他做出的判断似乎有一点多，但她的脸很容易读懂。恶犬萨姆出现时她什么都没有说，只是紧紧地盯着他。

好吧，他想道，至少这里有人能保持一定的警觉是好事。

他对凯瑟琳说："对不起。"

普通女人可能会疑惑地扬起眉头，但她只是平静地看着他。

"很抱歉帕特纳死后我那样审问你。"

她点了点头。

"但这是必须完成的工作。"

她又点了点头。

雪莉看了看这个人，又看了看那个人，就像一只在看网球比赛的猫。

凯瑟琳说:"他出去买酒了,但我在泡茶。"

"那太好了。"

萨姆感到一阵如释重负。他也说不清自己的感觉。就像他刚才说过的,那场审问是必须完成的工作。就算不是他,也会有其他人来做。这么多年来他从未想起过当时的事,但是见到她之后,他还是觉得好像有些对不起她,也很开心她能原谅自己。如果刚才算她原谅了他的话。而且他——

一声枪响打断了他的思绪。

其实是两声枪响,一声接着另一声,两声离得太近,听起来就像是一声枪响分成了两半。

萨姆说:"这里有没有——"

"兰姆的抽屉里。"

"去拿。"

凯瑟琳的身影消失在楼上,雪莉拉开一个抽屉,只找到了一个起瓶器,她抓在右手拳头中,螺旋状的尖端变成了一根多出来的手指。

"上楼。"他对她说。

"然后呢?"

J.K.科出现在了门口,兜帽搭在肩膀上,手里握着那把刀。萨姆看向雪莉,说:"发生了什么?"

楼下的灯灭了。

恶犬萨姆说:"快,躲到那扇门后,把门堵上。"他边说边伸手去拿水壶,水壶发出咕嘟咕嘟的响声,蒸汽飘向天花板。"现在!"

他推开他们,靠在楼梯扶手边,忘记了自己的膝盖还在疼。一个黑色的身影站在下面一层的楼梯上,萨姆把水壶扔向他的头部。

凯瑟琳蹲在兰姆的书桌边,拉了一下最下方的抽屉,是锁上的。钥匙肯定藏在房间的某处,但是她没时间找了。桌面上有一把金属尺子,为了改掉他总是弄碎塑料尺的坏习惯。她把尺子插进抽屉的缝隙里,使劲向上拉,直到把抽屉拉开。她从里面拿出了一个鞋盒。思绪不会乖乖地待在牢笼里,所以她忍不住想道:杰克逊上次买鞋是什么时候?这个念头像泡泡一样浮上意识表面。鞋盒的盖子被胶带固定,她花了一秒打开,拿出了兰姆的枪。这把枪意外地小,却很有分量。盒子里没有其他东西,没有子弹,所以她暗自祈祷子弹已经装进枪里。时间会证明一切的。她走出房间,自己曾经的那间办公室开着门,莫伊拉·特雷格里安一脸焦躁。

"到底发生了什么——"

"待在这里。"就算她不说,她手里的枪也能起到同样的效果。莫伊拉的脸色变得煞白,退回到房间里,关上了身后的门。

第三声枪响时,凯瑟琳正在楼梯上,子弹向上飞来,卷起一阵猛烈的气流,她能感觉到它擦过自己的脸颊。

水壶偏了半英寸,没能砸中帕特里斯的头部,而是砸到了他的肩膀。滚烫的热水泼洒到他的脸上，他靠回墙边，揉起眼睛。水壶蹦跳着滚到楼下，热水画出一道道抛物线，洒到墙上。一扇门重重地撞上。帕特里斯的视线依旧模糊，但他还是举起了枪，听到楼梯上有人之后，他闭着眼开了一枪。子弹"嗖"的一声飞上楼梯，埋进屋顶。

他故意把头狠狠地撞向墙壁，两次。总算恢复了一些视力。

帕特里斯无视了烫伤的半边脸，三步并作两步跨上楼梯，在拐角处转身，瞄准了楼上的那个人。

科抓住雪莉的肩膀，把她拉进自己的办公室。她用握住开瓶器的拳头扫向他，试图回到楼梯间。他把她绊倒，她倒地的时候，他扔开手里的刀，抓住她的衣领和牛仔裤的后腰，把她拉了起来。

"你他妈的——"

"彼此彼此。"

他伸手去关门，凯瑟琳突然从楼上回来了。她看起来就像一个野人，头发乱糟糟地飘在身后，眼神凶恶，手里拿着兰姆的枪。

"快走！"萨姆·查普曼大喊道。他从路易莎的办公室里出来，刚才扔了水壶之后他冲了进去，现在他挥着一把椅子，动作像一个忘记了自己的膝盖已经报废的人。

科抓住凯瑟琳，把她拉进门内，然后使劲撞上了门。

帕特里斯再次举枪，按下扳机，恶犬萨姆朝他丢了把椅子。

弗兰克说得对，或者至少对了一半。站在楼梯上的人是萨姆·查普曼。查普曼，也就是他昨天，还有今天早些时候追捕的对象。配送失败。但这次不会了，于是帕特里斯再次开枪，一把椅子向他飞来。子弹撞上了椅子的一块木条，木条在空中碎裂，但那把木质的椅子结结实实地砸在了他的胸口。他眼睛都没眨一下，水壶和椅子，他们就是用这种东西战斗的吗？一扇门撞上，然后是另一扇门，他们躲在了门后。有一个童话故事，三只小猪建了自己的房子。他们接下来就会知道故事的结局是什么。

帕特里斯踢开椅子，来到了茶水间所在的楼层。

门上有一道锁，一个门闩，就像厕所门上的那种。为了让外面的人知道里面已经有人了，但这不足以挡下猛烈的攻击。但科还是锁上了门，然后来到瑞弗的书桌后，把桌子推向门口。

雪莉绕过他，又打开了锁。

"你到底在干什么——"

"马库斯。"她说。

"他可能没事也可能有事，但你不能——"

"不要指挥我——"

楼梯上传来巨大的撞击声，好像什么东西摔碎了。

"雪莉？"凯瑟琳说，"把门锁上，不然我就开枪了。"

"或者，"雪莉说，"你可以把枪给我，我出去把他干掉。"

这件事发生得如此突然、如此彻底，恶犬萨姆甚至不知道它是如何发生的。

当事情到了最后关头，你只能尽力而为。但他能做的事并不多。那小子手里有一把枪，萨姆没有。而且从今天下午发生的事来判断，那小子根本不需要武器。如果他想，完全可以徒手击败萨姆。然后他会对其他人做同样的事，包括——尤其是——楼上的那个老人。曾经萨姆负责保护他的安全，现在也同样，但恐怕这也没什么用处。萨姆应该用什么东西堵住门，拖延时间，但这似乎也没什么意义。而当他把手垂到身侧时，他明白了自己为什么会这么想。刚才最后那一下，萨姆扔出了椅子，但子弹总要有个地方去，这是物理法则，是不可避免的。总之，是一条不可违背的规则。恶犬萨姆·查普曼中招了。

他希望能有机会找到切尔西·巴克尔。他希望还会有其他人去找她。

然后门锁被撞开，萨姆的希望落空了。

老人说："贝狄威尔。"

莫伊拉·特雷格里安闭上了眼。

"凯。"

楼下响起了更多枪声。

帕特里斯踢门的瞬间，门差点就变成了碎片。木头早已腐烂，脆弱不堪。他踏过落在地上的木屑，对着萨姆·查普曼的头来了一枪，然后检查了一遍房间，但这里没其他人。隔壁的茶水间十分狭窄，不比一艘驳船大多少，这里也是空的。但另一间办公室的门是关上的，目标人物就在门后。他稳住身体，猛地一踢，右脚脚掌正中门板。

这扇门撑过了他的第一次袭击，但不可能撑过第二次。

门几乎要被踹开了，又突然挺住了。他们知道，他还会再踢一次，然后就会进到屋内。

"有子弹吗？"雪莉问。

凯瑟琳沉痛地摇了摇头。

J.K.科再次握住了那把刀，如今刀刃看起来渺小又脆弱。面对这样的场合，这把武器并不合适。他说："快分散，他不一定能打到所有人。"

凯瑟琳抓住了手边最近的东西：瑞弗桌上的键盘。她拆掉连接线，用两只手挥动了一下键盘，不太确定是应该把它扔出去，还是当成一只球拍，把飞向她的子弹打回去——

她想：我现在真的很需要喝一杯。

门被破开了。

"特里斯坦。"老家伙说，"鲍斯，加雷斯。"

"闭嘴！"莫伊拉喊道，"闭嘴、闭嘴、闭嘴！"

"他们都死了，你要知道。"老人不为所动，镇定地对她说，"他们一开始都充满了希望，最终却走上了同样的结局。"

楼下再次传来巨大的撞击声，又一扇门壮烈牺牲了。紧接着是更多枪声，两声？还是三声？总之声音很多，多到足以让老人闭嘴。

他看向她，昔日骑士长眠的景象逐渐消散。

不久后，他们听到有人爬上了最后一段楼梯。

踢开门之后，帕特里斯站在走廊里，举起枪。目标有三人：一个男人，两个女人。他立刻决定了开枪顺序。首先是矮个子女人，她拿着一把枪，有一定威胁。男人拿着刀——他是第二个。挥着办公用品的老女人是最后一个。大卫·卡特怀特并不在他们之中，但帕特里斯听到了楼上的动静，上面还有其他人。他隐约能感觉到，女人的枪里没有子弹。她不是那种举着上了膛的枪还会害怕的人。这些念头一闪而过，只用了几微秒，甚至更少。这是他在勒阿布学到的。在那片树林中，那个地窖里。当你走进现场的那一刻，就要做好评估。你接下来的动作比起"行动"更像是"条件反射"。你将会引出不可避免的结果，这就是他在勒阿布学到的。从他破门而入的一瞬间，未来的走向就已注定。接下来就是尸体倒地的过程。他瞄准年轻女人，拉动扳机。在他的脑海中，他已经转身对男人开枪，另一个女人会把键盘扔向他，他会再次转身，在键盘飞向自己之前开枪击中她。这一切都是注定的结局，直到杰克逊·兰姆从楼梯口用一瓶威士忌狠狠地砸中了他的太阳穴。他的枪口偏了，他开了三枪，但子弹只是穿过空气，穿过玻璃，穿过墙壁。他倒在破碎的门上，片刻间，整个世界都安静了下来。

她一步跳下了一整段楼梯。如果她意识到了自己在做什么，很可能会摔断脚踝、腿，甚至脖子，但她意识不到。她并没有在思考，任凭一股冲动驱使着身体，那股力量把她带到了办公室的走廊，然后离她而去。她不得不扶住门框，支撑身体，喘了好几口气才终于踏出下一步。

房间和雪莉离开时一样。她的电脑向来不怎么安静，此刻正如猛兽般发出嗡嗡低鸣，等待指示。窗上蒙了一层雾，淌着泪滴。地毯皱成一团。但是马库斯，马库斯和离开时不一样了。马库斯坐在办公桌后，但整个人都被推至墙边。椅子向后仰起，仅凭双腿站立，就像一只在表演直立的动物。他睁着眼睛，额头中间有一个洞，身后的墙上一片混乱。

一把枪落在地上，在他的身旁。他开了一枪，但只杀死了自己的书桌。

雪莉等着眼前的景象发生改变，但是什么都没有发生。她身后响起了动静，她知道是何，刚刚从藏身处钻了出来。

"你还活着。"她说，并没有转身。

"嗯。"

他的声音听起来有些陌生，但她的声音也一样。

他说："我挂在外面的窗沿上，差点掉下去。"

她没有说话。

过了一会儿，他又说："马库斯呢？"

"马库斯没撑下来。"她说，然后转身回到楼上。

16

雨似乎永远不会停。它仿佛找到了气象规律的漏洞，从此不停落下，罪人和无辜者都被雨水浇透，虽然大部分是前者——这是统计学上的必然。迷彩船的平台提供了遮挡，透过雨丝，瑞弗看到了南岸氤氲着雾气的霓虹灯光。灰色的幕布笼罩在岩石般的海运大楼上，可口可乐配色的伦敦眼变成了一圈星星点点的灯光。

他对弗兰克说："任务？我？你在说什么？"

"你待在这个地方太屈才了。"

"你又知道什么？"

"我当然会知道，这是我的责任。你加入了家族事业，你知道我有多自豪吗？当年我曾是中情局的一员，现在依然在为正义而战。"

"不。"瑞弗说，"无论你在为什么而战，都不是正义。"

"你不清楚事情的全貌。我们在勒阿布做的事能造福全世界，造福全人类。"他挥了一下手，看向泰晤士河——也许是整个伦敦，"看看周围吧。当你加入情报局的时候，是想要保护这些，对不对？你想要服务人民、保卫家园，结果却落得什么下场？斯劳部门是一个死胡同，一个笑话。你本可以成就的一切，所有曾展现的潜力都被埋没。现在你每天只能研究怎么把几张纸订在一起。"

"你这是打算给我一份工作吗？因为派人去杀我外公作为招聘策略真的很邪门，还是说你把猎头的定义搞错了？"

"好吧，我已经承认了，那是一个错误的决定。但这个决定让我们站在了这里——你和我。现在你有机会决定接下来的人生道路。因为如果你留在情报局，瑞弗，你就会永远留在斯劳部门。就算你离开，又能做什么？在普通公司找个普通工作？"

"我目前只想看到你被控合谋杀人罪。"

"真的，孩子，这是不可能的。"

孩子。瑞弗摇了摇头。他还是觉得难以置信：这个人是他父亲？他父亲？简直像一个失败的笑话最后抖出来的包袱，他都能看到自己在酒吧里重复这句话的场景。然后呢？猜猜他说了什么？不，别客气，尽管猜！

"我知道你是个疯子。"他对弗兰克说，"我敢说，你对每个新认识的人都会说那句'我是你爸爸'的台词。但我只想知道这一切到底是怎么回事？你为什么要烧毁自己的房子，又派你儿子去杀我外公？很快你就会在摄政公园吐露真相了，不如先给我预览一下。就当是错过了我这么多次生日的补偿。"

"孩子——"

"别这么叫我。"

"为什么？你就是我的孩子。"

瑞弗忽然意识到，那些红色的光点一直在夜色中，在远处，在高空，标出起重机的关节和顶端。

弗兰克也有一个红色的光点，是他嘴里高卢烟的烟头。他的脸藏在烟幕之后，说道："我知道这听起来很疯狂，尤其在这几天的事发生之后。但是好好想一想，瑞弗，你可以继续留在斯劳部门,但你知道它只会消磨你的意志。或者,你可以加入我,做些真正有意义的事。我向你保证,我们做的事,我们在勒阿布开启的这个项目,是为了保护所有你珍视的东西。为了让世界变得更好。"

瑞弗说:"这几天?你这又是什么意思?对我来讲,这件事是昨晚开始的,在那之前又发生了什么?"

弗兰克的烟头再次亮起。瑞弗发现自己已经知道答案了。

"我不过离开了五分钟。"兰姆说。

凯瑟琳从抽屉里找到了一些塑料扎带。扎带可以自己扣上,但必须用剪刀才能剪开。科用这些把帕特里斯绑在了暖气管上。如果她没有劝雪莉关掉暖气的话,帕特里斯的手肯定已经被烤焦了,给斯劳部门污浊的空气再添一丝烤肉的味道。如今屋里充斥着开枪后火药的气息,还有从两个致命的头部枪伤中流出的铁锈味。只有兰姆的声音依旧如常,其他的一切都受到了惊吓,变得畏缩不前,成了自己回声的录音。就连降至冰点的暖气都不复往日的喧闹,老旧的管道发出心不在焉的叮当声,奏出疲惫的安魂曲。

"我说——"

"我们听到了,现在不合适。"

兰姆露出了一副野蛮的笑容。"什么时候合适?如果我没回来,躺在地上的就是七具尸体,不是两具。你们可是情报局的特工,不是活靶子。"

他握着打倒帕特里斯的酒瓶,手指抓住瓶颈,充满爱意地抚摸着它。光看他的动作,你可能会觉得这只瓶子才是他最中意的幸存者。

但凯瑟琳摇了摇头。不，他们都是他的特工。他刚刚失去了其中两人。

她说："我们得给总部打电话。"

"等我说可以的时候才能打。"

"我们死了两个人，杰克逊，我们不能就这么——"

"我刚才说过了，等我说可以的时候。"他踢了踢帕特里斯的脚，"给我看看那个视频。"

何拿出手机，递给兰姆。兰姆看了YouTube上的录像，不屑地哼了一声，把手机丢了回去。何差一点就抓住了，但很快就开始蹲在地上捡手机。

兰姆又踢了一下帕特里斯。"卡特怀特也被你杀了吗？"

帕特里斯是清醒的，但还没有说过话。也许他张不开嘴。因为把他打倒之后，兰姆用一只脚狠狠地踹伤了他的脸，以防万一。现在他嘴里的牙比早上起床时更少了。他的下巴被打得紫青一片，夹克和衬衫全都被鲜血浸透。说起来，兰姆的鞋也没能幸免，但他不怎么注重个人形象，所以并不介意。

"你听见了吗？"

"我可以逼他开口。"雪莉安静地说。

"我相信你能。"

她会用马库斯告诉她的那个办法，用一张布罩住脸，再找一大盆水。

"真的，我可以——"

"不行。"兰姆同样安静地回答了她。

雪莉拿着帕特里斯的枪，枪上还残留着火药和铁锈的气味，电影和书里都很少提到这一点。她的手会染上这种气味，任何人看到都会觉得是她开了枪。

房间里有五个人,算上帕特里斯的话就是六个,却让人感觉空荡荡的。没有马库斯——不会有人再把他算上了。

兰姆看向凯瑟琳:"老家伙还好吗?"

她点了点头。这是她第一件确认的事。凯瑟琳打开门的时候,莫伊拉·特雷格里安已经昏倒了。因为无法下楼,莫伊拉留在了楼上。凯瑟琳从她的柜子里翻出了一瓶威士忌。她留着这瓶酒,是为了哪天能把杰克逊·兰姆从悬崖边劝回来,或者劝他跳下去。具体是哪种,取决于哪个情景最先发生。她给大卫和莫伊拉各倒了一大杯,她自己就不必了。但是有半秒钟——也许更短——她在酒杯边犹豫了一会儿:刹那如同永恒。

何捡起手机,靠在瑞弗的桌子旁。他看起来更矮了,好像枯萎了一样,他们所有人都是。他们真的需要给总部打电话,甚至是报警。虽然这里是兰姆的王国,但王权的力量也是有限的。

兰姆说:"如果他杀了瑞弗,我很怀疑他会花时间埋葬尸体。来个人去查一下新闻,看看街上有没有弃尸。"

没有人动。

"难道我也在不知不觉中死了?因为我告诉你们,就算我做了鬼,我说一句'跳',你们也他妈的得给我跳。"

"我来查。"何说。

凯瑟琳觉得他听起来像个十二岁的小孩。

帕特里斯口袋里的东西被放在瑞弗的桌面上:一本护照,写着帕特里斯的名字;一个手机;一个钱包,里面有欧元和英镑;一张海底隧道的车票。他们现在还是这么说的吗?海底隧道?她已经好多年没听过这个名字了。她注意到,何在书桌另一端举起了手机。显然兰姆也看到了,但他什么都没说。

J.K.科靠在墙边，没有戴兜帽，双手插在帽衫的口袋里。他正盯着帕特里斯，凯瑟琳无法从他眼中读出任何情绪。帕特里斯虽然被兰姆重创，却依然清醒，甚至警觉。仿佛那些聚集在他下颌处的血液和其他液体只是一张面具，真正的他隐藏在面具背后，计划着如何逃跑。

她不禁感到一阵战栗。当他手握着枪，破门而入时，她已经认定了自己会死在这里。

她想：我现在真的很需要喝一杯。却分不清是当时的回忆，还是同样的冲动再次浮上了表面。

兰姆突然无声无息地蹲了下来。虽然有的时候他做再小的动作——比如把手伸到口袋里——都免不了要唉声叹气，关节嘎吱作响。他的脸距离帕特里斯只有几英寸，说道："你是最后一个吗？还是说你的老大，弗兰克，也在附近？"

帕特里斯的眼中没有任何情绪。他的嘴唇没有动，至少凯瑟琳是这么认为的。他的脸伤得太重，脸上一团糟，很难看出来。

她说："没用的，杰克逊，他不会说的。"

兰姆抬头看向她。一瞬间，她在他眼中看到了从未见过的某种东西，但那个瞬间一闪而过，她不知道刚刚发生了什么。

罗德里克·何回来了，拿着帕特里斯的手机。

"这上面只有一个号码的来电。"他说。

"嗯。"

"如果我接上局里的系统——"

"你就能追踪它。"兰姆说，"那你还愣在这里做什么？"

路易莎喝完了咖啡，正在小便的时候手机响了。当然，她本来是打算无视的,但来电人是兰姆。

她知道,兰姆肯定会注意到环境音,接下来的几周他都会拿这件事开她玩笑。

"是我。"她说,努力压低声音,不让回音从瓷砖上弹回来。

"你在哪儿?"

"本顿维尔路上的一家酒吧,怎么了?"

因为他听起来并不像平时的他。

"多久能赶到堤岸站?"

"发生了什么,兰姆?谁受伤了?"

她不想说"被杀了",但她其实就是这个意思。因为上次她听到兰姆用这种语气说话的时候——

"我问你多快能赶到那里,没让你浪费时间问问题。路上打给我。"

他挂断了电话。

她上完厕所,洗了手,出去的时候拉上了艾玛。

"我们要去哪儿?"

"堤岸站。"她的车被前后两辆车夹在了中间,但她稍微推了一下前面那辆车,很快就钻了出去。

最好把注意力集中在这种小事上。现在还在下雨,想一想前往堤岸站的最佳路线,不要想其他更严重的事。

比如:是谁受伤了?还是发生了什么更可怕的事?

考虑到兰姆没有拿她上厕所开玩笑,很有可能是后者。

瑞弗说:"韦斯特艾克斯。天哪,你真是个疯子。韦斯特艾克斯就是'之前'发生的事,是整个事件的开端。"

"孩子——"

瑞弗给了他一拳。这种感觉太好了，在很多种层面上，于是他又挨了一拳。先是鼻子，然后是右脸。弗兰克跌到围栏边，雨水浇在他的身上。他摇了摇头，甩掉头上的水，然后碰了一下鼻子，流血了。他找出一块手帕，点了点鼻子上的血，说："真的，给你两次自由攻击的机会，这就是你的极限？也许你真的应该待在斯劳部门。"

他把手帕放回了口袋。

几辆车驶过，向西赶往之前发生过事件的地方。

弗兰克说："那件事本不该发生的，只是一次演练，演习可能会出现的情况。如果国家无法保护它的国民，如果——"

"你就是个该死的疯子，你把你的其中一个孩子派去——"

"不，不是派去做那种事。他是——他越界了，也许我应该预见到的。也许谁都无法提前预知，我不知道。但这件事确实发生了，这就是一场该死的悲剧。但是你知道吗？它确实能带来一些好的结果，你不想参与其中吗？"

瑞弗无法回答，他简直哑口无言。

弗兰克的鼻子还在流血，他用手指捏住鼻子，然后摇了摇头。"我们时间不多了，孩子。我必须知道你的决定。"

"你真的觉得我可能会加入你？"

"我是这么希望的。或者，也许我知道你不会。也许我只是想见见你，和你说说话。我们本可以是父子的，你知道吗？当你加入情报局的时候，我真的很兴奋。有其父必有其子，而你甚至都不知道我的事。"

"是外公养大了我。"瑞弗说，"我之所以是现在的我，完全是因为他，你只是个该死的疯子。就算你真的是我父亲，这也只是个错误,但错误不是我,而是你。"他做了一件自己记忆中从未做过的事,对着弗兰克的脚吐了一口唾沫。"你说得对,你的时间不多了。你已经见到了我,和我说了话,现在我要逮捕你。"

"天哪,"弗兰克说,"我真的不希望听到你这么说,因为我不想伤害你,孩子。但我现在真的不需要情报局追在我屁股后面跑。"

"很遗憾。"瑞弗说。

"我猜你现在没带手机,不然你已经用上了。所以这样吧,再给我十分钟,好吗?我只需要十分钟,然后你就可以尽情发出警报。"弗兰克忽然伸出手,抓住瑞弗的手肘,把他拉进自己的怀抱,然后对他耳语道,"你应该站在我身边,孩子,而不是和那帮废物在一起。好好想想吧,我们回头再聊。"

瑞弗想要挣脱,但年长男人的禁锢牢不可破。"我不会给你十分钟。"他说,"我连一分钟都不会给你。"

"这才是我的好孩子。但是你别无选择。"他狠狠地吻住了瑞弗的唇,短暂而激烈。

然后他将瑞弗抬起,扔过围栏,丢进了泰晤士河。

雪莉手中的枪变得更沉了。

这种感觉很奇怪,但是现在她只想睡觉。今天早些时候,她还在因为错过了刺激的对峙而生气。就连路易莎身上囚犯一般的瘀伤都没能吓到她,她还是希望自己能在萨瑟克的那个车库里,看看自己能不能做得更好。但现在帕特里斯被绑在暖气边,下半张脸鲜血淋漓,还有马库斯——马库斯还在楼下。她忽然觉得好累,非常、非常累。她想放下手中的枪,爬进最近的羽绒被,睡上整整一周。不需要药物助眠，只要给她的脑袋垫一只枕头，而且不要让她做梦。拜托了。

她尤其不想梦到马库斯，还有他头后面墙上的印迹。

J.K.科和往常一样，面无表情地看着她。

"怎么了？"她怒道。

很神奇，她居然还能做到：在科眨眼间怒气值就能从零飙升到六十。

然后疲惫的海啸再次席卷而来，拍打在她身上，威胁着要把她卷起再抛下，就像一只坏掉的人偶。

兰姆又在对路易莎说话了："不，我不知道他长什么样。非要说的话，他是个美国人。也许卡特怀特正和他在一起。"

电话对面传来了一阵模糊的沙沙声，是另一个人正在讲话。

"为什么？和她说又有什么用？"

他的手机里又传出一阵电频声，然后他把手机交给了凯瑟琳。

"不知为何，她想和你说话。"

凯瑟琳接过手机，离开了房间。雪莉能听见她和路易莎说话的声音，很安静。她边说边走上楼梯，然后是一扇门关上的声音，她轻柔的低语声被隔绝在内。

兰姆看向屋里剩下的人：雪莉·丹德尔，科，还有罗德里克·何。"所以她要告诉盖伊我们死了两个人，你们觉得这是个好主意吗？觉得这能让她发挥出最佳水准吗？"

没有人回答，谁都不知道。

兰姆难得没有继续逼问，相反，他不知从哪儿变出了一根烟，将它点燃。他看起来有些灰暗。他总是灰暗的，或多或少，但现在变得更灰暗了。他深深地吸了一口烟，朝天花板吐出一团烟雾，然后对雪莉说："你做好决定了吗？"

雪莉盯着他。

他说:"我不想说得太直白,但你搭档的头看起来像一颗被铲子砸扁的西瓜。如果你想走正规的法律程序,那是你的决定。但如果你想单独和这位终结者聊聊,也请自便。我要去抽根烟。"他挥了挥手里的烟,"现在室内已经不允许吸烟了。"

何看着兰姆离开房间,然后紧张地看向雪莉。

"怎么了?"她说。

"没什么。"

"那就快滚。"

于是他滚了。跟着兰姆下了楼,钻进自己的办公室,关上了身后的门。

J.K.科留在了原地。

雪莉说:"你也是。"

"我也什么?"

"滚。"

他摇了摇头。

"我不会问两次。"

"你一次都没问,你只是让我滚。"

"那你为什么不滚?"

"因为这是我的办公室,我还能滚到哪儿去?"

"这是我第一次听到你说这么多字。"她说,"在一句话里。"

"是啊,毕竟今天发生了很多事。"

帕特里斯咳嗽了一声,沉重又嘶哑。

雪莉吓了一跳,她差点就忘了他还在这里。仿佛他已经不再是人类,而是一个需要做出的决定。影响决定的因素则是雪莉自己、她手中的枪,还有只需半秒就能做出的动作。

手里的枪变得十分沉重。

J.K. 科对她说:"你不想这么做,不是吗?"

但她真的很想。

"该死的!"路易莎说,"该死、该死、该死!"

"怎么了?"艾玛说,"发生了什么?是兰姆打来的吗?"

路易莎摇了摇头,伦敦市灯光氤氲,她开车在倾盆大雨中穿行。她刚刚得知马库斯死了,还有恶犬萨姆·查普曼……

马库斯死了。

马库斯救过她的命,在伦敦市最高的屋顶。他对一个打算杀掉她的男人开了枪,路易莎唯一的遗憾就是没能亲手杀死那个浑蛋。还有今天下午,他开着一辆强行征用的出租车撞开了车库的木门。如果他没有这么做——可恶,她肯定又要死了。如果没有马库斯,她已经死了两次了。

她从未见过他的家人,也没去过他家。天哪,他们这些下等马真是一帮无可救药的家伙。命都交到对方手里了,却从来没花时间去了解过彼此。

现在他们又被削弱了,团队变得更小,甚至不能算是一个队伍。其他的暂且不提,马库斯可能是唯一一个能让雪莉·丹德尔不要每天都发疯的人。

"你还好吗?"艾玛问。

路易莎点了点头,眨了眨眼,把眼泪憋了回去。

"我们是要去追捕帕特里斯吗?"

"是他队伍的一员。"

"那也足够了。"艾玛解开外套的扣子,检查了一下自己的武器。

"我以为你的枪被抢走了。"

"我拿了德文的,他在急救中心也用不上这个。"她又想了想,"应该用不上吧。我们还有多远?"

"在黑衣修士桥。"路易莎说,"就是下一座桥。"

艾玛眯起眼睛,看向挡风玻璃外。"前面好像发生了骚动,我们要在那里停车,对吗?"

附近正在施工,金属围栏将道路一分为二。靠近河岸的那条路还没铺好,塑料路桩挡住了路。临时设立的红绿灯把车辆引向左侧的单行道,路易莎直接向右开,撞翻了一排路桩,然后猛踩刹车,车尾一度腾空而起。

"天哪!"艾玛大喊道。

一群人聚集在迷彩船尾的码头边,盯着下方的水面。看他们的样子,似乎发生了什么紧急事件。虽然被刚才的紧急刹车撞得有点喘不过气,但艾玛还是率先走下了车。她身上有一种气质——也许是因为脸上的瘀伤?——让她看起来很有威严,群众看到她后自动让开了一条道,七嘴八舌地说了起来:

"我们看不到他!"

"他沉下去了!"

"当时有两个人——"

"另一个已经跑了。"

"发生了什么?"她说。与此同时,身边传来了路易莎的声音:

"谁在水里?"

一个穿蓝色外套的男人说:"刚才外面这里有两个人,举止有点怪异。一个年轻人,金头发,还有个年长一些的——"

"谁在水里?"路易莎重复道。

"年长的那个把年轻人推下去了。我从酒吧窗户看到了。"

下方水流湍急,倾盆大雨砸在漆黑的水面上。

"该死。"路易莎说。

一个橙色的救生衣孤独地漂在水面上,水下没有人去抓它。

路易莎脱掉了外套。

"怎么了?"艾玛问。

"你去追他——那个年长的男人。找到他、阻止他,快!"她又念了一句"真该死",然后脱下了鞋子。

艾玛问:"那个男人往哪个方向去了?"

穿蓝衣服的男人指了一个方向,艾玛跑了过去。

路易莎爬上围墙,观察着水面。看不到瑞弗的身影,暴雨如注,她浑身已经湿透了。她又等了一秒,等着有人对她说别犯傻了,但人群都陷入了沉默。一辆警车正在靠近,警车里坐满了英雄。很快,他们就会派一个更专业的、受过更多训练的人跳入泰晤士河。但她等得越久,瑞弗在水下的时间就越长。真该死,她又一次在心底默念。但是第二个字还没念完,她就已经跃至半空,然后消失在水下。

他撞向水面,意识陷入黑暗。如果只是跌落,这段距离并不远,但如果是被用力掷出,就有一点太远了。任何平面都会像地心引力迎接苹果一样迎接他,把他摔得粉碎。河水偷走了他的呼吸,吞没了他的身体,将他包裹在彻骨的寒冷中,却奇异地令他感觉之后会变得更加温暖。他分不清上下。他踢动河水,似乎前进了几分,但他的肺好像要爆炸了一样。他想要转身,但身上的一切都变得无比沉重：他的鞋，他的外衣，还有四肢。每一个动作都让他陷入更深的黑暗。他不知道自己是否睁着眼睛，很快他的肺就会投降，他不得不吸入河水。之后，就会陷入完全的黑暗。

他的手碰到了什么，他无从判断。瑞弗伸手去抓，但它消失了。他感觉自己的身体逐渐变得迟缓。为什么要挣扎呢？他在河水里，他注定会以这样的方式走向结局。他面朝下漂在水中，某处似乎有灯光，但离他太远了，够不到。他已经沉得太深。渐渐地，瑞弗放弃了挣扎。他深深地吸入一口河水，让水充满身体。他只有两个方向可去。他发现自己似乎正在向上浮起，不由得安下了心。

大部分时候，泰晤士河边的步道都会被慢跑的人占领。他们对真正有权合法使用这片区域的行人只比骑自行车的人稍微有礼貌一点。但艾玛在黑衣修士桥下奔跑时，路上只有她一人。桥上冰激凌色的灯光在夜晚和雨水中失去了色彩，一切都染成了灰色，除了偶尔闪现在眼前的影子。她开始后悔喝了太多龙舌兰，后悔中间还掺了一杯啤酒，但一想到视野中还有目标，她便继续向前冲去。这是一个机会，让她能够重新掌握主动权。如果成功，她刚才在酒吧里对路易莎诉的那些苦就可以打包扔进河里了。

有关戴安娜·泰维纳的想法也能一并抛弃，也许还能加上几只愤怒的黄鼠狼，她不由得感到了一丝安慰……

她的呼吸沉重，心跳声在耳边怦怦作响，但前方有一个人影，于是她加快了速度，脚步声在桥底下回荡。他肯定听到了，但是没有转身，反而走进了路灯的光晕下，雨水在光照下变成了一串串宝石，晶莹剔透。然后他消失在了通往马路的台阶上。

艾玛脚底打滑，撞到了墙上，勉强维持住了平衡。天哪，她差一点也掉进水里了。她对着消失的男人大喊，听到自己的声音才发现她喊的是"警察"。她喘得太厉害，脱口而出的声音更像是一声犬吠。她来到台阶旁，一口气跨过三阶，腿软得像一坨橡胶。转过一个急弯，几步之后，她已经到了桥上。一切都变得更加吵闹。一辆红色的公交车驶过，雾蒙蒙的窗后隐约能看到好奇的人影，但人行道上空空如也，就像单身汉的衣柜。到处都不见那个人的身影。她转身，回头看来时的方向，同样没有人。他上了楼梯，却没有上到最顶端。

快思考。

蓝色的灯光在马路对面闪烁，一辆警车从堤岸来到了桥上。还有一辆黑色的面包车，是特警小队。本顿维尔路上发生了那样的事件，他们正在警觉地巡逻街道。她口袋里有一把枪，虽然完全合法，但谁都说不准会发生什么意外。她退回阶梯上，泰晤士河边伸出来一个临时搭建的平台，上面放着绞盘或者起重机，旁边是一个工棚，堆放着杂物，在黑暗中难以辨认。无论这个平台是干什么用的，维修桥梁还是河床疏浚，它就是那人唯一的藏身之所。他肯定是跳了过去。她在后面追得很紧，所以他一定毫不犹豫。他跑上阶梯，看到平台，翻过围墙然后跳了过去，真够大胆的。

她看向对面。那里只有一盏灯照亮桥体，其他的一切都隐藏在黑暗中。声音被倾泻而下的雨水和湍急的河流淹没。站在水边，雨声变得不同了。雨水打在河面上，发出持续的嘶嘶声，像一个巨大的机械正在运转。

阶梯旁的围墙高至大腿，从墙边到那个平台，至少有几码的距离。

并不算远，这周大部分时候她可能想都不想就跳过去了。但这周大部分时候都没在下雨，脚下没有深不见底的冰冷河水，她也不像现在这样喝得烂醉如泥。但他不可能去其他地方，一定就在那个平台上，躲在工棚后，蜷缩在起重机或者绞盘的阴影中。别想太多了，可恶，快跳过去吧。她站上围墙，犯了一个新手级的错误：低头看了脚下。如果不是求生本能突然涌现，这一切可能已经结束了。那种本能让她不管不顾地跳了起来，而不是退回到安全的台阶上。好吧，也许不算是求生本能，只是她在犯傻。无论如何，她跳了起来，有一瞬间，她变成了一个等待发生的统计数字，然后落在了平台上。木质的平面和水泥地一样坚硬，却变滑了两倍。她跌倒了，手脚着地，不得不抓住起重机的一个金属关节把自己拉起来。现在她能看清周围的一些东西了：木箱、桶、一只工具箱，一些金属杆，还有一个缠着电缆的大型工业线轴。厕所大小的木屋后有什么动了动，也许是河岸对面的阴影一闪而过，但阴影不会化成人形。那个消失的男人从黑暗中现身，来到了她面前。

"你被逮捕了。"她对他说。

他对着她的脸挥了一拳。

她差一点就被打中了，但是她一侧身，躲开了拳头，却再次滑倒在地。她的大衣肯定要完蛋了。因为她跌在了一个油乎乎的水坑里，手摸到了局里配备的武器——德文的武器——从枪套中拔出，却卡在了衣服上，开枪时大衣中间的扣子边被射穿了一个大洞。她没能打中他，也没想要打中，而是成功地让他停在了原地。

"我应该告诉你的。"她说,"停下,不然我就开枪了。"

忽然间,到处都是蜜蜂。一群蜜蜂在她身边、在那个男人身边舞动,发出刺眼的红光。男人俯视着她,露出一个迷人的微笑,他把手举过头顶,目光依然留在艾玛身上,没有看向桥上。特警小队就在那里,狙击枪的红色激光瞄准了两人。一个冰冷机械的声音建议她立刻放下武器。她放下了武器。但红色的蜂群还在飞舞,停留在她的上半身,等待着出击的命令。他们很有可能开枪,她没有任何把握。但这不能阻止艾玛接下来的行为:她侧身一滚,吐出了两杯龙舌兰、一瓶啤酒和两杯黑咖啡。

有一些沾在了她的大衣上。

雪莉说:"我怎么可能不想?这是我现在唯一想做的事。"

她手里还握着枪,帕特里斯被绑在暖气旁。J.K.科靠在墙边,好像很喜欢这个位置。她忽然意识到,这是因为靠墙站就没有人能从背后袭击他。

但可能会有人从背后偷袭她,比如现在。

凯瑟琳说:"雪莉,马库斯已经死了,我们无法改变这个结局。如果你现在杀了这个人,他将成为你的终生噩梦。"

"我以前也杀过人。"

"杀一个被绑在暖气边的人?"

她没有说话。

"这不一样。"凯瑟琳解释道。

雪莉想:我能接受不一样。她真正接受不了的是这个杀害马库斯的人还能活在世上。

她举起枪,对准帕特里斯,他面无表情地看着她。

但是手里的枪十分沉重。

凯瑟琳说:"雪莉,拜托了。如果你现在杀了他,可能晚上就再也睡不着觉了。"

"睡觉被过誉了。"

"听我说,不是这样的。有的时候你每天早上起床的唯一动力,就是知道晚上还能再次回到梦乡。"

"他是我的朋友。"

"也是我的朋友。他是个好人,他不会希望你这么做的。"

"是吗?"

"我知道他不会的。"

J.K.科说:"她说得对。"

"什么?"

"马库斯不会希望你杀了他的。"

"你怎么知道?"

"我是做心理评估的,还记得吗?"

手里的枪越来越沉重。

"马库斯觉得你是个浑蛋。"她说。

"他是你的朋友,不是我的。"

凯瑟琳说:"雪莉,这不是在任务中对战杀敌,而是处刑。"

"我不在乎。"

"你会的。"

这把枪简直是她拿过的最沉重的东西。

"马库斯死了,我不想看到他活着。"她说。

"我知道。"

"他该死。"

"但你不应该杀他。"

科静静地伸出了手。她看向他的手,看向自己手里的枪,又看向躺在地上,被绑在暖气边的帕特里斯。短短几分钟之前,他还是那么的坚不可摧,在斯劳屋里大开杀戒,杀了马库斯,杀了萨姆。

雪莉真的很想让他死。

但她不想动手杀他,至少不想像现在这样。

而且她真的非常、非常累。

她把枪放到了科的手中,凯瑟琳轻轻地叹了一口气。

愤怒情绪管理课程。马库斯会为她骄傲的。

然后科对准帕特里斯的胸口开了三枪。

"好了。"他说,然后把枪还给了雪莉。

瑞弗翻过身,吐了一口泰晤士河的水,睁开了眼。他盯着湿漉漉的人行道,又翻了一下身,看到一张模糊的脸,距离自己只有几英寸远。脸渐渐地变得清晰,又失焦,最后再次清晰了起来。

他想说"路易莎",但说出口的却是:"啦伊啊。"

"以后,"她对他说,"记得打个电话,行吗?"

她站起身,他眼前只剩下连绵不绝的雨。

在路灯的照耀下,雨滴宛如钻石。

17

雨终于停了。这个让人们望眼欲穿的结果是如此出乎预料，以至于全城的人都在重复：雨停了，雨停了。袭击过后二十四小时的晚上，斯劳部门几乎空无一人。马库斯曾经的办公桌后，墙上还留着一块印迹。路易莎屋里的地毯上也是，那是恶犬萨姆倒下的地方。第三块印迹在科和卡特怀特的办公室里，暖气下方。但尸体已经被移开了，而且有人——很可能是凯瑟琳——清走了摔裂的椅子和其他碎片。坏掉的门靠在墙边，等待申请文件经过层层审批，直到某处的某人终于放弃，在收据上签字，允许他们换上新的门。在那之前，斯劳部门将会是一个开放空间。

杰克逊·兰姆的门并未受损，但微微敞开，一丝灰色的光线洒向楼梯。对面的房间虽然也敞着门，但里面漆黑一片。那是凯瑟琳·斯坦迪什曾经的办公室。楼梯上响起一个声音，一连串的声音，有谁在不熟悉的阶梯上走动，发出吱嘎声响。墙面潮湿，楼梯间充斥着各种异味，只有工业溶剂或者自然灾害才能将其消除。

克劳德·惠兰来到顶层之后停下了脚步，好像在怀疑这次攀登是否值得。

"在这儿。"有什么人吼道。

他强忍住一阵战栗，走了进去。

兰姆坐在书桌后,没穿鞋的脚搭在上面。两只脚的袜子都破了洞,右脚露出了脚后跟,左脚露出了大部分脚趾。他面前摆着一个酒瓶,手里拿着玻璃杯。杯子此刻是空的,想必只是暂时性的异常。屋里唯一的光源在他的右侧,一盏台灯放在齐腿高的旧书堆上。是电话簿。惠兰想:这是一个生活在数字时代的怀旧之人。这究竟是因为他已被时代抛弃,还是某种生存技能,只有时间能给出答案。

他说:"这地方比传闻中还要夸张。"

"要不还是把门开着吧。"兰姆提议道。

屋里有一张为访客准备的椅子,惠兰坐了进去。

灯光昏暗,看不清兰姆办公室的样子。唯一的窗户拉上了帘,墙上挂着一张软木告示板。还有一座时钟藏在某处,惠兰看不到,但是能听到秒针走动的声音。不是嘀嗒声,而是沉闷地重复着"嗒嗒"声,仿佛在强调时间的流逝是多么的缓慢又煎熬。

兰姆在玻璃杯中倒满了酒,不太情愿地对着惠兰挥了下酒瓶。惠兰摇了摇头,他放下了酒瓶,没有盖上。"都不记得上次局长过来是什么时候了,"他说,"哦,不,等一下,我记得:从来没有过。"

"我们一般不会做家访。"惠兰说,"但考虑到情况特殊……"

"什么,你是说死了几个特工吗?是啊,这可是媒体曝光的好机会。"兰姆把酒杯放在胸口,肥胖的手指环住杯壁,"你在灯柱上绑了泰迪熊吗?"

惠兰说:"是你说想见面的,我们本可以安排在总部。"

"是啊,但那样的话费力跑一趟的就是我,不是你了。弗兰克都招了吗?"

如果突然转换的话题打了惠兰一个措手不及,他也隐藏得很好，没有露出丝毫惊讶的表情。"他比较……配合。"

"我猜也是。"

"我们不需要非常规手段也能让他开口说话——如果你指的是这个的话。"

兰姆说："我倒是觉得你们必须得开动脑筋才能让他闭嘴。我是说，他可是把人生故事都对卡特怀特和盘托出了。他一点都不害羞。"他把酒杯举到嘴边，眼睛一直盯着惠兰，像一只正在享受泥浴的河马。"出乎意料的是，你竟然活捉了他。我还以为他一出现戴女士就要扣动扳机了。"

"她确实更倾向于这么做，是的。"

兰姆看起来很感兴趣。"你驳回了她的提议？"

"当时的情况是，我要么永远顺着她的意思来，要么就划清界限。而且这一周伦敦街头已经流了太多血。"

"不只是在街头。"兰姆说，"所以他怎么说？"

惠兰换了一下坐姿，忍不住想要去看兰姆的脚。这就像站在肉铺外，看见窗口挂着一块肉，就忍不住去想它曾经是身体的哪个部位。他说："兰姆，你的队伍一直在最前线，为此我很感激。你们遭受了损失，但这并不意味着你有权接触机密信息。专家正在分析弗兰克的自白，很快就会得出一份报告。但这是机密文件，只有少数人有权查看，你并不在那份名单上。"

甚至连候选名单都差得远。

兰姆若有所思地点点头。"你说得有道理。我是说，这里面很多情报都挺敏感的，对吧？"

"没错。"

"比如弗兰克的整个计划最初都是由情报局赞助的。我猜等报告写好之后，这会是第一条结论。"

惠兰后知后觉地发现，那单调的"嗒、嗒、嗒"声并不是时钟发出的，而是水滴落的声音。也许是哪里的水管漏了，泄漏有可能发生在任何地方。

他说："我认为把那个……'假设'记录在官方档案上并不符合大家的利益。"

"所以戴女士对你并不是全无影响。"

"我本来也没有那么天真。"

"这个我们之后再聊。"兰姆说，"你确定你不想喝点儿？"

"我可不想夺人所爱，你的酒瓶已经半空了。"

"我知道哪儿还有新的。"他指了指另一只酒杯，藏在他桌上的一台电话后。惠兰惊讶地发现，这个杯子竟然看起来还算干净。

他向来不怎么喜欢威士忌，更爱喝白兰地。但他开始觉得不借助一些外力很难撑过这次谈话，于是接受了兰姆的提议。

兰姆倒酒时说："好了，这样我们就只是友好地聊聊天，不是吗？经过一周艰难的工作，两个同事坐下来喝一杯酒。不算正式谈话。"

"如果是你到总部来，"惠兰说，"我们的谈话就会被记录。"

"你终于开始明白了。"兰姆靠坐回椅子里，"恶犬萨姆·查普曼为总部卖命那么多年，是个好士兵。除了丢掉那一大笔钱之外，没什么其他缺点。朗里奇没把工资浪费在那些老虎机上的时候，也有过不少光辉时刻。再说了，就算不提别的，他们把我的地毯弄得那么乱，总得给我点儿补偿。所以，让我们听听弗兰克离开中情局之后人生的精华片段吧，当然，是非正式的那种。"

很高明的手段。惠兰听说过，也知道该怎么把威胁说得像是在闲聊。

他抿了一口威士忌。今天一整天他都在摄政公园。天还没亮时他就离开了，留克莱尔在屋里继续睡觉。他看了一眼她的卧室，但是没有吵醒她。剩下的时间，他一直在重复观看弗兰克·哈克尼斯的录像。兰姆说得没错，让他开口并不难。对于这种神经质的自恋狂而言，向来不怎么难。

"你知道勒阿布的事。"他说。

"一个孕育恐怖分子的基地。"兰姆说，"是啊，这部分我都听说了。他都在干什么？在小孩学会字母之前训练他们怎么执行黑色行动？"

"差不多吧。那里还有一个前克格勃成员，哈克尼斯说他专门负责'心智调节'。"惠兰叹了一口气，把头靠在了椅背上。天花板的石膏上布满了伤痕和污渍，到处都挂着蜘蛛网。"你知道哈克尼斯认为，在西方世界对我们生活最大的威胁是什么吗？"

"一号电台？"

"是我们鼓励孩子独立思考。那些炸毁我们高楼的人则会教孩子毫不犹豫地牺牲自己。不，甚至更多，教他们死亡——无论是他们自己的死亡，还是我们的死亡，都是他们的荣耀。我们却妄想让觉得智能手机也有人权的孩子和他们抗争。"

"弗兰克真心觉得这些偏执的胡言乱语让他成了一个先知？"兰姆说，"他应该开一个博客的，能为我们省去很多麻烦。"

"但他说的并不是毫无道理。"

"西方世界也并不是完全没有大规模杀伤性武器。我们还是别假装自己是丛林里的小婴儿了。"

"无论如何，"惠兰说，"用哈克尼斯的话来说，他想要的是同样的决心，同样的力量，站在我们这一侧。"

"可真行。"兰姆说，"于是他就得到了他想要的。"

"他得到了他想要的。最终，弗兰克麾下有了一支由年轻人组成的队伍，从小接受各种黑暗技术的训练，任他差遣。考虑到他的团队成员是一群参加过冷战的专业人士，几乎没有什么是那些孩子不会的。"

兰姆的杯子又空了。他解决了这个问题，往杯子里倒满了酒，确保在可见的未来同样的问题不会继续发生。"然后呢？"他问。

惠兰说："有过几次……事件，在最近几年。"

"事件。这倒像当官的人会用的词了。"

"弗兰克的小队在欧洲大陆的城市进行恐怖行动。杜塞尔多夫、哥本哈根、巴塞罗那，还有其他地点。甚至包括一些很小的城市，比如比萨。我觉得很奇怪，想不明白。也许是因为那里有很多游客。"

"我猜这些都是很不起眼的恐怖行动。"兰姆说，"因为我从来没有听说过。"

"他们只做演习。没有武装，但流程是有效的。炸弹会被留在计算好的地点。用肉眼能够观察到的污染物给水源'下毒'。食品配送点、交通网络、能源供应商、酒店——全都在特定的、有针对性的行动中被攻破了。"

"他在玩游戏。"

"他号称每次行动过后，不只是目标地点，整个城市，甚至国家的安全警戒都会提升。漏洞被填补，薄弱的环节被排除。"

"他没想到可以直接给政府写封信吗？"

惠兰说："我们都知道写信是没有用的。"

"你听起来好像在赞同他的做法。"

"每一次行动，他都会尝试在一年内复现，除了一次，其他的都失败了。"

"是吗，那真是恭喜他了。"

"他说我们正在不知不觉中走向灾难。如果'伊斯兰国'，或者其他后续的组织认真起来——这是他的原话——只需比成为全球公敌时稍微再多一点努力和协调，就能轻松摧毁整个城镇。发生在巴黎的恐怖袭击震惊了全世界，但是死了多少人？一百三十个？哈克尼斯估测，理论上他的团队造成的死亡人数已经上千，他把这些都算成他救下的人，因为类似的事件不会再发生了。"

"直到韦斯特艾克斯爆炸案拉低了他的平均值。"

惠兰再次抬头看向天花板。"随你怎么说吧。"

兰姆放下了手中的杯子。这是惠兰进屋后第一次看到他放下酒杯。他从衣兜里掏出一团灰色的破布，原来是一张手帕。他擤了擤鼻子，看了眼手帕，扬起了眉头，然后收起手帕。他再次伸手拿起酒杯。"让我猜猜，他手下一个经过心智调节的机器人烧短路了。"

"类似的风险一直存在。"惠兰说，"但他似乎没有意识到。他以为自己培养了一队完美的士兵。他们会使用枪械，进行爆破，知道如何避开调查。但整个杜鹃计划的目的就是：受训者必须相信自己的身份。他想要恐怖分子，于是就得到了恐怖分子——至少这个人是这样，顺便一提，他叫伊夫——如果你感兴趣的话。"

"而不是罗伯特·温特斯。"兰姆说。

"确实，不过，假身份也算是计划的一环。"

"而且还是相当专业的假身份，我猜。"兰姆不知从哪儿拿出一根烟，塞进嘴角，"应该是初始赞助套餐的一部分，不是吗？还有那些他用来制作自杀外套的炸弹。我是说，我想象不出他带着一箱装着炸弹的手提行李大摇大摆地走出隧道的模样。那才叫将'松懈'发挥到了极致。"

"不。"惠兰停顿片刻后说道,"炸弹已经在那里了。九十年代初期军械库遭到过洗劫,弗兰克有一批当时的存货。那个时候我们还以为和爱尔兰共和军有关,但是……"

"但其实是弗兰克提前收到了消息,伺机而动。我们都知道消息是从哪儿透露出来的。"兰姆点燃了香烟,一时间,蓝色的烟雾笼罩在他身边。烟雾散去后,他的眼睛似乎变黄了,"和最初建立起勒阿布的资金来自同一个地方。"

"你要明白,我们并不希望这部分内容被写进报告中。"惠兰说。

"我能看出来,走廊那头的大人物不会喜欢。"兰姆说,"毕竟,我们的任务本该是保护民众,而不是给疯子提供屠杀民众的武器。"他呼出一口烟,"他的其中一个小跟班失控了,把演练变成了实战。所以弗兰克才要销毁证据,大卫·卡特怀特首当其冲。"

"我们还不清楚萨姆·查普曼在其中扮演的角色。"惠兰说。

"以前他负责帮卡特怀特拿行李——包括去勒阿布的时候。"

"是这样啊。"他挥手扇走兰姆吐出的烟雾,"关于这一点,哈克尼斯未曾坦言相告。"

"他是不是也没说为了拉卡特怀特上船,把人家女儿肚子搞大了的事?在间谍学校,有一件事他们不会教你。需要我指出你刚才说了一件很有趣的事吗?"兰姆深深地吸了一口气,再次开口时语气变得尖锐起来,"你用了过去时。'未曾'坦言相告。他是出了什么意外吗?"

"不完全……算是。"

兰姆盯着他，惠兰感觉他黄色的眼睛染上了一丝红色。"你最好别告诉我你把他放跑了。"

"就像我刚才说过的，"惠兰说，"我们并不希望大众得知故事的全貌。而且不要忘了，他在外面还有同伙。如果我们……给这份档案系上黑色丝带——"

"或者往他脑袋里送一颗子弹。"

"——肯定会对我们造成影响的。"

"让他活着就没有影响了？"

"我们尽力而为。"惠兰说，"但我们能做的事有限。这整件事就是一团乱麻，不可能处理干净。我们最多也只能……尽可能减少后续冲击。"

"所以他为了给自己保密，四处制造混乱、大肆破坏，结果我们却要替他做完这份工作？下次他会蹬鼻子上脸，直接索要赞助的。他现在在哪儿？"

"他走上街头之后，十分钟就甩掉了我们的跟踪。"

"这件事里我们就没有一点做得好的地方，是吧？"

"嗯，恐怕是的。"

"真是一点都没变。我发誓，如果这个世界上还有值得叛逃的地方，我早就叛逃了。"兰姆喝光了杯中的酒。

惠兰也喝了一口自己杯中的酒，杯子几乎还是满的。他在兰姆的书桌上放下了杯子。"还有其他的事，"他说，"我已经启动了朗里奇的因公殉职赔偿程序。五年的工资，免税。这笔钱应该会在本周末到账——最迟下周初。你或许想通知一下他的妻子。"

"五年。"兰姆说。

"这是标准程序。"

"但朗里奇是在任务中殉职。"

"什么？"

"就像我刚才说的，他是在任务中殉职——在执行任务。"

惠兰说："据我所知，斯劳部门主要负责文书工作。"

"但我有管理裁量权。某个文件上写过，我懒得去找。但总之，我昨天下午派朗里奇和盖伊出去执行任务，直到我收到他的任务报告、进行签署之前，他一直处于'任务中'的状态。而且他应该也打不了字了，所以……"

"认真的？"

"他符合现役特工的加倍赔偿标准。十年，而不是五年。或者说是他的家人符合。他自己现在倒是不需要钱了。"

惠兰摇了摇头："法务部是不会接受的，我也只能勉强承认你说的是英语。"

"无所谓，我们不走法律程序。你早上把文件签了，直接交给财务。戴女士还让你在文件上签字，是吧？"

"兰姆，我很同情你们的遭遇，你失去了手下的特工，但现役特工加倍赔偿只适用于正在活跃的特工。虽然我本着最大的善意想要理解你——"

"你看，问题就是，快给我闭嘴。让我解释给你听。莫伊拉·特雷格里安——还记得她吗？就是那个你上任第一天调过来的退休餐厅阿姨。昨天她和老卡特怀特一起待了很久，给了我一份非常详尽的报告，一字不落。我喝醉的时间都比她说完一句话的时间要短。总之，她提供的其中一个细节说，他正在背诵圆桌骑士的名字，因为他已经失去了神志。但她听到了加拉哈德的名字之后开始疑惑，不知道自己最近在哪儿听过这个名字。"兰姆靠坐回椅子上，"你见过莫伊拉·特雷格里安试图回忆她在哪儿听过某件事的场景吗？你甚至可以直接离开去读《指环王》，等你读完了回来她还在继续说话。总之,长话短说,她还是记不起来。但我有一个猜测,想听我继续说吗?"

惠兰发现自己再次握住了威士忌酒杯,正要往嘴边送,却僵在了半空。他动了动嘴,但什么都没能说出来,于是他清了下嗓子,又重复了一遍:"不必了。"

"哎,管他呢。咱们都是明白人,有什么不能说的?你在河对岸的时候,代号就是加拉哈德,对吧?她并不知道,但我只用三十秒就查到了。然后我带着何那小子翻出特雷格里安担任值班员的那几个晚上,猜猜我们发现了什么?你出现在了记录上,加拉哈德,发起了保释请求。"

"我听够了,兰姆。"

"听说你是个幸福的已婚男士。你似乎相当强调这一点,又唱又跳的,直接演了一出百老汇音乐剧。所以你为什么会被抓进警察局,需要人把你捞出来,克劳德?你在伦敦东区的路边鬼鬼祟祟、形迹可疑,被他们逮到了。显然你是个常客,每晚都在那儿搜罗妓女。只看不买——这总会让那些接活儿的姑娘担心,以为遇到个精神病。"兰姆露出猥琐的笑容,"怎么,卧室里不太和谐?你那漂亮的妻子在该热情的地方有点冷淡?"

惠兰说:"克莱尔——她——已经有很多年——听着,这不关你的事,我们的婚姻关系很特别。"

"只是不太活跃。"

"闭嘴!你怎么敢!你怎么可能知道……闭嘴,快闭上你的嘴。"

兰姆说:"不关我的事,确实。直到你发现自己升职成了局长,开始担心特雷格里安学会怎么做数学题。你懂的,比如算出二加二等于多少。不难猜出是哪个看门狗把你从警察局里救了出来，没有什么比升职加薪更能确保对方的忠诚，但你没法贿赂那种爱八卦的人，不是吗？也许你能，只是没什么效果。最好的办法就是在她发现之前把她撵走。有些人可能会觉得这不公平，但这就是大人物的生活，不是吗，克劳德？"

"我明白你的意思了。"

"很好。总之，回到退休的话题上。特雷格里安也要退休了，因为健康原因：创伤后尿遗症——或者换个政治正确的叫法也行。这个地方多出来那么多具尸体，她是不会回来了。所以你可以把她的退休金也安排到待办事项列表里。"兰姆露出了一个鳄鱼般的笑容，笑容里藏的刀比鳄鱼的牙齿还尖，"这样她就不会再来烦我们了。"

惠兰盯着他看了很久，但兰姆并没有感觉到不自在。最终他说："那你呢？"

"我怎么了？"

"怎么样才能让你不再来烦我？"他环视了一下这间屋子，"给你在总部安排一个座位？"

兰姆说："很开心我们能聊一聊。"他把烟头丢到马克杯里，杯中装着陈年茶水，烟头短暂地沉入水下，然后浮起，加入了其他烟头。"我等着上午听到财务的消息。走的时候别关门，好吗？我喜欢穿堂风。"

惠兰没有动。

"哦，抱歉。"兰姆说，"刚才那句话的意思是让你滚蛋。他们在河对面没教过你什么叫委婉吗？"

"他们教过我许多。"克劳德·惠兰终于说，"相信我们很快还会再见面的。"

他一口喝光了杯中剩下的威士忌，把杯子放在了兰姆的桌上，起身离开。这次,他下楼的动作很迅速。

楼下响起"砰"的关门声后,凯瑟琳·斯坦迪什从兰姆对面的房间走了出来,和往常一样悄无声息地穿过了走廊。

"你觉得他最后那句话是威胁吗?"兰姆说。

"他是这么希望的。"

"嗯。"他倾身向前,把最后一点威士忌倒进惠兰的酒杯里,然后推到了凯瑟琳面前。

她坐下了。

他说:"如果他能在戴安娜·泰维纳身边继续幸存一个月,我可能会稍微认真一点对待他。但在那之前,他只是个穿西服的嘴炮。我更担心自己的消化系统。"他思考片刻,"这么说起来,最近尤其让人担心。"

"这个改天再聊吧。"凯瑟琳说,"你刚才做了一件好事,我是说,为凯西。"

"凯西是谁?"

"马库斯的妻子。"

兰姆说:"我只是喜欢给财务找麻烦,你知道的。"

"他没提到帕特里斯。"

"是的,不过他们现在应该还在做尸检。就因为他身上多了几个洞,可不敢直接跳到结论,得出死因。"

凯瑟琳拿起酒杯,用双手捧在身前,仿佛它是一只圣餐杯。兰姆眯起了眼睛,但是什么都没说。

她说:"你阻止了雪莉逼问他。"

"是啊,要是缺了几枚指甲,肺里灌满了水,就很难用'正当防卫'蒙混过关了。"

"你知道我们绑住他手腕的地方会有擦伤的,对吧?"

"所以他挣脱时才会那么生气,那么危险。需要采取极端手段应对。"

"兰姆——"

"他可是杀了一个特工,还杀了一个前特工。你觉得有人会在乎他是死是活吗?等他们检查完尸体,肯定会直接焚烧,把骨灰扔进垃圾站。没有人会签发逮捕文件的。"

"那科呢?"

兰姆说:"哦,科。你知道吗,我觉得他也许能派上用场。"

"他杀了一个手无寸铁的人,杰克逊!那个人还被绑在暖气上!"

"好吧,也许给他上色的家伙有点涂出边了。但他只是完成了一份工作。我的特工被糊在了楼下的墙面上,你觉得我会眼睁睁地看着那个法国佬被押上警车带走吗?"

"所以你让他替你干了脏活儿?听起来一点也不像你。"

"优秀的领导要为下属提供个人成长和发展空间。我觉得到头来,我们都是赢家。"

"兰姆,这一点都不好笑。科必须被抓起来,不然就需要帮助,只能二选一。"

"我不在乎。我这边员工流失的速度快得惊人。"

她说:"你以前说过,员工走了也无所谓,总会有其他废物来替代他们。"

"我喜欢听你说脏话,你不喝那个吗?"

"不是你给我的吗?"

"习惯使然。"

凯瑟琳说:"我知道习惯指的是什么,不需要你来提醒,谢谢。"

为了证明她不是唯一一个知道"习惯"是什么的人,兰姆又点燃了一根烟。他吸了一口,把烟拿开。他对着那根烟,而不是凯瑟琳,问出了下一个问题:"所以,你要回来吗?"

"你是在请我回来吗?"

"我刚刚问了。"

"不,你只是在问我要不要回来,这和问我能不能回来是不一样的。"

兰姆说:"幸亏你现在是清醒的,我可不想听你喝醉了之后会说出什么胡话来。"

凯瑟琳把杯子举到嘴边,吸了一口气。她微微笑了一下,对自己,而不是兰姆,然后把杯子放回兰姆的桌上。

兰姆拿回了杯子,把里面的酒倒进了自己的酒杯里。

她说:"雪莉现在很混乱,罗迪也是。天知道瑞弗的情况怎么样。还有科……不过,我们已经说过科的问题了。他要么是得了创伤后应激障碍,要么就是精神变态。如果我把你丢下,让你自己处理这些问题也是活该。"

"我会把他们关进一个房间里,让他们为了一把枪互相厮杀。"

"当然了,还有路易莎,她还算可靠。"

"你这个标准浮动得够大的,不是吗?"兰姆说,"每周评选崩溃程度最低的员工,我们应该做个奖牌的。"

"我会记在待办事项里的。"凯瑟琳说。然后她站起身,穿过走廊,回到自己的办公室。没过多久,她穿着外套走了出来。

她在楼梯上几乎没有发出声音,早已熟悉哪些台阶会发出响声。就连后门都变得听话起来,她轻易地推开门,更加安静地离开了大楼。

又过了一会儿，暖气停了。

气温骤降，寒冷渗入斯劳屋。伴随着一系列呻吟和怒吼，年久失修的锅炉挣扎着从夜晚的空气中吸取热量。从上到下，就像古老的金属骨架在咯咯作响，其中杰克逊·兰姆的办公室响得最甚。他听着暖气死亡的悲鸣，吸了最后一口烟，喝了最后一杯酒，然后起身，留下一盏昏暗的台灯照亮空无一人的房间。他费力穿上风衣，拖着沉重的步伐下楼，每一步都让楼梯发出了最大声的抗议。

他在茶水间外停下了脚步。如今办公室都没有门，他能看见路易莎·盖伊的房间。里面的地毯刚刚经过清洁和消毒，留下的痕迹形状和大小恰好和死去的萨姆·查普曼一致。虽然夜色尚浅，但如果路易莎已经睡下，他也不会感到惊讶。他猜这几个月来她找到了某种程度的平静，而在那种情况下，睡眠也会是他的首选良药。另一边是瑞弗·卡特怀特的房间，现在也成了J.K.科的房间。睡眠应该不是卡特怀特的当务之急。毕竟，他有许多相当震撼的信息需要消化。比如，他的出生，他之所以会存在，都是因为某个疯狂间谍的救世计划。正如他此时的人生是源自另一个人留下的梦想，因为毫无疑问，大卫·卡特怀特的病情已经无法挽回，不可避免地走向了精神的黄昏。许多年前，他在海峡对岸播下的种子，如今回到了他家门口，结出了猩红的果实。这一事实将永远折磨他所剩不多的心智，纠缠不休。正如凯瑟琳·斯坦迪什所说，小卡特怀特将如何接受这一切，又是否能接受，这个问题只能留待日后再提。至于老卡特怀特是否会为过去的罪行付出代价，兰姆并没有浪费太多时间去思考。他的大部分职业生涯都在当间谍。灯熄灭时，他依旧是一名间谍。每个间谍都能很快学到，那些制定规则的人很少受制于规则。

至于科，兰姆刚才对斯坦迪什说的也是真心话：J.K.科能派上用场。但对于兰姆而言，"派上用场"并不意味着他没有问题，而是说明他对兰姆"有用"。但对于被贴上这个标签的人而言，这往往不是什么好事。无论他的未来如何，此时此刻，J.K.科也在观察一间空荡荡的屋子。这里是他的客厅。过去一年多，他很少待在这里。自从那天晚上他赤身裸体地被绑在椅子上，吓得魂不附体，任由那个危险的男人摆布……那之后，每天晚上他都会瞪着眼睛，等待噩梦的降临。但不知为什么，他觉得今晚能睡个好觉。他看向四周，决定周末要重新布置一下家具。或者直接扔到楼下，供当地人随意取用，再重新置办一套。他摊开双手，张开掌心，看到自己的手几乎没有颤抖。脑海里的音乐并未完全消失，但至少他的手指已经平静了下来。

再往下一段楼梯，墙上有许多连兰姆都看不懂的污渍。这些污渍仿佛凭空出现，却又像一直存在。他知道，那些下等马偶尔也会对他抱有类似的想法。

他在下面一层楼停下了脚步。其中一个房间是罗德里克的。兰姆并不关心何的所在、行为、希望、梦想和欲望，除非他正忙着摧毁其中的某一项。所以他并不在乎何正在对金姆——他的女朋友——解释自己为什么没能完成她拜托的事情：因为工作上出了点意外。兰姆同样不在乎她任性地指责他夸大了自己的能力，说他只是在吹牛，一点都不可靠。作为回应，何只是闭上了双眼，在脑海中重播那些从未发生过的场景：他突然从藏身处现身，制伏了那名持枪歹徒，把马库斯救了回来……光无法穿透他紧闭的双眼，但一滴小小的眼泪挤了出来。现在，这些都无所谓了。

另一个房间是马库斯和雪莉的。现在只属于雪莉一人了。屋里有一股新房子的味道，因为油漆匠来过了。但油漆匠秉着斯劳部门的精神完成了自己的工作，也就是毫无热情、敷衍了事。确实，马库斯书桌后的那面墙比几年来都更白了，但重新粉刷的只有中间的一小块，就连最随意的路人都会好奇它遮住了什么，甚至开始怀疑隐藏在崭新墙皮下的底漆质量堪忧。那是某种无法抹除的痕迹，某种病态的图案，永远停留在那里，挥之不去。

但兰姆不会花一整天盯着那面墙。那是雪莉·丹德尔才会做的事。此时她正在泡夜店。她冲进舞池，时间早得有些不合时宜。对于旁边的看客而言，她似乎正在庆祝什么美妙的事，胡乱舞动着四肢，沉浸在狂喜之中。她的动作幅度很大，让任何人都无法靠近，无法戳破她虚假的快乐。今晚她是一个狂舞的苦行僧，一位女祭司，祭拜着独属于她的全新宗教，信奉的神明是愤怒。雪莉不再控制自己的怒火，而是让它在内心扎根，精心养育，等待时机成熟，将它释放。

当然，兰姆并不知道这些，但他可以猜测。他能猜到。

走下最后一段阶梯，他来到了后门。门卡住了，它总是这样，好像不愿让他离开。但他还是用肩膀撞了一下，闷哼了一声，把门推开。他锁好身后的门，站在发霉的后院里，抬头寻找伦敦市内少有的几颗星星。但没有星光照耀着斯劳屋，只有他办公室里透出一丝微弱的光。窗帘常年拉起，挡住了大部分光，但光线还是努力透过污浊的玻璃钻了出来。一时间，兰姆出神地看向他的房间——他的巢穴——他的生活，心想，从外面看来就是这样的吗？但这个瞬间转瞬即逝。他竖起衣领，离开后院，没有人看到他离开。

致谢

  我的出版商一直是苏荷出版社,为此,我很感激。如果乔斯·韦登要创建一家出版社的话,就会是苏荷出版社。这里的人都很聪明、敏锐、有趣,知道很多无用的知识。他们懂得如何支持、关心他人,衣着品位也不错,每个人复杂的过去都隐藏了许多黑暗的秘密。所以感谢你们:艾比·科斯基、阿玛拉·霍希乔、卡琳·西格弗里德、丹尼尔·艾伦哈夫特、贾宁·阿格罗、朱丽叶·格雷姆斯、凯文·墨菲、马克·多腾、梅雷迪思·巴恩斯、保罗·奥利弗、雷切尔·科瓦尔、鲁迪·马丁内斯。尤其感谢布朗温·赫鲁斯卡。布朗温:你不在时,大家有时会叫你"熊妈妈"。我觉得你应该知道这件事。

  在英国时,我的编辑马克·理查兹为我指出过迷彩船所在的方位。就是字面上的意思,我们当时站在一座屋顶上。我很感谢他在这件事,还有很多其他事情上为我提供的帮助。同样的,我还要感谢约翰·默里的团队,亚辛·贝尔卡塞米简直太厉害了。

  朱丽叶·伯顿是我的文学经纪人,我们合作的时间太久,两个人都懒得细数。她不认真看合同的时候,总在帮我补上《阿奇一家》的进度。我们作为英国板球爱好者,共享了许多痛苦和荣耀。我需要你的时候你总能在我身边,谢谢你,亲爱的。

  我还要感谢艾伦·贾德、克里斯·爱德华兹、达芙妮·赖特、海伦·吉尔特罗、杰米·劳伦森、MSJ、尼克·史密斯、萨拉·希拉里、威尔·史密斯、我的母亲、我的兄弟姐妹、他们的伴侣还有孩子在这一过程中提供的各种帮助。

如果你想在堤岸站找到英国总统号,你恐怕会失望。因为在我写完《幽灵街区》一天还是几天之后,它就从码头消失了。我在这方面是有前科的,小说中的场景总会很快被拆除、重建,或者转移。如果你能提供任何利用这种天赋赚钱的建议,我将感激不尽。

米克·赫伦
二〇一六年五月
于牛津

Spook Street
© Mick Herron 2017
First published in Great Britain in 2017 by John Murray (Publishers), An Hachette UK company
Simplified Chinese edition copyright: 2025 New Star Press Co., Ltd.
All rights reserved.
著作版权合同登记号：01-2025-0532

图书在版编目（CIP）数据

幽灵街区 / (英) 米克·赫伦著；郑雁译 . — 北京：新星出版社，2025.3. — ("流人"系列) . — ISBN 978-7-5133-5824-8

Ⅰ . I561.45

中国国家版本馆 CIP 数据核字第 20258NZ488 号

午夜文库
谢刚 主持

"流人"系列 04

幽灵街区

[英] 米克·赫伦 著；郑雁 译

责任编辑 曹晓雅
责任校对 刘 义
责任印制 李珊珊
装帧设计 @broussaille 私制

出 版 人 马汝军
出版发行 新星出版社
（北京市西城区车公庄大街丙 3 号楼 8001　100044）
网　　址 www.newstarpress.com
法律顾问 北京市岳成律师事务所
印　　刷 河北尚唐印刷包装有限公司
开　　本 910mm×1230mm　1/32
印　　张 11.25
字　　数 263 千字
版　　次 2025 年 3 月第一版　　2025 年 3 月第一次印刷
书　　号 ISBN 978-7-5133-5824-8
定　　价 69.00 元

版权专有，侵权必究。如有印装错误，请与出版社联系。
总机：010-88310888　　传真：010-65270449　　销售中心：010-88310811